ちくま文庫

森毅ベスト・エッセイ

森　毅
池内紀 編

筑摩書房

目次

第一章　ドジ人間のために

第二章　楽しまなくっちゃ損

第三章　ときには孤独の気分で

第四章　未来は誰のものでもない

森毅ベスト・エッセイ

第一章　ドジ人間のために

ドジ人間のために

人間ってドジねえ

いまこれを読んでいるきみは、ドジとは縁がないと思っているかもしれない。しかし、それでもぼくは、ドジな人間のために書く。

かつてのぼくは、テストには要領よく立ちまわったのだが、軍事教練とか体操とかいったのには、ひどくドジだった。そして、戦争があったので、そうしたところでドジだと、ひどく迫害されたものである。

たしかに、テストも教練も、両方とも要領のよかった友人もあった。しかし案外に、つきあってみると、異性との関係でドジだったりした。

それでぼくは、人間たいてい、どこかしらドジなところがあるものだ、と信じている。もしかして、なんでもできる人間なんていたら、きっとイヤミだと思う。そして、ツウ・テン・ジャックで、切り札をぜんぶ集めるとマイナスになるようなもので、そんなになんでもできること自体が、人間として少しできそこないで、一種のドジと言えなくもない、と思っている。

それでぼくは、すべての人間は、どこかしらドジなところがある、と考えている。そして、たいていは、ドジなところが多少はほほえましくもあって、その人間の愛嬌になったりする。極端な言い方をすれば、ドジなところこそ、人間の根源にかかわっている。

しかし、本人にしてみれば、ドジなのは恥ずかしいことだ。いじめられたりするのも、たいていそのドジさのゆえである。できることなら、ドジなところをなくしたい、と願っている。

それでも、いじめられることでいえば、ドジから抜けだしたい、いじめられないようにしよう、と焦っていればいるほど、相手にとっては、いじめがいがあるようなところがある。べつにドジでもと、シレッとしてられると、いじめるのもあほらしくなって、いじめられなくなったりする。

むしろよくないのは、ドジをかくそうとすることだ。ドジでないように見せようとしていると、そうした無理がいじめの好餌《こうじ》になる。それよりは、人間の根源にはドジがあると、居直ったほうがよい。

たしかに、ドジは恥ずかしい。他人にばかにされたり、嫌われたりしかねない。そうしたイヤなところをかくそうとするのは、人情である。

しかし、そう思っていじけていては、きりがない。ドジで、イヤな人間だけれど、それがまた、考えようによってはいい所だ、そうなるのが人間としての心のふれあいでもある。人間はたいてい、心のどこかにドジを秘めていて、そこで通じあわなくては、心はふれあわないものだ。

人間のあり方に、絶対的にいいことも、絶対的に悪いことも、ないものだ。かならず、善と悪とはもつれあっている。いいところだけというのは、人間のつきあいとしては、表面的なものである。

あの人は、ドジでみっともなくて、イヤなところがあるけれど、それがまたあの人らしくて、それなりによいところでもある、そんなつきあいのほうが、ずっと深みのあるものだ。人に好かれるのだって、ドジだけれどそこが好き、といったのが味わいがある。たしかに、人間はドジから抜けだそうとはする。それが、「人間の向上」である。それでも、いつでもどこかドジである、それが人間である。

やさしさというのだって、こうした人間の底にあるドジさにおいて、通いあうものだと思う。強者が弱者をいたわる、そんなものだけがやさしさとは、ぼくは思わない。ドジでないという特権において、ドジな人間をいたわる、といったものとは思わない。人間に共通な弱さを共有することのほうが、やさしさというものだろう。

人間というものは、ドジで弱くて、さびしいところがある。連帯などとは言うけれど、孤独に根ざさない連帯なんて、はかないものだ。人間のひとりひとりが、ドジなところがあって、心の底にさびしさを持って、その共通なところで通いあう心が、やさしさというものだろう。

りりしさの時代には、外へ向かって、なにかしらギラギラしたものに、人がひかれたものである。いま、そうしたものが見えないからといって、それは悪いことではない。いまこそ、ドジな人間同士が心を通いあわすのに、よい時代だ。

こうした時代に、ドジがともすればいじめられる、というのは悲しい。ドジから抜けだそうと、「向上」を目ざしてあがく、というのは悲しい。

人間って、やっぱりドジなもんねえ、そこからぼくは出発したい。

競争社会の底に

いまの世、競争めいたことが多い。そこでは、一時的に勝者や敗者が生まれる。しかし、勝者が敗者にいたわりの手をさしのべるのが、やさしさであるとは、ぼくは考えない。

むしろ、どちらかというと、勝つために無理してたいへんだったろうなと、それが敗者の負けおしみだったらつまらないが、勝敗をこえて敗者が勝者におくるまなざし、そうした人間の心の底の通いあいのほうが、やさしさと呼ぶにふさわしい。

負けてくやしい、そうした心を人間にとって共通のように言う人もある。しかし、そうばかりでもあるまい。古今東西、ギャンブラーを主人公にした物語では、どうもそうではない。おそらく、職業的なギャンブラーなら、いちいちくやしがっていては、身がもたないのだろう。

むしろ、負けた自分がいとおしい、そうした自分自身へのまなざしがある。自分も他人も含めて、人間の心の底へのまなざし、それは競争のときには忘れられがちだが、人間を考えなおすとき、ふと浮かぶ心のほうに、やさしさはある。

逆に、調子のよいとき、進むことに、ふとためらうことがある。勝つことを求めることに、むなしさが心をよぎる。「向上」しつづけることへのためらい、そうしたとき、人間のやさしさが思いだされる。それは、他人への思いやりなどよりさきに、まず自分自身にたいしてある。

たぶん、人間というのはよくしたもので、進むことへの欲求の強い人間には、多少のドジさがブレーキになり、調子よく進める人間は、そうした欲求へのためらいがあるものと思う。おとなの世界でいえば、有能であってしかも出世欲の強い人間というのは、少しいやみでもあって、たいていは、有能さを抑える程度には欲望がうすめられているものだ。それで、バランスがとれているのだろう。

それでぼくは、この世が弱肉強食の競争の世界だとは考えない。人間それぞれ、その自分にとってのドラマを生きながら、ときにはあせり、ときにはためらい、全体として一生をすごしていく。もしもそれが、競争だけからなっていたら、死ぬときには、なんのために争っていたかと、むなしいだろう。

ときに争うのは、このドラマの一景にすぎまい。そして、それ以上に、その底を流れる人間としての心があると思う。

学校では、テストの優劣で、「優等生」が生まれたり、「劣等生」が生まれたりはしている。しかし、その双方の心は、それほど違うはずがない。

ぼくは、戦争中のエリート中学（いまのエリート高校）めいたところにいたが、低空飛行の末に落第した奴やら、ヤクザとつきあっている奴やら、さまざまいた。そして、彼らは、とてもおもしろい連中だった。ぼくは、とても「優等生」とはいえなかったが、「優等生」も「劣等生」も、全体として心を通わせあっていた。そして、それが中学生の生活だった。

この点は、このごろ少し、心配ではある。「優等生」と「劣等生」との間で、心を通わすことがむずかしくなっているという。「優等生」は「劣等生」の心がわからず、「劣等生」は「優等生」の心がわからず、となったら、これは危険なことだ。

「あいつらは、おれたちと別だ」と、そう考えだすことは、やがては相手を人間として認めないところまで行きかねない。差別というものは、そこから始まる。戦争のような状態までいくと、おれたちと違うから殺してもかまわない、とまでなる。

たしかに、人間はさまざまであるし、状況がいろいろ違えば、他人の心をおしはかれるものではない。ある意味では、他人の心はわからないものだ。しかし、特定のグループをくぎって、「おれたちと別だ」と考えだすことは、差別のはじまりになる。

他人の心を知ることが、いかに不可能でも、相手の心を知ることができると信ずること、けっして心の通いあいを断念しないこと、それが人間のやさしさだ。不可能でありながら、なおもそれを信じつづけることで、人間の社会はなりたっている。

そしてそれは、他人にたいしてよりも、まずなにより自分にたいする、いとおしみから始まる。競争といったって、他人との関係にすぎない。自分の心を見つめるなかで、人間のやさしさは生まれてくるものだ。

考えてみれば、自分というものの、なんとわからないことか。他人の心がわからない以上に、自分の心もよくわからない。人間というものの弱さ、はかなさ、さびしさ、それらがからまりあっている。

争われている世の底に、人間のやさしさだけは共通している。そこに目をやることが、争いのなかで忘れられがちではあるが、そこだけは「別な人間」はいない。

雑木山に生きる

それにしても、人間はなんと多様なことだろうか。顔つきも違えば、考え方も違う。

そういえば、花だってさまざまの色を持ち、虫だってさまざまの姿をしている。

この、さまざまのものが、複雑にからまりあって、世のなかが作られている。もっと単純でもよさそうなものを、ひとつひとつが、違ったさまで目に入る。

その点で、ぼくは、雑木山が好きだ。道は曲がりくねり、そこには新しいおどろきと、そして危険とがある。ウルシにかぶれたり、イバラに刺されたり、ときにはマムシもいるかもしれない。思いがけない虫や、めずらしい花が、草むらのかげに見つからないでもない。

昔から、山人は雑木山を、とても大事にしたという。漁師も磯《いそ》を大事にしたという。そこは、里からは人が、そして山からは獣《けもの》が出かけていって、いりまじりあうところだった。いわば、自然の論理と人間の論理とが、交錯《こうさく》しあう場だった。

いまでは、杉山が増えている。そこでは、人間の論理だけがある。きれいに管理されて、同じ形の杉だけが規則的に植えられている。見通しはよくて、そのなかの道はまっすぐで、危険もおどろきもない。やがて、なん年かすぎれば、木はきり出され、確実な利益を生みだすかもしれない。将来が設計され、それに向けて現在が管理されている。

いま、学校はだんだんと杉山に近くなってきた。危険とおどろきとが排除《はいじょ》されて、見通しがよくなって、管理と計画の、人間の論理だけが幅をきかすようになった。

しかしぼくは、やはり人間は、杉山に住むより、雑木山に住むのがよい、と思っている。さまざまの花があり、さまざまの虫に出あうのがよい、と考えている。ウルシもあれば、イバラもあるから、雑木山なのである。すべてが杉の木になるのではなくて、カシの木もあれば、フジの木もある。べつに、すべての人間が、同じであることはない。

それでぼくは、制服というものを好まない。それどころか、レヴューのライン・ダンスや、『白鳥の湖』の群舞《ぐんぶ》までが、好きでない。

たしかに、たかが制服であって、その中身のほうは、ひとりひとりの表情からして、さまざまではある。でも、外形がそろっていると、育っていくさきまでが、同じに見えてくるものである。

そして杉たちが、上へ向かってまっすぐにのびることばかり考えて、ズングリとしかしガッシリしたカシの心や、曲がりくねってからまりあったフジの心が見えなくなっては、と気になるのだ。山の本体は、やはり土であって、カシだろうとフジだろうと、そこに根をはりめぐらし、その上に葉をしげらしているのだ。

土のなかでは、モグラが穴を掘り、さまざまの虫がうごめき、菌糸《きんし》がはびこっている。そこに根をはり、からまりあって、木たちは生きている。木材にだけ関心を持っている人間の目からは、空に向かってのびている木の姿が目に入ろうが、根がくさっては木は生きていけない。主要な部分は、むしろ土の下にあるのだ。

そして、こうして生まれた雑木山で、ウルシもイバラもあって、秋には葉が色づき、春には花がさく。この山自体が生命であって、そこから木がきりだされ、山主に利益をもたらすかどうかは、山の知ったことでない。

人間の社会というもの、山主のためにあるわけではない。ウルシやイバラも含めて、四季さまざまに、いろどり豊かに生きていくことが、社会の生命でもあろう。計画と管理で、生命がさだめられるものではない。

そして、まっすぐな木であろうと、曲がりくねった木であろうと、土の下にあっては、その根がからまりあっている。土の下への思いがないとき、杉は杉同士がまっすぐ並んで、土への心を忘れていく。

学校がどんなに杉山に近くなっていこうと、やはりそこにいるきみたちは、顔も違えば心も違う。制服ごとにくくられようとも、隣の学校の連中と、同じ土に生えている。けっして、「あいつらは、おれたちと別」なんかではない。まっすぐなきみも、曲がりくねったきみも、土の下では、同じように曲がりくねった根を持って、同じ山の土に、からまりあっているのだ。

そして、ときに花がさいて、それも春にさく花もあれば、秋にさく花もあり、近よるものにトゲをつきさしてみたり、かぶれさせてみたり、そうしてできているのが、人間の社会である。

道はまっすぐにきまってないし、曲がりかどには、おどろきと危険とが待っている。さきを見通すことはできない。そこが、おもしろいところだ。

（一九八一年）

ぼくら、非国民少年

　戦争中のぼくは、反戦少年などではなく、ただの非国民にすぎなかった。旧制の三高（今の京大教養部）へ入る前ごろ、配属将校をぶん殴った先輩がいたという英雄伝説は聞いていたが、ぼくにはとても、そんな勇気も腕力もなかった。それどころか、同級生には教練に一回も出席せずに落第した奴がいたが、ぼくは毎回、最劣等生としてウンザリした顔で出席し、いつも怒鳴られていた。それで、中学と高校で、教練の成績というと、いつもキッカリ六〇点だった。

　旧制の北野中（今の北野高）のときでも、そんな調子で過ごした。四年生のときに、校長がひどい軍国主義者にかわって、そのころは生徒の軍事教練の成績を調べる査閲というのがあったが、そのために教練の練習ばかりをさせたことがある。おりから風邪がはやり始めたこともあって、欠席が増えはじめた。なるほど、とたちまち納得したぼくは、知りあいのお医者さんにニセの診断書を書いてもらって、家でゴロゴロしていた。友人に電話して聞くと、五十人のクラスで出席者が五人にまで行ったそうだ。

もっとも、これを昨年まで、ヤマネコサボタージュと信じていた。ぼくは戦争中の愛国心アレルギーから、愛校心もなくて同窓会に顔を出さなかったのだが、年をとって昔話がしたくなって昨年はじめて行ってみた。すると、どの段階でかオルグをした奴がおり、それどころか、出席簿を盗みだして燃やして証拠隠滅なんてことまであったらしい。やはり、反戦少年もいたのだ。そいつは、ほとんど犯人と目されて危うかったのだそうだ(ところで彼は、なんと今では中学校の校長さんだった)。

ところでぼくは、非国民体験を語りつごう、と言っていたのだが、いろいろ聞くと、ぼくの場合はかなり恵まれていたらしい。まず、大阪に京都という、日本一軍隊の弱い町に暮らした。それに、中学も高校もリベラルな伝統のあるところだった。

そして、年齢がちょうどよい。中学校へ入ったのが「紀元二千六百年」で、戦争の終わったのが高二の一七歳のときだ(なお、「敗戦」を「終戦」と言うのを欺瞞だというが、ぼくは非国民で勝敗はどっちでもよかったから、ぼくの用語は「終戦」だ)。わずか十日の差で、徴兵検査はのがれた。ぼくより二歳ぐらい上だと、自分が軍隊に組みこまれるので、自分をだましてでも戦争を正当化したがっていたみたいだ。ぼくより二歳ぐらい下だと、非国民として自分を位置づけるゆとりがもはやなかったろう。

それでもなお、たとえ特殊な例であっても、非国民少年もまた、当時の日本人の隠れた心情のシンボルだと思う。どうすれば非国民になれるかというと、愛国心的熱情に完全に背を向けて、無反応で冷たく配属将校につきあうだけでよかった。すると相手も、事件になると我が身に火の粉がふりかかることを知っているので、六〇点だけでソッとしておいてくれる。ただし、特別の黒革の手帳に名前を記入されたり、「おまえが本校で一番悪い」とか言われもしたが、どうしようもないと諦めてもらうと、あんまり殴られないものだ。

そのころか、あるいは戦後かもしれぬが、軍隊内の自殺について、どうして武器があるのに上官を殺さずに自分が死ぬのかと、軍隊がえりの人に質問したことがある。彼の返事によると、そう思っていると、軍隊でもなんとか暮らせるのだそうだ。たしかにぼくも、本土決戦で武装させられたら、自分が死ぬ前には、ドサクサまぎれに憎い配属将校を殺してやろうと思っていた。そうした殺意は、相手にも通じていたのかもしれない。

戦争というのは人殺しだから、人間の生死に関する感覚は鈍くなるものだ。焼跡で人間の死体を蹴っとばしても、鼠の死体と変わらんような感覚になる。それを戦後になって、「戦争の悲惨」と言うのは、なにかピッタリこない。空襲警報が出て空襲がないと、台風警報で台風が来なかったような気分である。それでいて、ぼくなど勇壮と縁どおい臆病者で、そのうえに国家政策に背を向け、意味もなく殺されるアホラシサに、だれにも遠慮せずにガタガタとふるえ卑怯に逃げまわっていたのだけれど。

でも、これもまた恵まれた立場で、あの時代に、非国民の卑怯者として戦争からドロップアウトしてしまったから、もともと不条理な戦争に白けてつきあえたのかもしれない。

でもあえて、ぼくのような非国民少年というのも、当時の人の心に隠されていた無意識が形をとっただけで、普遍的なものと思う。あの当時だって、みんなの心のなかに、反戦少年や非国民少年が棲んでいないはずがない、とぼくは信じていた。

（一九八二年）

なぜ勉強するの

わかり方のコク

ぼくは数学をやっているので、とくに数学に引きつける癖《くせ》があるが、勉強というもの、もっと人それぞれに、自分にあったやり方を試みてよいと思う。いま、普通に行われている勉強は、ぼくなんかには、とても合わないと思うからだ。

数学では、問題の解き方をおぼえるのは、なるべくあとにしたほうがよいと思う。早く解けて安心したいと思うだろうが、数学なんて、解き方がわかってしまうと、たいして仕方のないもので、あとは、他人の解けない問題が解けたと自慢する、ぐらいのことしか残らない。

数学というものは、解き方がわかってしまったあとで、力がつくことはない。解き方を身につける前の、まだ解き方のわからない間だけが、力をつけるチャンスである。解けるようになるのは同じでも、それまでのあり方で、力が身につくかどうかが、きまってくる。

それに、おもしろいのも、本当は、まだ解けないで、いろいろと考えている間である。解けなきゃつまらないようだが、それは早く解こうとあせるからで、楽しみは解けるまでのほうにある。解けるようになったあとは、むしろむなしい。だいたい、「答えのわかっている謎」なんて、意味がない。解き方がわからないからこそ、問題の名にあたいするのだ。

もちろん、まったく手がつかないのでは、おもしろくもないが、案外に、多少はわからないでも、うまく頭のなかに飼っておくと、そのうちに馴れてくれて、わかってきたりする。その、だんだん少しずつ、わかりかけというのも、オツなものだ。そのためには、それを飼っておく、頭の牧場がゆたかでなければならない。本当のところは、数学の力というのは、いろいろとわかったことをためこむより、わからないのを飼っておける、その牧場のゆたかさのほうにあるのかもしれない。

とくに、公式などをおぼえるのには、ぼくは反対である。それは簡単すぎて、少しもおもしろくないし、おぼえたものは忘れるものだ。とくに、急いでおぼえたものは、早く忘れる。同じおぼえるにしても、なるべくなら時間をかけたほうが、長持ちする。

本当は、公式というものは、おぼえないでよいために、本に書いてあるのだ。だから、なんどでも、本を見たほうがよい。使う公式を見つけるのに、少しは時間がかかるが、そこがよいところだ。それはいわば、草むらにかくれた花を探すようなものだ。そうしたときには、しぜんと、公式の咲いている景色も目に入る。

紙に書きぬいた公式なんてのは、切り花を集めたようなもので、目だつかもしれないが、そのかわり死んでいる。それが咲いていた景色から、切りはなされている。それで、実際に公式を使うとき、その景色の持っているはずのフィーリングが身につかず、誤って使ってしまったりする。

たしかに、公式をおぼえて、それを使って問題を解くことをおぼえると、早く問題が解ける。しかし、早く解けすぎる。そして、しばらくすると、忘れてダメになる。

さしあたりのテストの点をあげたければ、それも一つの方法だ。テストがすんでしばらくして忘れたのでは、かなりムダだが、それでも、さしあたりのテストの点をあげる必要のあるときは、仕方がないからやってもよい。しかし、それなら、数学の力をつけるなどと思わずに、なるべくなら一夜漬けで、アッサリおぼえて、アッサリ忘れたほうがよい。

そして、ふだんはむしろ、公式をおぼえて解こうなどと思わずに、なんどでも本を見ればよい。ときには、本を探すのがめんどくさくて、公式なしにヤリクリしたくなることもあろう。ヤリクリの心が、力をつける。そうした、サボリの心がなくては、力はつかない。

このごろは、テストでおどされることが多いので、わかること、解けることを急ぐ傾向にある。たしかに、テストなどでは、時間がかぎられているので、急ぐのも多少は仕方がない。しかしながら、時間を制限されたときに急いでできるためには、時間の制限されていないときに、時間を気にしないでやっておいたほうがよい。テストで急ぐためには、テスト以外では急がないほうがよいのである。

どんなやり方でも、わかって、問題が解けるようになる、という結果は同じかもしれない。しかし、ゆったりとやると、そのわかり方にコクが出てくるものだ。そして、その結果に達するまでの道筋を楽しむことで、力がつく。

勉強を楽しむなんて、と思うかもしれないが、それは目的ばかり見てあせるからで、楽しむ気になれば、なんだって楽しめるものだ。

ときには徹夜を

ぼくは大学にいるので、まわりには、数学やら文学やらをやってる連中が多い。ところが、そうした連中は、あまり規則的に勉強しているように見えない。もちろん、人いろいろで、毎日きまって勉強するのもあるが、どちらかというと少数派ではないだろうか。

たいていは、いったん熱中しはじめると、三日間ぐらい寝なかったりして、没頭している。もちろん、そんなことで体が持つわけはなく、しばらくすると、ボケーとして山ばかり眺めていたりする。あんなに夢中になっていたのが、嘘みたいだ。こういうと辛抱がたりないようだが、またしばらくすると、すっかり見かぎったはずのその問題に、また挑戦していたりする。どうも、あまり規則的に勉強していると思えない。

中学生あたりだって、ときには、夢中になって徹夜するぐらいのことも、あってよいのではないだろうか。そんなに興味がわくことはいつもはないかもしれないが、たまにはそんな気分になることだってあるだろう。数学でなくって小説あたりだと、よくあることだ。そうしたとき、思いきって徹夜してしまったほうが、たぶん本好きになれると思う。

毎日を規則的に勉強することを、言いすぎるために、ものごとに熱中する機会を奪っているのではないか、と思う。たしかに、毎日規則的のほうが、健康にはよいだろうが、勉強はジョギングではない。五十を過ぎた老人どもが、不健康な徹夜をするくらいだから、若者ならどうということもあるまい。

身体的なものは、毎日やることで、身につく面もあろう。しかし、精神労働というのは、規則的にやるのに、あまりなじまない。それでは、ただの「鍛練」のようになりやすく、一定時間を過ごすだけの苦行《くぎょう》になってしまう。きまった時間を机の前ですごす、といった、「勤務時間」を消化するサラリーマンみたいだ。

勉強というものは、時間でははかれない。机の前にいるかどうかでは、はかれない。山をボケーと眺めていようが、そのときに、頭を働かせているかどうかだけが、問題になる。たとえば、数学者が数学を考えるのに、机に向かってというタイプの人もあるが、歩きながらとか、草原に寝ころがってとかいった、タイプの人も多い。

ただ、机の前でいくらか過ごしたりすると、自分にとって、勉強したという安心感が持てる。安心感を持ちすぎるのも問題だが、だいたいは、自分の気持ちを安定させるのはよいことだ。規則的な勉強のよさは、むしろそっちではないだろうか。

それが裏目《うらめ》に出て、できそうもないような予定表を作って、それが実行できないといって、わが身のふがいなさを責めてはいらいらする、そんなバカバカしいことはない。規則的な勉強というのは、自己満足のためにあるのであって、アセリのためではない。

人によって、効率はさまざまだが、本当に集中して頭を使うのは、一日に二時間ぐらいが限度ではないか、とぼくは考えている。少なくとも、ぼくの経験では、一日に二時間ぐらいを一週間続けたら、幻聴《げんちょう》が出たりして、神経症《しんけいしょう》ぎみになった。これは、ぼくの頭が弱いのかもしれない。

もっとも、一日に三十分が限度という奴もいて、そいつは数学者仲間で一番さえてる男だから、きっと集中がぼくなんかより、強いのだと思う。ただし、山をボケーと眺めたりしているときも、なにかの考えを準備したりすることもあるから、集中だけではかることもできまい。徹夜しているときだって、本当に考えているのは、そのうちの一時間ぐらいのものだ。

結局は、時間よりは密度だと思う。一日に六時間なんてのは、その時間を三本立ての映画を見たり、マージャンをしたりすると、ずいぶん疲れるから、たぶん、映画やマージャンほども、集中はしていないのだと思う。

じつは、受験のことを考えても、長い時間勉強をするよりは、テストの時間に集中できるほうが、有利だと思う。受験のためには、たとえば夏休みの一日でも、朝からミュージックなど聞いていて、目ざましが鳴った瞬間に問題集に切りかえ、それから二時間ほどは猛然と問題にとりくみ、時間が来たらまたミュージック、なんてのも悪くない。急発進・猛スピード・急停車といった、勉強暴走族の訓練は、受験に役だつ。朝から晩まで、時間だけダラダラと、机の前にいるよりは、ずっと役だつ。

こうしたことは、多少は個人の性格による。しかし、少なくとも若いときには、いろいろなやり方を試みてみるものだ。

たまには、徹夜したってよいじゃないか。

楽しまなきゃソン

きみたちは、たとえば数学など、あんなに難しくって、将来に役にたちそうもないものを、なぜ勉強しなければならないんだ、と考えているかもしれない。数学は科学の基礎だとか、数学をやると頭が論理的になるとか、そういったことを言う先生もあるだろうが、ぼくはあまり、そうしたことを言う気はない。

ひとつひとつについて考えだすと、学校の勉強はたいてい、あまり役にたたない。源氏物語だって、封建制だって、それを知らないとくらせないわけではない。人間として、全体として役にたつ、ぐらいのことしか言えない。それに、どれも難しい。

しかし、若者というものは、役にたたなくても、難しくても、気に入ったらやるものだと思う。たとえば、きみたちのなかには、ギターが好きな子がいるだろう。あんなもの、べつに役にたたない。コード進行なんて、けっこう難しい。楽譜が読めると将来に役にたちますとか、音楽は人の情操をゆたかにします、なんて学校の先生は言うかもしれないが、音楽を好きになるのに、そんなことは関係ない。

よく、「やる気を出せ」などと言うが、身がまえして「やる気」などと言わねばならないのは、まず本物ではない。やるなと言われたって、のめりこんでしまうのが本物だ。

その点では、学校の勉強というのは、あまり効能を言われすぎるから、いやになるのではないだろうか。マンガだって、毎週宿題で感想文かなんか書かされて、学期末にテストがあって内申書に点がついたりしたら、いやになることがあると思う。それを考えると、数学なんかそんな目にあいながら、それでも数学ずきな子もいるのだから、ケナゲなものだと思う。

ぼくは、案外とリラックスして、マンガやテレビのようなつもりになったほうが、勉強とだってつきあえるのじゃないか、と考えている。どうせやるのなら、楽しまなきゃソンだから、勉強をマジメに考えるより、面白半分ぐらいの気分でつきあったらどうだろう。

そうすると、案外といいところが見えてくるものだ。小学校のころにダメだと、中学校でもダメだなどと、言うおとながよくいるが、そんなことはない。若い間は、のびちぢみがあったほうがよい。小学校でダメで中学校で急によくなったりするのも、おもしろい。

それに、たとえば数学についてなら、いまは気分がのらなくても、いったん調子が出はじめたら、中学校の数学ぐらい、アッという間に追いつくことを保証する。調子が出るまであせったり絶望したりしなくとも、調子が出たときにやるのでよい。

じつは、数学というものには、困ったところがあって、わかってしまえば易しいのに、易しいことほど、なかなかわからない、というところがある。いっそ難しいことだと、それなりにがんばって征服できるものだが、易しいことをわかるのは難しい。世のなかの真理というのは、たいてい単純でやさしく、そして単純でやさしいものほど、複雑で難しいことにくらべて、とらえにくいものだ。数学では、そうした性格がきわだっている。

そのかわりに、わかりはじめると、スルスルとわかるものだ。いまわからないからといって、できるようになる道がふさがっているわけではない。理学部あたりの大学生に聞いてみると、小学校でダメで中学校から好きになったとか、中学校までダメで高校から得意になった、なんてのもある。中学がダメでも、高校があるさ。

もしもきみが、いまは勉強ができなくても、勉強のできる人を「別の人」のように思うものではない。それは、できる時期がずれてるだけのことだ。人間というものは変わるもので、中学のときに数学大きらいで、おとなになったころに、数学大好きになることだってありうる。

それには、勉強というものを、固定して考えないほうがよい。どうしてもイヤというのなら、いっそ二月か三月ほど、目にふれないようにする手もある。人によっては、それでそのあと、また気が向いてくることもある。もちろん、これは人によることで、だれにでもすすめられることではないが。しかし、三か月の空白は不安だろうが、それぐらい、いつでもとりもどせる、そうした気分のほうがよいと思う。

いったん落ちこぼれたらもう回復できない、そう考えているとしたら、勉強を定期バスのように思っているのではないか。勉強というのは本来、森かげの散歩道のようなものだ。暑いので木かげで昼寝する人間もあるかもしれないが、目がさめてから歩きだしたってかまわない。

若さには、バネがある。いまちぢんでいても、このあとのびればいいんだ。

（一九八一年）

頭の中に古本屋がある

ぼくは机を持たない。本を読むのも、こうして原稿を書くのも、すべてベッドの中である。

この習慣は学生時代にできて、今はすっかり身についてしまった。頭と目と手以外は、休息しきっている。

それで眠くならないかというと、むしろ寝つきの悪いたちだから、眠気が近づいたら、大急ぎで電気スタンドを消し、眠ることを試みる。書きかけの原稿の続きが頭の中に残っていて、とてもいい文章を考えていたような気がするのだが、残念ながら朝にはすべて忘れている。寝つきが悪いのは、寝起きの悪いことでもあって、目覚めのほうはいつもぼんやりしている。昨夜のことは気にしない方針だ。

ものを考えるほうは、寝つきの悪くなるもとなので、あまりしないようにしている。若いころは、数学を考えだして寝つかれず、そしてなにごとかうまく行ったつもりだが、朝には忘れてしまっている、なんてことがよくあった。思いだすのは、何日かしてから、なんでもないときだったりして、体と頭に悪いだけだから、なるべくしないようにしている。実際に若いころには、そうした不毛な体験のあとに、幻聴というおまけがついたりした。

数学の研究会などで、なにか問題が生じたとき、数学者どもの態度を観察すると、だいたいゴロリ派とウロウロ派とがある。ゴロリ派というのは、あいている椅子に寝そべって、天井を向いて目をつぶる連中である。ウロウロ派というのは、立ちあがって、そこいらを動物園のクマのようにうろつく連中である。机の上の紙に向かうというのは、あまりいない。机に向かうのは整理するときだけだ。それがぼくの場合は、夜中のベッドの上になる。

じっとしているなら、半分ねむるよりなく、動くのなら、うろうろするよりない。それがいい考えの浮かぶのを待つ姿勢だろう。しかし、もっといい考えは、なんでもない日常のなかにあるようだ。

学生のころ、試験のときにできなかった問題が、帰りの満員電車の中で解けたことがあった。今でも、講義でつまったところは、たいてい帰りの電車で解決がつく。研究室に戻ってすぐ、なんてやる気もないが、やってもだめだろう。家に帰ってからゆっくりと、というのでは構えすぎである。学校でもなく、自宅でもなく、その中間あたりがよいようだ。

このごろはもう、あまり数学を気にかけなくなったのだが、若いころには数学が生活をおおっていた。と言っても、普通に生活をしたし、映画や芝居にもよく通った。しかし、数学におおわれていた証拠に、風呂の中でふと定理を思いついたり、映画のラブシーンの最中に疑問が解けたりしたものだ。このごろでは、たぶん数学がそんなにのしかかっていないので、ゆっくり風呂に入れるし、映画だけに専念できる。

それでも、なにかを思いつくのは、いつも他のことをしているときだ。これを考えてと思って、いい考えの出たことがない。ついでに、本を読んでいい考えが浮かんだこともない。本を読むのと、ものを考えるのは、べつのことだ。

もっとも、どんないい考えが出てきても、メモをする癖がない。メモをしたところで、整理音痴だからなくすに決まっている。その上に、もの忘れの名人だから、おぼえてもおれない。

この点では、いい考えをいくつか、潜在意識にとどめておいて、何度も思いつき直すことで、考えが熟してくるのだと思うことにしている。考えというものは、使いきるとだめで、ムダをいっぱい潜在意識にためておくのがいい。

講演などで、ぼくは準備するとかならず失敗する。予定したことと、時間の関係がうまく合わない。それで、授業も講演も、ついでにこうして原稿を書くのも、すべて準備なしのアドリブである。それがつっかえたとき、ふと潜在意識から出てきてくれるのが、ムダにしたはずの考えなのだ。それを使い切ってしまってはだめで、できるだけムダをためておくのがいい。

じつはぼくは、極端な読書癖があるが、読んだはしから忘れていく。快食快便読書術と称しているが、頭の中を通っていって、その間になにがしか吸収している。内容を残そうとすると便秘する。そのときの頭の体調にしたがって、たくさん吸収することもあろうし、あまり吸収しないこともあろう。それでも頭の栄養になっているだろう。読書とは、ぼくにとっては三度の食事のようなものだ。たまに、一日に七冊も八冊もドカ食いをすることもあるが、そんなことを続けては体に悪い。

ただ、乗物にのると本を読まずにおれぬ悪癖がある。学生のころは戦後の殺人電車の時代だが、山手線はいつまでも乗っていると、そのうちに坐れる。そしておもむろに本をとりだして、阿鼻叫喚《あびきようかん》を眺めながら読む、その快感を楽しんでいた。満員の乗客の恨みが目に来て近眼になってしまったが、いまだにその悪癖がぬけない。このごろは新幹線だから二冊か三冊ですむが、昔の夜行列車だと七冊も八冊も本をかついで移動せねばならなかった。

それで、本がたまるのには閉口する。床にコンクリートを張って、本棚だけの部屋を一室作ってあるが、整理が悪いから、探したい本が見つからない。もっとも、なにかの本を探しに入ると、目あての本は見つからなくとも、本棚を眺めているうちに、べつの本を立ち読みしたりできる。つまり、自宅の中に一室、専用の古本屋を抱えこんでいるわけで、ときには古本屋の立ち読みの快楽を味わうのである。

ぼくの頭の中は、きっとこの書庫に似ていると思う。読んだ本の断片やら、人と交わって得たことが、整理されず見つかりにくい形でつまっている。なにかの折りにおとずれた、いい考えもあるかもしれない。そのおかげで、準備もなしに講演会場に行ったり、原稿用紙に向かったりしても、その場でなにかを引きだすことができる。

しかしながら、もしも創造というものがあるとすれば、それは日常のあいまに、たまに訪れてくれる、いい考えのほうだろう。それは求めて来てくれるものでもなく、うろうろ暮らすなかでチャンスを待っているだけなのだけれど。だから、創造空間というのは、どこか異界にあって、たまに出あえるだけのような気がする。

そのおかげでぼくの頭の中の古本屋があるのだが、それはぼく自身にもよくわからない。しかし、それがぼく自身にほかならないのである。

（一九八七年）

時代の寸法

その日をよく生きることがなによりとは思うけれど、人間はやはり、この一年ぐらいの流れを念頭において暮らしている。それでも、十年もたつと、自分が変わったばかりか、世のなかがすっかり変わっていることに気づく。

ぼくが十代のころには戦争があって、百年も戦争が続くようなことを言う人がいた。ぼくはそんなに続くはずがないと考えたけれど、爆弾の降ってくるなかでは、平和のイメージを作れないものだ。

戦後の焼け跡の青春では、このまま五十年は敗亡の難民と言う人もいたが、これもぼくは楽観派で、案外に回復は早いと思っていたけれど、闇市で繁栄のイメージは持ちにくい。

高度成長になって、ただただ人工が自然を支配していくことに不安を感じはしたものの、人間と自然との共生などと言うことを考え出すのは、人なみに十年もしてからだった。

それでぼくは、人間というものは、十年後の社会を実感としてとらえることは無理と考えている。十年後の未来予測はたいていはずれる。それより、今の感覚がせいぜいこの十年ぐらいのものと、距離をおいて考えることに意味があるのではないか。それだけでは不安だから、この現実で生きてはいくのだが、そこにちょっぴり距離をおくこと。バブルとその崩壊も、そうした感覚の欠如から生まれた。

おそらく、歴史の最大の役割は、現在を異化することにある。過去の継続や未来の予測とは思わぬ。未来をイメージできなくとも、現在に疑いをもつぐらいのことはできる。それでも、十年ごとに時代は流れていても、人間は続いて生きている。そこには、一つの時代がある。現在が、百年前の明治と違うことはだれにもわかるが、それなりに続いている。

これが人間と自然とのかかわりともなると、千年単位で動こうし、自然そのものとなると万年単位。ただし、昔のことは、影響の薄れるのが当然で、十九世紀と二十世紀の差は歴然としていても、九世紀と十世紀の差は判然としない。千年前の百年の差は、百年前の十年の差にしか見えぬ。その時代に生きた人は、今と同じく一生を過ごしたのだろうが。

もっとも、十年、百年、千年などと、十進法で考えがちなのも、単に人間の癖であって、その中間ぐらいがしっくりする。日本文化だってヨーロッパ文化だって、せいぜい数百年で考えたほうがよい。応仁の乱あたりから前の日本は、ほとんど異世界で、現代のアメリカや中国のほうが、まだしも理解に共通点がある。

二十世紀の文学とか、二十世紀後半の数学とか言うのも、なんとなく寸法が合わぬ。五十年は短すぎるし、百年は長すぎる。人間の寿命に合わせて数十年ぐらいか。その点で、干支《えと》というのはうまくできている。時代もちょうど還暦。このごろの人間は長生きするので、二つの時代を生きることにもなる。

それが野口悠紀雄の言う一九四〇年体制で、要するに、戦中に計画されて戦後に実体化した体制が、現在は破綻しているということ。ぼくは同じようなことを、一九三〇年体制と言っていたが、それは彼の生まれたのが四〇年で、ぼくの生まれたのが二八年で、ここでも自分の寿命に合わせている。ただし、時代が変わって新しいものが要求されるという原因から考えると三〇年になるし、制度化が計画されて社会体制として始まることでは四〇年になる。まあ、そのあたりからこのごろまでが、一つの時代として寸法に合う。

ぼくは昭和という時代を生きてきたわけで、その節目に戦後とか、高度成長とかがあるが、それを人間の一生にたとえたことがある。暴走族をしていたのが補導されて堅気のサラリーマンしますというのが昭和の成人期。社員アパートから出て中流もどきの一戸建ての住宅で、ローンのために働きますが昭和の中年。そして、ゴルフだのリゾートだのと浮かれたが、やっぱりバブルがはじけて定年になりましたというのが、悲しい昭和。

ついでに、今の時代のもうひとつ前の数十年というのは、すごい時代だったと思う。たとえば美術なら、英雄の姿や美しい野原を描いていたのが、ハスが色覚検査表になってヒマワリは燃え、やがて目や鼻が動いて、三角や四角の模様になった。人間にとっての美の概念がかくも変わった。

あるいは物理学。力学的世界観が電磁気学や統計力学になって、やがて相対論や量子論。物質の概念自体を変えてしまった。

今の時代の数十年、芸術も科学もその進歩は著しい。その生産者や消費者、そして生産量からすれば、前の時代の十倍から百倍。このままでいいのかと、少し心配。それでもその進歩は、この時代の枠のなかで進んだ。ここでも、次の時代を予測することなんか、できそうもない。

それでも、時代は終わって改革の季節。談合と系列の体質は吉宗の時代以来、という考えもあるが、さしあたりは四〇年体制の崩壊と考えたほうがよい。実際に、税制も金融も土地も、四〇年体制。現在の常識はその時代に定着したものにすぎぬ。

終身雇用の年功序列なんてのも、その時代に作られたもの。その前の時代では、腕に自信のある職人は自由業だったのが、戦時生産の熟練工確保のため、生涯保障が制度化されたのだそうだ。昔の文士は貧乏してたかりあっていたが、総動員令から、織田作や足穂までが会社に籍をおくようになった。このごろでは、就職というのを賃金保障のように考えるが、それは戦後の現象であって、それがサラリーマン化ということである。

そして戦後に、生活保障的な意味からの労働争議もあって、賃金表制度が定着した。ぼくの先生のころだと、国立大学の教授だって学問芸人として学部長の裁量で引きぬいたりぬかれたりしていたそうな。気分はほとんどプロ野球かJリーグ。

もともと、若いうちは安い賃金でも苦労すれば未来は安泰、年をとれば役にたたなくとも会社に貢献したのだから優遇してあげようというのが、年功序列制。毎年はせわしないし、十年ぐらいで考えてよいとは思うが、三十年後への期待とか、三十年前の貢献というのでは、あまりに長い。経済学者に言わせると、こんなことが可能なのは、いつも拡大していくネズミ講なのだそうな。

このごろ就職難がよく話題になるが、それでも日本は失業率は低いし、むしろ賃金保障のウエートが多すぎることのほうが気になる。若者はもっと、みんないっしょに会社の枠に入るのではなく、少しはうろついているのもいたほうが町に活気が出る。家庭を持つ年齢が上がったことだし、今の日本で若者一人ぐらいなんとか生きていける。日本人のサラリーマン化、もう少し抽象的に言えば、組織人間化にどう歯止めをかけるか、といった議論も必要ではないか。そもそも、サラリーマン率はどの程度が適正かという議論すらなしに、就職難が問題になるのはちょっと異常。就職の哲学が前提のはずなのに。これもまた、そうしたことを考えなくさせている四〇年体制。

学校を出るとすぐ就職、というのもこの時代。大正時代はもっと隙間《すきま》があったらしい。アメリカあたりは、今でも大学を出てすぐ就職するとはかぎらぬ。京都の大学を出て、神戸で半年ボランティア、秋から東京に就職なんてのが、二割やそこらはあってよい。東海道新幹線で東京へ着いたら、半日ほど銀座をぶらついて、夕方の東北新幹線に乗るようなもの。今の日本では、先を急いでみんないっせいに乗りかえるから混み合う。

ともかく時代の変わりめ。さまざまの寸法の時代があるにしても、過去の常識にしがみついてはおれぬ。時代を意識するとは、一つの時代にしがみつくことではなくて、複数の歴史時間に身をおくことで、それが時代を哲学することでもある。

（一九九七年）

危険な領域

ぼくが中学生のころ、暴力団とつきあっている友人がいて、麻薬にだけは手を出さないようにしていると、変な自慢をしておった。何年かして出あったとき、彼は東大法学部の学生で、司法試験に精を出していた。今では、どこかの裁判所の所長をしているという噂だ。

これはもちろん、昔話である。今ではおそらく、考えられないようなことだろう。そうしたことが昔話にしかありえない、そこに大きな問題がありそうに思うのだ。

じつはぼくは、「非行ゼロ」というのが、そんなによいことと思っていない。そうした状態にするためには、かなりの無理が必要だと思う。それに、そうした学校にいる生徒は、ひどく悪にたいして不寛容で、自分も抵抗力がなくなるのではないかと思う。たとえば、「前科者」にたいしてひどく冷たく、ときには差別者になるのではないかと思う。

たしかに、「非行生徒」からの影響を恐れる声はある。しかし、影響しあうのが当然の人間関係のなかで、いかにして自分を作っていくかが成長であるわけで、影響を切断するのがよいと思わない。もしかして、「非行生徒」の影響がすべての生徒に及ぶとしたら、それが「普通の生徒」ということになってしまい、問題はなにもなくなる。「非行ゼロ」を目ざして、「非行生徒」を排除して影響をたちきることは、それ自体が非教育的なことだ。だからぼくは、「非行生徒」も包みこめる社会が、よい社会だと思っている。

たとえば、縁日に行くと、スリやヤクザがいたりする。ぼくは、スリに金をとられてみじめになったり、ヤクザにおどされてこわい目をみたり、被害経験ばかりがあるが、スリやヤクザをゼロにしようとしたら、縁日の風情がなくなってしまいそうな気がする。スリやヤクザが威張っているのは困るが、こちらのほうはそれに気をつかいながら、縁日の風情を楽しんだほうがよいように思う。ところが、このごろの学校は、スリやヤクザのいない縁日を確保することにばかり熱中して、それで風情がさっぱりなくなってしまった。

そうは言っても、「非行生徒」になってしまう身にとっては、将来が悲惨なことになりそうだ。まわりのことより、本人にとって気の毒なことになりかねない。とくにこのごろ、あの「非行生徒」の未来を想像すると、あまり気楽に、「非行生徒」ぐらいいたっていいじゃないかとは、とても言えない気分になってきている。昔話のような時代ではないのだ。

しかし、「非行」というものを、ひどく危険なもの、排除しなければならないものとしすぎているために、かえって回復の道をふさいでいないか、そんな気もする。いったん「非行生徒」になったら、もう戻る道はたちきられているようだ。

とくに、「非行の芽」というのが気になっている。ちょっと「非行すれすれ」のあたりに近づいてみて、少しこわくなって、また戻ってくる、そうしたことは普通だと思う。規則があれば少し破ってみたいとか、服装は少し乱してみたいとか、それが正常な精神ではないだろうか。そして、「非行生徒」と「普通の生徒」との間で、そうした還流がつねに行なわれていたら、いったん「非行生徒」になったところで、簡単にその還流にのって「普通の生徒」に戻れそうに思う。

ところが、そうした領域は、今では「非行の芽」として、空白地帯にされている。それで、うっかりそこへさまよいだしたら最後、あとははみだして、「非行生徒」の方向へ流れるしかない。実際に、「非行の芽」を摘もうとしているほうでも、そこを危険な領域として、いったんその領域に行くと、「非行生徒」になる可能性しか考えない。

それが危険な領域であるのはたしかで、そこから「非行生徒」にはみだす可能性と、逆に「普通の生徒」に戻る可能性と、その双方を持っている。こうした中間の領域というのは、とても大事な場所と思う。そこを「非行の芽」として空白地帯にすると、還流がなくなって、「非行の流出」と、それを食いとめようとする「とりしまり」だけになる。

このことは、「非行生徒」と「普通の生徒」を隔離して壁を作ることになる。そのこと自体が、このましい構図と思わないが、「非行対策」としても拙劣ではないだろうか。人間がいつでも「普通の生徒」でしかあってはならないというのは、不自然なことだから、壁からはみだす人間はいつも生産されるし、そして、そうした無理のために、学校がますます不自然な社会になる。そして、この壁は、むしろ「非行生徒」が「普通の生徒」にまぎれこめなくする役だけを果たしている。

「非行生徒」と「普通の生徒」との間の危険な領域、その場所を大事に育ててほしい。

（一九八三年）

湯川秀樹のこと

中学生のころのことを書いていて、湯川秀樹のことを思いだした。ぼくが最初に学校をサボったのは、湯川さんの講演を聞きにいくためだった。中学二年のときである。以来、学校をサボル癖がついたが、親のほうは、「学校へ行くよりも、自分にとってよい一日を送ること」という条件つきで、落第しない程度になら、学校をサボルことをなんとも言わなかった。この条件、中学生にはちょっと、きつかったなあ。

講演のほうは、すっかり眠りこんでしまった。それ以来、なんどか湯川さんの講演を聞く機会はあったが、いつも眠くなるのであった。

ぼく自身も京大の教師になってからは、学内で珍しい研究会があって、ヤジウマのぼくがのぞくと、これも大ヤジウマの湯川さんも来ていることが多かった。定年近くの大教授なのに。

そして、まったく専門外の珍しい話を前のほうで聞きながら、そのうち貧乏ゆすりを始める。これは乗ってきた証拠で、とんでもない質問をする。講師はたいてい、二十代ぐらいの若僧なのだが、トンチンカンな質問はたちまち撃退されて、「ああ、なんたる愚問」と、湯川さんは落ちこむのだが、性こりなく愚問をくりかえす。

そのうち、だれも考えつかなかったようなことを言いだして、研究会はとたんに活気づく。だから、「湯川さんの愚問」というのは、とてもよかった。

もっとも、これはノーベル賞のおかげともいう。二十代の若僧だと、ヘンな質問をするとばかにされないかと、講師の気にいりそうな、優等生風の質問をしたがる。そんなのは、予定のコースだから、少しもおもしろくない。

この話を、中学校の先生にしたら、中学生でもトンチンカンなことを言うのは、優等生だそうだ。劣等生のほうは、勉強もできないのにばかな質問をする、と言われるのではないかと、優等生の真似をしたがる。

若僧や劣等生に愚問が解放されねば、真の解放はない。愚問を発する特権は糾弾されても仕方ない。しかしながら、湯川さんが、私は日本を代表する学者だからとか、優等生が、ぼくはクラスを代表する立場だからとか考えて、模範的な質問ばかりしていたら、もっと悪い。だから、特権を糾弾されても、愚問を発するのがいい。

定年後の湯川さんと、三時間ぐらいかけて、いっしょに食事をしたことが一度ある。とても楽しかった。

「森君なんかは、輪廻転生を信じんやろ。そら楽観論やで。わしはなあ、死んでブタに生まれかわったらどないしょ、と思うたら気になってしゃあなかったんや。ところが、だんだん年をとったら、ブタになったらなったでしゃあない、思うようになったわ」

あらかじめ、湯川さんは数学コンプレックスがあるから気をつけろ、と言われていたのだが、ここでブタの話が数学に転調する。

「数学かて、昔は気にくわんかったけど、このごろは、それなりに一つの世界を作るというのは、ええこっちゃと思うようになった。小説といっしょや」

ここで急に顔色が変わって、

「しかし小説は、モデル問題なんかおこして、他人のプライヴァシーおかしたらいかん」

湯川さんをモデルにした小説の「山頂の椅子」事件が、よほど頭にきていたらしい。それから、「紫式部はモデル問題をおこさん」、と源氏物語からお得意の水滸伝の話になる。

ぼくは、その前に物理学者と話していて、「弁証法というのは発展の論理のはずで、歴史的に回顧して弁証法で説明がつくことはあるけど、研究の方向が本当に見えることがあるんですか」と質問をしたら、相手が困って、「まあ、当たるも八卦、当たらんも八卦ぐらいが正直なとこですかなあ」と言った話をしたら、ひどく喜んだ。「あの連中にそんなこと言うたら、かわいそうやがな」とたしなめられたけど。湯川さんの弟子筋には共産主義者も多いけれど、なぜか御本人は共産党ぎらいなのである。

「しかし、武谷君の三段階論は、うまいことできとると思うな。わしは、一生かけて本質論を追求しとるんやけどなあ」と、ちょっと怨念のこもった眼つきをした。ちょっと解説すると、本質論ごのみの湯川さんに、実体論が必要と言ったのが武谷さんで、それが成功した中間子論だと言われている。その後はまた本質論に向かうのだが、まあこれは挫折したと言ってよいだろう。中間子論で意気さかんだったころの、若い湯川さんはちょっと厭味だったが、本質論に挫折した湯川さんはとても味があって、だれからも敬愛されていた。人間とはおかしなものだ。

同じく本質論に挫折したハイゼンベルグへのライバル意識は有名で、彼が京大で「現代物理学とプラトンの哲学」という講演をしたら、頼まれもせぬのに、「現代物理学と老荘の哲学」という講演をしたのが、おかしかった。

「ハイゼンベルグはボルンの弟子で、たいていの偉い物理学者は悪い奴(自分は?)やけど、ボルンは偉いのにええやっちゃ。ところが、ハイゼンベルグはボーアのあとに従って物理学にめざめたようなことを言いたがる。なぜかわかるか。つまり、ボーアをソクラテスに見たてとるんや。そしたら、自分がプラトンになれるやろ」

見たてが好きらしくて、

「ニュートンは、生まれる前に父親が死んで、天上の父なる神の前なる自分、つまり自分がキリストのつもりやったんやで。そやからユニテリアンで、聖霊みたいなもん、いらんのや」

そのあたりから宗教論で、空海と親鸞の比較論になったのだが、空海ずきの湯川さんの断定がすごい。

「親鸞の好きな奴は民青や。しかし、日本人はだいたいが、親鸞を好きよるんや。そのうち、日本中、民青だらけになるで」

なんぼなんでも、これでは民青がかわいそうと思っていたら、本当に機嫌が悪くなったみたいで、「ああ、ずいぶん喋ったな、もう帰ろう」

でも、全体的にはかなり御機嫌だったらしい。そういえば、あとで桑原武夫さんに聞いた、テレビ対談の話がおかしかった。はじめは乗らずに困っていたら、時間がなくなったあたりで乗りだして、桑原さんが時間内におさめるのに苦労したのだそうだ。ところが、

「ああ、今日はおもしろかったな。きみも夢中になって、ぼくの足を踏んでたの、気づかへんかったやろ」

ぼくは、京大へ来てよかったことの第一に、湯川さんと話す機会を持てたことをあげたいくらいだ。

やはり、あのとき学校をサボッたことが、よかったのだ。

（一九八九年）

心のなかの異国

ぼくは東京生まれの大阪育ち、京都と東京で学生をして、そして札幌から京都へと大学で暮らした。子ども時代を過ごした大阪の郊外へ行っても、菜の花畠だったところに家が立ちならび、小魚の泳いでいた小川のあたりは高速道路、そして雑木山にはマンション。ふるさとと呼べるものは、現存しない。

これからの時代、こうしたことが普通になるだろう。畠に小川に雑木山を日本の原風景のように言うが、それは教科書の挿絵の風景のような気がする。現実の日本人の原風景は、むしろ団地のコンクリートの壁かもしれない。このごろの都市に住んで、自分の生まれた家で死ねる人はよほど幸福な人だろう。

人間の長い歴史のなかでは、人間は移住しながら新しい生活を作っていたはずだ。それがやがて定住する町や村といった、その一生を過ごす場所が生まれた。それが都市に発展すると、変容の速度は人間の一生をこえる。都市にふるさとを求めることはもはや無理。

古い町と言われる京都だって、ずいぶん変わった。新しくなって面白いなという気分が六分に、昔の姿が懐しいなという気分が四分ぐらいで暮らしている。考えてみれば京都は幕末はテロと市街戦の町だった。昔の京都は今のエルサレムかサラエボ。都市の歴史というのはそんなものだ。

半世紀以上前だって、都市に住む人が多かったはずだが、そのころの人にはまだ、ふるさとがあったろう。日本はまだ、今のように画一化されていなかったので、町のたたずまいも違ったし、道を行く人の言葉も違った。このごろではどこへ旅行しても、観光用の名所以外は、都市で生活するのと変わらない。略歴などに出生地という欄があって、ぼくの場合なら東京都と書くことにはなるが、五歳ぐらいまでしかいなかったので、昔の東京についてはごく断片的な記憶しか残っていない。出生地というのは、ふるさとが現実に存在したころの遺物ではないのか。今では、どこで育ったかはまだしも、どこで生まれたかを問題にする意味はあまりない。

しかし、半世紀前の人がいつでも、ふるさとに戻ったり、ふるさとのことを気にかけていたかというと、事実はたぶん逆だろう。ふるさとから人がたずねてきたりすることを、うっとうしがっていた話のほうが多い。物理的にも精神的にもふるさとから離れて都市で暮らし、最後まで帰ろうとしなかった人も多い。

むしろこのごろ、ふるさとというコンセプトが強調されすぎているような気がしてしまうのは、こちらがふるさとを持たぬゆえか。学生でも、昔はもっと地方色があったのだが、今はみんな同じで、そのくせ出身を気にする。おじさんの間でも、県人会がさかん。ふるさとが不在になったので、イメージとして作られねばならぬのは、教科書の畠に小川のふるさと風景と同じことかもしれない。

帰るべき不在の場所として、ふるさとが語られるというのは、あまり健全と思えぬ。

二十世紀文化の歴史を眺めると、時代が転回する舳先に、いつも亡命者の姿があるのに気づく。もちろん、彼らだけで時代が動くものではないから、二十世紀文化を亡命者文化のようにとらえるのは言いすぎである。その亡命者たちにしても、出身国の文化を引きずっているわけではなく、むしろ新しい国に新しい文化を生んでいるのだ。

二十世紀は、国民国家に支配されて、十九世紀末あたりから国民文化が注目されてきた。しかしながら、それぞれの国民国家にあって、その国民文化が時代を動かしたという印象はほとんどない。それは、文化的よりは政治的にしか、機能しなかったような気さえする。それにひきかえ、出身国を捨てた亡命者のほうが、きわだった姿を見せるのはどうしたわけか。

政治というものは、ある種の完結性を求めるもので、国民文化は自己完結を求めたがる。ところが文化は、自己充足しているかぎり、新しい姿を現わさぬ。亡命者たちは、捨てた母国、いや帰ることがないのだから、心のなかに秘めた異国を持っていたのではないか。新しい国に完全には同化されないからこそ、亡命者なのだ。その心のなかの異国としての出身文化は、帰る場所ではないのだから、よみがえらせる必要もない。

　半世紀以上前に、ふるさとを捨てて都市で暮らしていた人たちにも、そうした気分があったのではないだろうか。都市で暮らしながらも、生まれ育った場所でないゆえに、完全には同化しきれない。しかし、ふるさとはすでに帰るべき対象でなくなっている。

　戦後になってからは、もともと都市で育った人も増えたろうし、ふるさとの町や村もそれほど変わりばえがせず、異国性は薄れている。交通も便利になったので、帰る気になればなんといったこともないが、それだけに帰郷も都市生活の延長にしかならない。うっかりすると、都市文化に同化したままで埋没しかねない。ふるさとを持たないぼくに起こったこの問題が、今では多くの人に生じている。郊外というのは、市内に町があって、そこから出てきた人たちが住んでこそ郊外であるはず。今では、下町もなくなりかけて、郊外だけが存在している。

　町や村を懐しんで、それを復活させようとしたところで、それは観光名所を作る発想と同じような気がする。ふるさとというのは、捨てた異国であるからこそ意味があったのであって、帰る場所として求めても始まらない。郊外文化の問題というのは、どうしたら完結して充足せず、その生活に埋没せずにすむかという問題のはず。居心地のよさが求められている郊外文化のなかで、いかにして心のなかに異国の屈託を抱えこめるか。

こうしたことは、人間の役割行動のなかでは、いくらか気にしていたことだ。たとえば、ぼくのように大学暮らしが長いと、大学に同化して埋没していたら、大学の垢にまみれてしまう。しかし、生活のほうになると、役割行動よりも深層文化にかかわる。

ふるさとがあろうとあるまいと、だれでも過去の記憶を持っている。過去に帰ることができないのは自明のことだから、帰ることのない世界として思い出がある。ときには、生まれる前の光景までが、歴史として心にきざまれる。

ぼくの場合だと、昭和のはじめに生まれたので、青春は戦中戦後にある。大正から昭和初期にかけては、目で見ることはなくとも、話に聞くことが多かったので、イメージとしては近い。明治になると、昔を語る老人がいても、それはすでに遠い歴史の物語だった。

歴史について、時間のスケールをずらしてみることがある。今の若者にとって、六〇年代や七〇年代のベトナム戦争の時代というのは、ぼくにとっての大正ロマンの時代にあたる。そして戦中戦後というのは、ぼくにとっての明治のようなものか。

それにしては、戦中戦後の時代が、十分に異世界の姿をとらず、戦後日本のトラウマになってきたような気がする。明治日本が開国のトラウマを抱えていたという説があって、なるほど面白い考えですなあと、感心はするものの、それは明治という異世界の物語だから、自分にとっての切実な問題ではない。戦後日本にとって、戦中戦後がトラウマになっているとしたら、こちらは自分の問題。

ぼくの性分として、過去をトラウマとして現在に引きずるのは好まない。そうかと言って、存在していた過去を清算して、なかったことにするわけにもいかぬ。戦中戦後にこだわるのもいやだし、ときにはそれを懐しまぬでもない。それでも、捨てたふるさとのようには、戦中戦後が物語になってくれないのは、なにゆえか。

青春と言っても、ぼくにとっての戦中戦後は奇妙な時代だった。戦中の軍国主義は気にそまぬので、フランスのシャンソンやアメリカのジャズに夢を託していた。戦後になると、マルクス主義にも実存主義にも熱中できないので、江戸かぶれをしていた。つまり、一種の国内亡命のようなもの。だから、その時代を生きたと言えまい。トラウマにはならないけれど、懐しい不在のふるさと。

このごろでも、江戸や明治に人気があったりすると、その時代に国内亡命して、そのなかの姿に身をやつしているのだろうなあと、理解してしまう。動乱の戦中戦後でも、前橋や柳川のようなふるさとを捨てて東京へ来たモダニズム詩人に身をやつしたりしたものだ。今が国内亡命をしなければならぬ時代とも思わないが、国内亡命というのはその程度のもの。

今でも戦中戦後が語られることはあるが、それはトラウマとしてであって、あの時代に身をやつす気にならぬ。歴史意識以前に、語り口の問題として、このことが気になる。捨てた思い出になりきらずにいる青春。戦中にも戦後にもこだわりたくないので、かえって、なんとかならぬものかと思ってしまう。

あの過去は、十分に異世界になりきるまでには、弔われていないということなのか。でも弔いの語り口では、トラウマを強調することになりかねぬ。はて、どうしたものか。

亡命者であるためには、故国へのアイデンティティーを捨てねばなるまい。アイデンティティーの否定ということが、彼らを新しい世界に向かわせる。

アイデンティティーを持つことが、必要なことのように言われているが、はたしてそうか。アイデンティティーという言葉の定義からして、帰属の単一性のニュアンスが強い。今の時代、あらゆるシステムへの帰属意識が薄れている。無党派の政治、無宗派の宗教。ときにはその逆流として、霊的存在への帰属が熱望されたりすることもあるが。

現代という時代を、アイデンティティー意識の薄れていく時代ととらえてしまったらどうだろう。イデオロギー意識が薄れたのも、そうした流れのなかにある。それを認めてしまったほうが、霊にアイデンティティーを委託せずにすむ。

なにかのアイデンティティーを持つよりは、そのアイデンティティーを掘りくずしながら生きる。それが亡命者としての生き方だろう。故国をアイデンティティーとして維持したのでは亡命者になれない。否定的媒介としてのふるさと。どうせ帰ることがないのだから、過去は現在を否定するためだけで十分。心のなかに異国を抱えて生きる。そのことで、現在に同化して埋没することから避けられる。

ふるさとへの夢は、肥大化させないほうがよい。アイデンティティーを託すことができぬから夢なのだ。まして、夢にこだわってはつまらない。帰郷というコンセプトを否定してこそ、ふるさと。

その点でこのごろ、ニュースなどで帰郷ドラマがブレーキなしに流されるのが、ぼくには不満である。ちょっと懐しいな、それぐらいですませてほしい。今を生きることのほうが、ずっと大事じゃないか。すでに不在となったふるさとを、無理に演出しようとしては、薄っぺらになるのも当然。

現在が未来になっていくのは、過去を消費することによって。過去が、維持するためにあるとは思わない。そう考えれば、ふるさとの不在だって、気楽なことではないか。たしかに、人間は安定を求めたがる。過去というものは、たとえそれが薄っぺらな物語であっても、護符ぐらいにはなる。その過去に戻ることはできないのだけれど。でも、それが帰ることのできない場所ということを、忘れないほうがよい。

それをトラウマにして未来を暗くしていては、つまらないじゃないか。現在を掘りくずすための異国として過去を思う、亡命者の生き方のほうが現代に向いている。心のなかに異国を抱えているという屈託、そのことで現在の生き方にぶれが生ずる。ことさらに超越的なものを求めるのが性に合わぬ、ぼくにとってはそれで十分。そして、気楽にちょっと、過去に国内亡命してみたりする。失われた時を求めながら。

（一九九八年）

秋月康夫のこと

ぼくは秋月康夫先生の弟子、というわけでもなさそうだ。

さきほど湯川さんの思い出を書いて、故人について思い出を書くと、連載の一回分ができるのに味をしめたようなところもある。生きている人のことは書かぬ。報復される可能性があるからだ。

さて秋月さんのことだが、最初の出あいが悪かった。三高の入学試験のときだ。旧制の三高というのは今の京大教養部で、そのころの入試というと高校入試であって、受験勉強とかは今と変わらない。ただ違うのは、今のように一家一族の栄誉をかけたりするのでなく、「京都へ来たら舞妓さんがいるで」といった先輩の甘言で、ふらりと受験する点である。そして、試験科目の発表は半年前で、勉強に精だした英語も古文も漢文も、みな受験科目になかった。もっともぼくは、試験には要領のいいほうで、半年あればなんとかなると考えていた。

学科試験の数日後に、身体検査と口頭試問がある。そのころには、だいたいの合否はわかっていて、それとなく教えてくれるという話だった。

口頭試問の部屋に入ると、まがまがしい面つきのおじさんがいて、「この戦時中に、みんなが工場で飛行機を作ったりしているのに、学校へ行くより工場へ行こうとは思わんかね」と言う。「あ、これはダメか」と早トチリして、「学校で勉強する人間も必要だから、こうして入試しとるんやないですか」とくってかかった。するとテキは、「きみは、中学校時代の修練の成績が悪いが、サボッたんやろ」と来る。修練というのは、操行の化けたもので、成績のよいはずがない。「え、そりゃまあ、成績が悪いというのは熱心でないということで、ムニャムニャ」「三高へ入ってからは、サボッたらあかんぞ」

――バンザーイ。

さてそのころは、二時間目と三時間目の間に修練の時間があって、校庭で体操もどきをさせられる。めんどくさいので、教室で小説を読んでいると、腕章をつけた上級生がやってきて、「おまえ、なにしとんねん」「はあ、まだ入学したてで、サボッてもわからへんやろと思いまして」「ウム、なかなかカシコイ。そやけど、そのうち秋月修練部長が来よるから、気ィつけや」

一週間ぐらいして、ボツボツとサボリ仲間が出はじめたあたりで、やはり上級生の言うことは聞いておくもの、うしろからゴツン、ふりむくと、あのまがまがしい人相のおじさんがいた。

数学の授業にあたったことは一度もなかったが、サボリのくせにドジなぼくは、ことあるごとに修練部長の厄介になるのだった。ただ、そのあとの正月に、寮で暖をとるための燃料に、古い教室を壊して、戦利品を山のようにかついで戻ってくると、寮の入口で修練部長にバッタリ出あった。ヤケクソの大声で「明けましておめでとうーっ」などなったら、このときばかりはテキもあきらめて、「おめでとう」を返した。

二年生になると、本当に飛行機を作りに、大阪の工場へ行くことになったが、いやでしようがない。それにどうやら、ぼくのところから厭戦ウィルスが出て作業能率が落ちるらしい。寮に少数の留守部隊がいて、お勉強だけしているのだが、そちらへ配置がえということになった。工場をぬけだして一週間後に工場は焼けた。防空壕へ行くのをサボッて寝ていたやつが一人、けがをしたそうだ。こいつも今は、大学教授している。

そのまま京都の下宿でごろごろしていたが、ほってもおけぬので、秋月修練部長のところへ参上して、「おそい」と叱られた。「おまえは、寮で勉強に専念させたろと思うたんじゃなくて、おまえを工場においとくとじゃまやから、こっちへ呼んだんやぞ」と言う。そんなことは、最初からわかりきった話で、工場のほうの監督教官とのなれあい人事なのである。なおこのときの監督教官というのが、後の京大教養部の西田太一郎部長で、六九年の大学戦争のころには、またまた、なれあいごっこをすることになった。そう言えば、その西田さんもなくなった。

「そんなこと、わかってますがな」とまでは言わなかったが、ともかく修練部長管理下の寮に、八月二十日に入る予定になっていたところ、それより前に戦争が終わってしまった。

そんな妙な関係で、ときどき天王町のお宅へも遊びにいった。後に数学界のボスになって「秋月天皇」と呼ばれたものだが、本人は「天王町の秋月や」と言っていた。数学の話、というより数学界の噂話をよく聞いたし、なんとなく年中叱られているような気分でもあった。

北大の助手でいられなくなって職さがしをしていたころ、秋月さんのところの若い連中が、「やっぱり森は破門になりよった」とはやしているので、そんな就職妨害をされては困ると、秋月さんに抗議にいったら、「おれもテンノーと言われた秋月や」とかで、今の京大教養部を世話してくれた。だから、ぼくの大恩人ということになる。

京大へ来てからも、つっかかったり、叱られたりの、あいかわらずであったが、どうもボスの権威というのは、もっと高いものらしい。そして、みんなボスをうやまっているくせに、やっつけられている。ボスとつきあうコツは、愛嬌と生意気のバランスにある。愛嬌だけでべとつかれては気色わるいし、生意気だけでつっかかられては小憎らしい。愛嬌があるのに小生意気とか、生意気だけどどことなく愛嬌があるとかそうした程のよさが必要なのである。

秋月さんが京大を去ってからは、学会などのおりに会っては、あいかわらず、つっかかったり叱られたりのつきあいになってしまった。湘南のほうのお宅へうかがえば、喜んでもらえることはわかりながら、忙しさにとりまぎれというのは嘘で、ぼくはなんとしても不精なのである。

そのうち、秋月さんの体調が悪くなったのだが、そうなるとかえって行きづらい。「森まで来るようじゃ、わしゃもう長うないな」と思われそうで行きづらい。工場からは逃げだしたものの、中途半端に下宿でごろごろしていたときの気分に似ている。

そのうちに、本当になくなってしまった。

告別式には、東京まで出かけたが、例によって少しおくれて、ちょうど座席がいっぱいになったところだ。

正面にある、秋月さんのあの顔の写真から、声がきこえてきた。

「こら、森、またおくれて来たな。うしろに立っとれ」

（一九八九年）

若さからの解放

これでもぼくは、自分のことを老人と思っている。そして、そのことに満足している。老人にとって、若者へ向けてのなによりの責務は、年をとるのはいいことだ、というところをみせることだろう。高齢者問題で気にいらぬのは、老人は気のどくだから大事にしてあげましょう、やがては自分も気のどくな身になるのだから、という発想。これでは、年をとるのがいやになる。若いころにいろいろ世につくした人だから、という発想も気にいらぬ。それなら、わしゃ化石か。人間というのは、過去で評価されるより、現在を認めてもらいたいものだ。

年をとってなにがよいかと言うと、なによりも、若さから解放されることだ。考えてみれば、若さはいつもお荷物だった。若僧のくせにと見くびられるぐらいはまだいい。若いのだからと、なにかとがんばることを強制されるのがたまらない。がんばるのは大きらい。そうでなくとも、若さのゆえの見栄や気負いが捨てきれぬ。それなりに仕事をしていたりすると、責任もかぶさってくる。

先日は、週刊誌の注文で、俳句を三句作った。小学校の作文の時間以来はじめて。これなら、どんなにまずくともだれも文句を言うまい。はじめてであるところがまたよい。若いときからやっていれば、何年もやっているのにと言われかねぬ。若いときだと、やはり見栄や気負いで、作句にがんばるだろうが、そうした気もない。それでも半日ほどは気にかけたが、以来一句も作っていない。その場かぎりですむのが年をとったおかげ。

もっとも、若いときから、いくらかは老人していた。そのころは、若人はお国のために元気でなければならぬ時代だったから、老人ぶるのは反時代的でちょっと粋。本当は、粋で老人したというより、元気がなくて若者らしくふるまえなかっただけのことだけれど。バリア・フリーが問題になっているが、若いときだって、ものにつまずいてよく転んだ。むしろこのごろのほうが、骨が弱くなったぶんだけ気をつけて、あまり転ばない。そして若いころだと、転んでも痛くないふりをして無理に立ちあがったりしたが、今ではいばって痛がっている。

よく「元気で長生き」などと言うが、あれは反対である。長生きしたなら、元気はなくなるのが当然。なにより、元気のないのが悪いことに思われては困る。元気をださずにすむのが老人の特権。この年になったのに、まだがんばれと言うのか。

世のためにつくそう、などとも思わぬ。世につくすと責任が生まれる。気楽に自在に過ごしたほうが、よい考えも生まれる。その考えを他人がどう使おうが相手まかせ。

でも奇妙なんですなあ。自分のなかに残っている若さをとどめようとするより、それをふり捨てようとしたほうが、若く見られてしまうらしい。

（一九九七年）

たかが学校、程よい「かしこさ」で過ごす術

■「優等生」と「かしこい子」

いま、「優等生」ということばほど「差別語」っぽくはないけれど、「かしこい」ということばは、なにがしかの屈折したニュアンスを伴ってしか使えない。マイナスの価値というほどではないけれども、公認されたプラスの価値よりは、少しずれた位置のような気分がある。

学校でなら、成績がよくて先生のお気にいりだったりすれば、まずは「優等生」だろうが、「あの子はかしこい」というのは、それと少し違うだろう。

四十年前、ぼくは立派にドジだった

いくらか要領のよいところがあろうが、たとえば成績をよくしようというほど実利的でもない、といって、はみだしてしまわぬ程度のほどのよさ、といったところか。たぶ

ん、「かしこい子」はいくらかは「あほな子」でもあって、表の価値からはいくらかずりおちていねばなるまい。表でマイナスになったぶんを、裏でプラスで補償する、そうした反対方向のベクトルが組み合わさって、人間の「かしこさ」はできているのかもしれない。

だから、一次元的な尺度にならないような気がする。「かしこさ」と「おろかさ」の共存する系としてしか、「かしこさ」は生まれないのかもしれぬ。してみると、とかく一次元的な尺度の支配しがちな学校などでは、屈折して語られざるをえないものだが、それゆえにこそ学校のなかで「かしこさ」が欲しいという気にもなる。

べつに、ドジでも「かしこく」はなれるだろう。四十年前、ぼくは立派にドジだったはずだ。とくに、テキパキとやったりする気が頭からなかったので、戦争中のこととて、教練の教官あたりからは札つきのドジと見られていた。「優等賞」と「級長」に無縁だったことを誇りとしている。もっとも、一度は「操行丙」になったのが、少しやばかったけれど。しかし、あえて自分の口から言うのが滑稽なところだが、なにを隠そう、ぼくは「かしこい子」だった。そして、ちゃんとドジを生かして「かしこく」ふるまった。

そのころのぼくのモットーは、「ビリから二番」だった。ビリのグループに入ってしまったら、もう「かしこく」しておれないのであって、兇暴な教師どもの餌食になってしまう。安全な範囲で一番サボレルのが「ビリから二番」の地位である。戦争へ行った人の話では行軍でビリになると、ゲリラから狙われたり、落伍したりするのだそうだ。それゆえに、つねにビリにならないように気をつけて、後がなくなりそうになったら、少しは前に出て、「ビリから二番」を確保せねばならない。部隊がどんどん消えていっても、この「ビリから二番」で最後まで生き残る覚悟がいる。二人のなかでの「ビリから二番」というのは、トップということになる。自画自賛して、こういうのを「かしこい」と思うことにしている。

もっとも、考えてみたら、そんな凝ったことをしなくても、先生の言うことを聞いて、最初からトップを走り続けてもよさそうなものだが、それではただの「優等生」になりさがってしまう。あえてそれをしないのは、どう言いわけしても「おろかな」ことであって、べつにぼくだって、反戦自由の志などを持っていたわけでもなく、ただドジで「優等生」になれなかっただけだ。でも、「かしこく」なることはできる。

自分を「かしこい」と言うほど「おろかな」ことはないだろうから、いまわざわざ、「おろかさ」ゴッコをしているわけだが、こうした屈折においてだけ語れるのが、「かしこさ」のような気がする。「優等生」というのは一次元的尺度の上でのことだが、「優等生」になってしまっては「かしこく」なりにくい。

差別しちゃって、ごめんね

関係ないことだけれど、「優等生」ということばを「差別語」っぽく使いすぎたので、少しだけ弁護しておく。大学で暮らしていると、「優等生」の見本に出あうのにはことかかないが、なかに、天性の「優等生」というのがいる。こりゃもう、生まれつき「優等生」で、「優等生」にしかなりようがない、あきらめて「優等生」になっちゃってよ、といった学生である。ところが、そうした学生は、その「優等生」が身についていて、なかなか悪くない。それに、大学生のころは、青春の脱皮の時期でもあって、自分の天性の「優等生」の殻をきれいに脱いで、蝶になったりもする。どうしようもないのは、「優等生」なんてまったく柄にないのに、無理を重ねて「優等生」になったような学生である。せっかく無理してまとった「優等生」の衣だけに、もったいなくて脱ぎかねて、そのまま蛹のなかでちぢこまってしまう。これじゃ「かしこく」なれない。困ったなあ、差別しちゃってごめんね。

それで、人間が「かしこく」あるためには、一次元的価値尺度にたって、一方向に偏るのはだめなように思う。なんにでも頭が切れるだけでは「かしこく」ないのであって、ときどきトンマもしていねばなるまい。この点では、人間はよくできているとぼくは思う。

いろいろと働く人間はいくらか無能で、有能な人間はいくらかサボリである。有能な人間に働きまくられたら、世の中は忙しすぎてたまらない。反対方向のベクトルが嚙みあっているところが、人間の「かしこさ」なのだろう。

学生などを見ていても、若者に特有な生意気さと愛嬌をかね備えているのがいい。生意気だけだと小憎らしいし、愛嬌だけべたべたされたら気色悪い。それが、ただただ礼儀正しくあったりされては、少しも「かしこい学生」という気がしない。このように、メダルの表と裏のように二重になっているところに「かしこさ」はあるので、ひたすらに「かしこさ」を追求することなどは、できない相談なのである。

そのことは、だれでも「かしこく」なれることを意味しないか。一次元的な尺度の端ならば、その一方へ進むのはなにがしかの努力を必要としようし、なによりその端に到達するのはつねに少数者である。それよりは、それぞれの位置にあって、ドジはドジなりに、不良は不良なりに（ああ、昔なつかしいことばを使ってしまった。ぼくは「非行」ではなくて「不良」にこそ、郷愁を持つ世代なのだ）、「かしこいドジ」や「かしこい不良」になってよい。

しかし、この点が問題である。「かしこい優等生」になるのも難しいことであるが、それ以上に、いまの学校のなかでは、「かしこいドジ」や「かしこい不良」になりにくい時代なのだ。ドジはイジメられ、不良はツッパラねばならない、不幸な時代なのである。

これは、現代の学校で、一次元的価値尺度が支配し、「かしこさ」の現われる余地を少なくしていることを意味しよう。しかし、それゆえにこそ、「かしこく」なくては生きていけない。本来、どんな支配のもとにあっても、人間は「かしこく」生きていけるはずなのだ。それはなにより、現在の学校を支配している尺度を、少しずらすことによって得られる。

学校という制度に向かってつっぱるより、少しずらしてみさえすれば、まだまだ「かしこく」生きる余地はあるはずだ。

■学力の「かしこさ」

もともと、学校というところは、知識や技能を得るところということになっている。しかしながら、たいていの人は、学校を出た瞬間に、その知識や技能を失ってしまう。いつまでも残しているのは、当の学校の先生ぐらいである。まるで、失うための知識や技能を獲得しようとしているみたいだ。たまに学校を出て十年もするのに、使いもしない知識や技能を後生大事に抱えている人もいるが、そんなものは錆ついて役にたたない。

考えてみれば、ヒトという生物は、知識は記録しておけばよいし、技能は手引きを見ながらやればすむはずだ。しかし、それではだめなところがおもしろい。どうせ失う知識であっても、いったんは頭においたことがあったりしないと、外部の知識を使えない。どうせ失う技能であっても、一度は手を動かしておかないと、手引きがあってもやる気がしない。失われた知識や技能によって耕された心と体があって、それで外部の世界に感応できるのだろう。

学校を出たら地図など失くしてしまうのだ

数学にしたって、だんだんと、ちゃんと論理を追わなくともなんとなく感じをつかめるようにはなるし、おかしなところがあるとちゃんと気にかかるようになってくる。数学者には計算のだめな人が多いのだが、やり方がわからなくなってもなんとかなり、まちがうとすぐ気づく能力ぐらいはある。つまり、迷い方や誤り方が上手なのである。

この種のことはいくらか屈折した状況を作っている。工学部の若手の研究者に、教養課程の数学への要望を語ってもらったことがある。工学では、教科書どおりの状況などなくって、状況を眺めてこの景色は教科書のあそこと似ている、そのときはあんな顔をした数学でなんとかなったから、似た顔の数学でなんとかしよう、と考えるのだそうだ。だから、数学では、それが登場する景色と数学の顔を教えてほしいと言う。ところが、こうした景色や顔はかなり高級なことで、たいていの工学部の学生は、景色や顔には目をつぶって、ひたすら教科書どおりの道を進みたがるのだ。

あるいは、収束がどうのといった理屈はええ加減で、ともかくやってみて、もしもおかしなことが出てきたら、あそこで手をぬいたからなと後もどりすればよい、と教えているという人もいた。これはまことに正しい方法ではあるが、当節の学生にとっては、ひどく苦手なことだろう。彼らは教科書に「正しい」とある道を進んでいるから「正しい」はず、というのに馴れすぎているから、正しいかどうかわからぬ道を進みながら、まわりの景色で判断するというのが苦手なのである。

こうしたことは、大学生あたりになってからの問題で、小学生や中学生の間は地図どおりの「正しい」道を進むことが大事だ、という説もあるが、大学生を相手にしている当方としては、それではなはだ困る。裏山を地図どおりにしか歩けない子に、信州の山へ行ってから地図をあてにするなと言っているような気がする。

このごろどうも、地図の「正しい」道を歩く訓練が多すぎる気がする。たしかに、決まった道を何度も歩くと、道から外れることもなくなり、速く進めるようになるかもしれない。しかしそれでは、迷ったり誤ったりができなくなる。それに、どうせ学校を出たら、地図などどこかへ失くしてしまうのだ。

このことには、少し難しいこともある。数学が得意な子だと、道から外れてもなんとかなると思い、ますます迷い方や誤り方が上手になる。数学が不得意な子は地図でもたよりにしないと不安で外れられないので、ますます迷い方や誤り方が下手になる。困ったことだが、それ以上に、学校というところでは、迷ってはならぬ、誤ってはならぬという強迫が大きいのではなかろうか。その強迫をやりすごさねば、「かしこく」はなれない。

迷い上手で誤り上手

それでも、どうせ学校を出ると地図など失くしてしまうものだし、迷ったり誤ったりするのは避けられないことだ。大学入試程度でも、答案採点経験からすると、たいていの受験生は試験場で迷ったりしているものだ。迷ったり誤ったりしないように、万全の受験勉強をしようというのは、空しい願望にすぎない。それで、迷い上手で誤り上手の「かしこい」受験生がよく合格するのだろう。

数学には格別にそうした性格が出やすいのかもしれぬが、ほかの科目にしたって、本質は変わらないと思う。それにしても「学力」というと、当面の知識の記憶量や技能の達成度を測定しがちだ。そうした知識や技能の永続を信ずる人もいるかもしれないが、現実はたいてい失われる。そしてぼくは、失うのが正当だと考えている。それらを失って残る心の世界が大事なのであって、いつまでも知識や技能を持ちおもりしていては、身がもたない。失くす前提で、一時的に所有すればすむことだ。「学力」の測定と言ったって、その程度のものだろう。まだしも「体力」の測定のほうが恒常性がある。それだって、病気程度で簡単に失くなると思うけれど。

でもぼくは、どうせ学校を出たら失くなるものだからつまらん、とは思わない。成績になるのは、さしあたりの知識や技能ぐらいかもしれないが、そうした知識や技能を失ったあとに残る、学力の「かしこさ」といったものはあると思う。

しかし、そうした「かしこさ」へ向けて進むには、学校という制度はいくらか不便にできている。学力といっても、当面の知識と技能しか測りようがないし、そうした成績にいくらかは縛られる。長期的には「かしこさ」が有利になるかもしれないが、さしあたりの成績には間に合わない。しかも、その「かしこさ」自体が、当面の知識や技能を蓄えるという、やがては失われることが予定された、空しい努力のはてにしか生まれてこない。

でも、そうした成績についての思いを、いくらかずらして、知識や技能にあまり思い入れをしないほうが、よいような気がする。あまり空しいと思いすぎては、努力する気もしないところが困ったところだが、どうせ人間の努力はたいてい報われないものだと、悟ってしまうよりあるまい。努力は報われなくても、そのかわりに「かしこく」なれるかもしれないじゃないか。

この場合に、わざわざ誤ったり、わざわざ迷ったりできっこないのは、明らかである。

ドジだから、心ならずも、誤ったり迷ったりしてしまうのである。誤ることなく、迷うことなく、成績もよければ、表面的にはめでたいことだ。たいていの人間には、幸か不幸か、誤ったり迷ったりするチャンスがやってくるけれど、それを求めるわけにはいかない。

だから、学力についての「かしこさ」とは、求めるわけにはいかず、勝手についてくるもののような気がする。せいぜい、それがつきやすいように、心をひろげておくことぐらいだろう。迷いや誤りとなかよくする心があったほうが、よさそうだ。でも、そうした「かしこさ」を呼びよせる心それ自体が、「かしこさ」だと言われてしまえば、どうにもつらいが。

それでもここで、「かしこさ」とは、いくらか成績と逆方向のベクトルが付加されて生まれている、という認識はあってもよいだろう。

■「かしこい」非行

ぼくは縁日をうろうろするのが好きだが、そこにはスリやヤクザがいて、金をとられてベソをかいたり、すごまれてこわい目にあったりしたものだ。しかし、その少し猥雑な雰囲気のためには、やはりスリやヤクザも景物であって、それらを組みこんでの「かしこい」縁日でなければならない、という気がする。スリやヤクザを根絶しようと、管理しつくされた清潔な縁日では、さっぱり風情がない。

非行ゼロは薄気味悪い

それで、当節の学校というものは、スリもヤクザもいない縁日を、目ざしているような気がする。「非行ゼロ」の学校というのは、どうも薄気味が悪い。ぼくの中学や高校の時代というと、四十年も前のことだが、いくらか落書きがあったりして、学校というところは少しうす汚れていたものだが、このごろではどうも、極端に清潔にしようとして、突如として極端に破壊されたりするようだ。どうにも「かしこく」ない、そんな気がしてしまうのは、時代が違うのだろうか。

外観でなくとも、いくらかの非行を組みこんだほうが、学校の自然の姿のように思う。ぼくの中学生時代だって、不良は確実にいたし、それでいてなんとなく、学校は自然な姿でいた。

そもそも、校則などがあると、その規則を破るすれすれに遊びたくなるのは、わりと自然なことだろう。ちょっとはみ出してみたり、また戻ってきたり、そうした還流があってよい。

ただ、今の時代の違うところは、少しはみ出しかけると、とことんはみ出してしまって、戻る道がなくなってしまうところだ。それでぼくは、いかに学校がひどいからといって、非行を擁護するのに反対である。学校自体としては、非行が許容されてよいと思うが、その非行生が戻る道を失っているのでは、彼らに気の毒だ。

「非行の芽」を摘もう、というのには反対である。むしろ、「非行の芽」をうまく育てて、ときにちょっとはみ出し、やがては戻れるように大事にしたい、そんな気がする。今では、規則を破るすれすれの境界領域を、「非行の芽」として空白にしようとするものだから、いったんその領域に出ると、はみ出しっぱなしになるよりないのじゃないかと思う。そのあたりが、昔のようにいくらか猥雑にうじゃうじゃしていれば、出たり入ったりも、もう少し気楽にできるはずだ。

縁日にしても、スリやヤクザもとけあっておれたのは、うじゃうじゃしたなかで、「かしこい」スリや「かしこい」ヤクザでいてくれたからだろう。芝居や映画の主人公は、スリもヤクザも「かしこく」、それは現実ではなくとも、少なくともいくらかの夢がそこにあった。今では、非行生には、夢も希望もない。

じつのところは、当の学校の先生にしたところで、たいていの人は、ちょっとしたスピード違反するぐらいには、法を破っているだろう。運が悪いとネズミ取りに引っかかるけれど、それを非行と考える人はあまりいるまい。といって、ひどい事故を起こさない程度には「かしこい」と思う。

本当に悪事を重ねて稼ぎまくって、それでも法の目をくぐっている人を、「かしこい」とは思わない。といって、絶対的に法に反しないと、それほどまでにつっぱることもあるまい。「かしこさ」とは、一種のほどのよさでもある。

学校の御要望に答えて非行もかしこくない

その同じ先生が、校則にそれほどこだわることもあるまい。それは偽善というものだ。こう言うと、生徒の違反に「目をつぶる」のかと人は言うが、反対に目をあけていてもらわぬと困る。ほどのよさのコントロールで、生徒に「かしこさ」を教えるためには、目があいていなければならぬ。生徒の全体とのかかわりで、幅を加減するのが、教師の責任なのだ。

これは、医者が患者にガンと告げるべきか、というのにちょっと似ている気がする。なんでも正直に、というのは一見は筋が通っているようで、実際的ではあるまい。といって、絶対に患者に告げないというのは、医者としては楽かもしれぬが、患者にとっては少し迷惑で、医者を信頼する気になれない。これはやはり、患者の精神状態や、医者と患者の人間関係の判断にたって、嘘をつくかどうか決めてほしい。そうしたところが、医者の「かしこさ」で、いつも本当のことを言わないのは、医者の「ずるさ」でしかない。

学校の先生は、たいていは「ずるい」けれども、「かしこい」とは思えない。そしてもっと悪いことに、先生が「かしこく」ないと、生徒も「かしこく」なれない。少なくとも非行生は、四十年前に比べて、どうも「かしこく」ないように思う。

すれすれに遊ぶ、そんなゆとりは、今の非行生にはあまりなさそうだ。管理の抑圧に抗して、精一杯ではみ出したものだから、出たり入ったりはとてもできない。あるときは非行生のように、あるときは模範生のように、日ごとに気分を変えてふるまえる、なんて中学生がいたら、それは見事に「かしこい」非行生だと思うけれど、当節はちょっと見あたらないのじゃないだろうか。学校のほうも、そうした「かしこい子」を、なかなか容認したがらない。

生徒が「かしこく」なると、先生のほうも「かしこく」ならねばならず、手がかかることになる。生徒が「よい子」か「わるい子」かに二分されているほうが、学校管理が「ずるく」できるのである。それで、学校の御要望に答えて、非行も「かしこく」ない。

ここでも、「かしこさ」とは、いくらか面倒をあえてやる気分である。そんなに加減に気をつかうくらいなら、最初から規則をきっちり守っておればよいのであって、わざわざ規則破りすれすれなんて、「おろかな」こととも言える。そして、いったん「非行の芽」をのばし始めると、行きつくところまで行ってしまうのでは、これは本当の「おろかさ」で、「かしこさ」のかけらもない。

この場合に、そうした「おろかさ」への恐怖が抑圧になって、「非行の芽」がとことんまで行くのではないだろうか。「おろかさ」とまで言わなくとも、いくらか気楽にすりぬけることを組みこんでおかなくては、それが一種の強迫となって暴発の恐怖がさらに強まる。

こうした形で管理が進んで、「非行ゼロ」の清潔な学校が生まれたら、非行こそ抑圧されていても、無力感が漂ったり、目に見えぬところでイジメが横行していたり、登校拒否や学校緘黙のような病理を抱えこんだりしそうである。少なくとも、このぼくなら、そんな学校に住みたいと思わぬし、昔の学校時代以上に、そこで「かしこく」生きるために、さらに屈折した手段を考案せねばならなくなるだろう。ただ少なくとも、ヒットラー・ユーゲントの少年たちを「かしこく」は思えなかったのと同じ理由で、そうした制度に飼いならされた少年たちを、「かしこい」とは絶対に思わない。制度に従うことが「かしこい」のではなく、制度をずらしていることが「かしこい」のだから。

■「かしこさ」のヒント

結局、「かしこさ」とは、どんな価値序列にしろ、その序列を駆けのぼろうとするのでなしに、その序列からはどちらかと言えばずり落ちながらも、その価値を少しずらしながら、逆方向に裏打ちされたものでふみとどまる、そうしたなかで生まれるのではないか。序列からずり落ちるのは、べつに好んでしたわけでもなく、たまたまそうなってしまう。しかし、たいてい、人間は駆けのぼるばかりでは息が切れるし、いくらかはずり落ちるものだから、やはり「かしこく」するよりあるまい。でも、価値のぴんと張りつめたのに比べれば、なにやら屈折したややこしいもので、求めるほどのものと思わぬし、それにまた、「かしこさ」を求める手だてがあるのか、それすらあやしい。

「かしこさ」とは、きわめて個人的なものであって、万人に普遍的な「かしこさ」はないのかもしれない。他人を真似たところで、焦るぐらいが関の山で、決して「かしこく」はなれない。自分ひとりで、「かしこく」あるより仕方あるまい。

それぞれの個人に特有な、その状況のなかでだけ、「かしこさ」は出現する。ということは、逆に考えれば、万人がそれぞれの状況で「かしこく」なれることを意味しうる。みんな、それぞれに、「かしこく」生きてほしい。

学校をずらすことでかしこくなる

でも、今日の学校のように、とかく「かしこさ」を生かしにくい状況で、ただ「かしこく」と言っていても仕方あるまい。なにがしか、「かしこさ」のヒントぐらいは考えずばなるまい。それにぼくは、ちょっと逆説的に考えれば、今日の学校こそ、「かしこさ」の学校に最適の環境かもしれず、学校をずらすことで「かしこく」なる制度かもしれぬ、とさえ思っているのだ。

そのために、なんでも学校的なるものに、ちょっとずれた位置でつきあうことを学んでみてはどうだろう。

たとえば成績、それがいいにしろ悪いにしろ、その価値に呪縛されるのをちょっとずらして、「たかが成績」と思ってみてよい。いやな教師がいたら、そんなに尊敬したり軽蔑したりする対象と考えずに、「おもろいおっさん」ぐらいに考えてみる。学校の規則がうるさくっても、服従せねばならぬなんて気持は捨て、さりとて反抗するだけでもなく、小馬鹿にしながらいなすうまい手を考える。

いろんな手はある。たとえば成績についてなら、いつもよい成績をとろうなどとは思わず、たった一度だけ、うんとよい成績をとって、あとは投げだすなんてのを試みてもよい。いつも成績をよくしようと思うからしんどいので、一度だけのつもりなら、それも全部の科目でなく一科目だけなら、たまにいい成績をとるのも、それほど苦痛ではないものだ。そして、その次は手をぬいて、思ったとおりに成績が悪くなったりすると、成績に自分が縛られているのでなく、自分が成績を操ってやってるような気分になれるかもしれない。

気になる教師の場合なら、空想の上でよいから、その教師の人生劇場を考えてあげたらどうだろう。なにかで気がたっている教師だったりすると、家でかみさんとつかみ合いをしている図とか、あるいは、まったく尻に敷かれて学校でうっぷん張らしをしているとか、そうした空想をしてみる。事実なんかどうでもよいから、その教師を主人公にしたホーム・ドラマをいろいろ創作してみるのだ。すると、その教師に急に人間味が感じられてきたりもする。なにより、教師より自分のほうが、人間が一枚上といった気分に、錯覚でも、なれる。

管理規則の多い学校だと、クラスで一週間ごとぐらいに、クラスの規則を作り、毎週変えるなんてのはどうだろう。当てられたときはかならず鼻の先をこすってから答える規則とか、次の週は顎をこする規則に変えるとか、なるべく目だたず、なるべくナンセンスな規則がよい。すると、規則だって人間が適当に作るものだと思えて、相当にあほらしい規則にでも耐えられるようになる。

これらは、相当に過激な方法であって、万人向きとはかぎらない。人さまざまに「かしこく」なればよいのだから、過激に「かしこく」なる人もあれば、穏健に「かしこく」なる人もあって、ちょうどよい。ここで過激なほうを書いたのは、そのほうが話としてはおもしろいし、ヒントというのは、とかく過激なものを書くことになっているからだ。こんな過激なのはとても、と感じても、そう感じたことがヒントにならぬでもない。

本当のところは、過激な「かしこさ」というのは、少し危険なところがあって、「かしこく」なりすぎる心配がある。「かしこすぎる」のは、「かしこく」ないのだ。どっちみち、自分ひとりで「かしこく」なるのだから、他人と違うのはいっこうに構わぬのだけれど、「かしこすぎる」と他人に怨まれる。仲間うちで、いじめられたりするのは、つまらないことだ。いじめられないようにするのも、「かしこさ」のうちだ。

当節のように、「いじめ」が構造的集団精神病理になりだすと、絶対安全な方法なんてないかもしれないが、なるべく「いじめがい」のないようにするのが比較的に安全である。いじめられまいとしていると、よけいにいじめが出てくるのであって、ここでも軽く過ごす「かしこさ」がよい。真剣にいじめられてくれないと、いじめようとした相手は怒り狂うことがあるが、それをやり過ごすことができると安全圏に逃げこめる。ここでも、わざわざ「いじめられゲーム」しても仕方ないので、いじめられるのを恐がる必要はないが、なるべくなら、自分の「かしこさ」にブレーキをかけることだ。

「たかが学校」

何度も言うようだが、「かしこく」なろうと思って「かしこく」なれるものではない。それなら、自分の「あほさ加減」に居直ったほうが、よほど「かしこさ」への近道になる。もともと、本当に「かしこい人」は、決して「かしこく」などなるまいと思うことによって、「かしこく」なるのだ。

さきほどから、同じことばかり書いているような気がしないでもない。「かしこさ」という主題そのものが、直線的なものでないので、どうしても議論が螺線的になってしまう。

それでも、学校での「かしこさ」について要約しておけば、基本は「たかが学校」と思うことだろう。当節の学校にあって、学校人間になりきるのは「かしこくない」けれど、なにがなんでも学校に反発するのは、これも学校人間の変種のように思う。それよりは、学校のずらし方が問題になるのだが、ここでも、あまりずらしすぎると、「かしこく」なりすぎるので、そこでもまたもや、その「かしこさ」の程のよさが問題になる。

こうして、いつになっても、「かしこさ」を求めることを何重にも否定しながら、現実の状況を生きるしかあるまい。そして、そうして生きるなかで、「かしこさ」が勝手に身についてくるのである。

（一九八四年）

いくじなし宣言

「なぜ人を殺してはいけないか」という議論のあったことがある。ぼくも、ちょっとだけ考えてみた。

人はそれぞれに、自分のドラマを生きている。「なぜ人は生きているか」というのを考えてみると、自分のドラマを生きるためとしか思えない。かなり長く生きてきたが、「なんとかのため」なんてのは、せいぜいが一時の気の迷いで、しばらくすると心変わりするから、自分のドラマぐらいしか残らない。たぶん自己中心的ということになるのだろうが、自分について考えているのが、この自分なのだからいたしかたない。べつにデカルトを気どるつもりはありません。

しかし、ドラマは多くの人物がいて成立する。ときには嫌な奴や、むだな奴もいるかもしれぬが、彼らがいてこそドラマ。べつにヒューマニストでないから、彼らの人命を大切に思っているわけではないが、彼らを殺してその存在をなくしてしまっては、結末が単純すぎてドラマに深みが出ない。だから、それぞれのドラマを中断してはいけない。

それで、人を殺してはいけない。

別にカトリックではないのだが、自分で自分を殺す自殺だって殺人である。昔の青年はよく自殺を考えたものだが、中断せずに生き続けたほうが、ドラマがいろいろ起こるから、ぼくは自殺しなかった。戦争があって、花と散る自決に拒否感があったからかもしれぬ。芥川さんだって、太宰さんだって、ドラマを中断しないほうがよかった。

というわけで、ぼくはあらゆる殺人に反対である。しかし、これはそのとき考えた理屈であって、人が人を殺すことが簡単にできる世界というのが嫌だっただけかもしれぬ。そうなったらたぶん、ぼくは殺される側にまわるだろう。なにしろ、生まれてからただの一度も、喧嘩というものに勝ったことがなかったからなぁ。負けるに決まっていることをやるのは、自殺のようなもので、ぼくはそれほど自虐的でない。

もしかして、相手を殺すようなことが起こったとしたら、それはなにかの偶発的事故か、ぼくではない背後のなにかの権力に支えられてであって、ぼく自身ではないから、これも気にくわぬ。せめて殺人ぐらいは、自分ひとりだけの責任でやったほうがよい。

ところが、権力としての国家が公認する殺人がある。戦争と死刑である。自分の責任でなくて、国家の責任になってしまうのが嫌だ。

戦争については、戦争中に軟弱非国民少年だった後遺症かもしれぬが、戦記物の小説はよく読んでいたから、いくらか矛盾している。ミステリーで殺人事件を楽しむようなもの。そんなむごたらしいものを、と嫌悪するほど上品ではない。テレビで残虐な場面を見たから残虐なことをするようになる少年なんて、いるのかもしれないが、ぼくには信じられない。

小学生のころに、『三銃士』を読んだときは、刑吏という存在を知ってかなりショックを受けた。今は首斬り浅右衛門の時代と違うから、たぶんボタンだろうが、そのボタンを押す人間になりたくない。核戦争のボタンを押すのと同じような気分。殺す相手の数は関係ない。人には、それぞれに自分のドラマしかないはず。

戦中から戦後にかけて、歌舞伎に耽溺した時期もあったが、報復なんてことを信じたことはない。もしも、江戸時代のサムライの家に生まれて、親が殺されたら困ったろうな。とても敵討なんてできそうもない。戦後に占領軍が仇討ものを禁止したことがあったが、忠臣蔵を見て報復を考える人が増えるなんて、あほらしい。

そのころに、東京裁判があったが、東条さんが死刑になったのを、わりと素直に受けいれた人が多かった。なかには、昭和さんを死刑にするのがよいと考える人もあったようだ。

ぼくは、東条さんであろうと昭和さんであろうと、死刑には反対である。日本のように怨霊の文化のあるところで、こんなときに死刑にしたら、天神さんや白峯さんどころではなくなる。

ぼくは無信心なので、死後の世界を信じていない。理由は、死後の魂が残ったら、世界が魂だらけになって、混みあって困るから。それでも、殺された人の霊のたたりは、残したほうがよいと思っている。殺人のおぞましさをアピールするのに貢献するから。ただし、死者は殺人者にだけたたるものではあるまい。とくに自殺者の場合は、殺した自分が死んでいるのだから、たたりようがない。たたりを鎮めるというのは、殺人のおぞましさを鎮めるものだろう。

靖国問題のややこしさは、殺された人の魂が美化されていることにあろう。そのうえに、東条さんが昭和さんの身がわりで死刑になったようなイメージまであったりしては、ややこしすぎる。隆盛さんを祀らなくてよかった。

もともといつでも、死はいくらか不条理なものだが、殺された場合は格別。その不条理がたたるのだろう。ここで、殺人者を死刑にすることで安心しようというのは無理だと思う。人を殺した以上、たたりは残る。

もしも報復というのなら、近親者にボタンを押させたらよいかもしれぬが、ぼくはこわい。テレビでそのことを言ったら、ファンからいくじなしと言われた。

たしかに戦争中から、ぼくはまわりのだれよりも、いくじなしだった。戦中も戦後も、アメリカ文化に好感をもっていたが、マッチョなヒロイズムは嫌だった。

ぼくは大阪育ちだから、サムライのプライドを持たぬ。いくらか客に見くびられながら財布の紐をゆるめさすのが町人の商魂。

勝負事だって、相手を威圧して勝てるほど甘くあるまいから、いくらか見くびられることで勝つほうがよい。それに、いつも勝つことはあるまい。ぼくは競馬にまったく無知だが、そのあたりの機微を見きわめるのがコツ、というのが安部譲二の説。

それで、死にヒロイズムを与えるのを好まぬ。死後の世界のために殉教する、なんて打算的。老人には死が近くなっているのに、老人の自爆テロがそれほど増えぬのはなぜか？

殉教者伝説というのは後から作られるものだ。だから、フセインさんもショーコーさんも、死刑にしないほうがよい。殉教者にする危険を冒して彼らを死刑にすることで、安心しようなんてつまらん。

いくじなしは女の子にもてない、というアメリカ文化の伝説があるが、女はみんなヒーローに憧れるなんて、一種の女性差別。それに、いくじなしが多いほうが、平和でいいじゃありませんか。死はすべて犬死にと思って、いくじなしのままで死にましょう。

今でも、「身命を賭して」なんて言いたがる人もいるが、それはチャンバラ映画とヤクザ映画だけにしてほしい。生命を大事にすることで、死に過剰な価値を与えてしまうところが、ヒューマニズムの逆説的なところだ。非暴力行動と言われたって、焼身自殺やハンガーストライキは対処に困る。べつに彼らの人命をおもんばかっているわけでもないのだが、つい対応に気おくれしてしまう。それを相手の人命を気にしていると誤解されるのが、またかなわん。実際にぼくの経験では、「勝手に死ね」とはなかなか口に出せぬものです。

それでせめて、ぼくはいくじなしと、ここに宣言する。サムライなどにはなりたくない。ヒーローや、プライドとは無縁。

そして、一人のいくじなしとして、戦争や死刑はないほうがよいと思います。少なくともそこに、国家や宗教をもちださないでください。

（二〇〇四年）

第二章　楽しまなくっちゃ損

楽しまなくっちゃ損

学校ぎらいの勉強ずき?

ぼくは子どものころ、勉強は好きだったが、学校は大きらいだった。今でもそうだ。それが、大学とはいえ、学校の教師をしているのだから皮肉なものだ。

成績のことを気にするのもいやで、テストの点数は悪いことが多かった。もっとも、そうばかり言ってられないので、ときどき一夜漬けをしたりして、「できる」こともあるふりをした。これにはコツがあって、みんながどの科目もいい点をとろうとしているときに、一科目だけに集中して、それだけ目だつ点を一度だけとる。一度でもいい点をとっておくと、残りは悪い点でも、なんとかなるものだ。

そうした、試験のための勉強で、なにかが身についた覚えはない。試験が終わったら、それきりだった。勉強は自分のためのもので、他人に見せるテストの点は、ほどほどに付きあうことにしていた。そういうやり方だと、学校の成績はよくならないが、意外と受験などの修羅場に強くなる。それで、どうしたわけか「受験名人」になってしまった。

ただしそれは、学校の成績をかなり犠牲にして身につけたもので、成績が気になる人には奨められないし、万人向きとは思っていない。

ぼくはよほど強制になじまない性質で、戦争中の旧制高校では三年分を一年でせねばならなかったので、ドイツ語などはものすごいツメコミだった。若いころは無茶をやるもので、そのツメコミの上に、夜にはフランス語の講習に通ったのだが、こちらのほうはテストもないし、予習などしなくても叱られない。ところが、一年たってみると、テストで脅されたドイツ語より、フランス語のほうが得意になっていて、旧制大学入試の第二外国語はフランス語にした。

世のなかには、テストで脅して強制しないと勉強できない、と思っている人が多い。なかには、その逆に、テストや出席強制などがあるとダメになる、ぼくみたいな人間もいることをわかってほしい。すべての人間がぼくみたいだと思っているわけではないが、人間というものは、意外にムダなことに熱中するのではないかと思う。釣りだとか、碁だとか、ゴルフだとか、世のなかには熱中している人がよくいるが、あれはテストや強制がないから熱中しているのではないだろうか。

ひところ、お母さんがたから、子どもがマンガばかり読んで困る、マンガを読まさなくする方法はないかと、たずねられた時代がある。べつにマンガぎらいがよいとも思えないし、当節ではマンガが市民権を得てはいるが、それを嫌いにする方法はある。

毎週二冊ぐらいマンガを課題にして、そのレポートを宿題にする。学期末には、「マンガ評論」のテストをして、それを内申書で重視する。これだけで、かなりの子どもがマンガ嫌いになるだろう。

碁だって、構想力や推理力や忍耐心や、さまざまのよい点があるという。それなら、大学入試の共通一次テストで、「囲碁」といった科目を作ってみたらどうだろう。「次の一手は」なんて問題で、マークシートを塗らすのである。『試験に出る定石五千』なんて受験参考書がベストセラーになったりして、高校生が電車のなかで定石の暗記に明けくれるだろう。

その場合には、日本人の囲碁の知識はひろがるかわりに、白石と黒石を見ただけで気持ちが悪いといった、囲碁アレルギーの人が増えると思う。いまの世に、数学アレルギーの人が多いように。

それでぼくは、テストだの出席強制などで、勉強ができるようにはなるもんかと、ほとんど信じこんではいるが、テストや強制をすぐなくすことはできない。それでも、テストや強制によって勉強ができるようになるものではない、というぐらいは考えてもよいと思う。

そして、テスト体制のなかでも、案外にそのほうがうまく立ちまわれるのではないか。少なくとも、そうしたタイプの人間がいるはずだ。

ひょっとすると、勉強のきらいな人が、いやがった自分を合理化するために、勉強はツライものという伝説を作っているのかもしれない。勉強が好きなんて、あるはずがないと思っている。しかし、釣りや碁やゴルフの好きな人はいるではないか。

人間は、歯をくいしばって苦しんだことのほうが身につく、と考える人がいる。ぼくは、気持ちよく楽しんでやったほうが身につく、という説なのだが、これは人さまざまだから、両方の場合があるのかもしれない。ただ、自分が苦しんだと宣伝したがる人が世のなかには多いから、そのぶんを割り引けば、ぼくの説のほうが有利だと思う。

それに、たいていの人間は、楽しかったことと苦しかったことでは、楽しかったことのほうをよく憶えているものだ。たぶん、人間の過去には、楽しかったことと苦しかったことが、半分ずつあるのだろうが、思い出というと楽しかったことのほうが多い。過去の苦労を語るのは、現在の立場を自慢したいときぐらいだ。人間は、いやな思い出は早く忘れて、楽しい思い出を残しておいたほうが気持ちがよいから、自己防衛的に楽しいほうを残すのだろう。他人に苦労を語るのとは別で、自分の内面では楽しいことを残す。それで、楽しんでやった勉強のほうが、それと一緒に身について残りそうに思う。

ここで、悲劇の主人公としての自分を、他人に向かって語りたいからといって、自分にとっては得なほうを選ぶのがよい。なにをするにしても、自分にとって楽しいのがよい。どうせ生きるなら、この人生を楽しまなくっちゃ損だ。

強制がなくては人間は進歩しないという性悪説に抗して、ぼくは断乎として性善説をとる。人間は楽しければ勉強だってするものだ。テストのためでなく、自分だけのためにするものだ。ただ、世のなかにはいつでもテストがあるので、それを無視できないだけである。

あるものを、ないとするわけにはいかぬが、少しは目をそらすことができる。何度も言うが、そのほうが、テストとの付きあい方が上手になって、テストにも得をする。とくに入試ともなると、あれは気楽にかまえていると、奇妙に度胸がついて、他の受験生より有利になるものだ。

役にたたなくてもいいじゃないか

高校生ぐらいになると、たとえば数学について、あんなに難しくて、しかもたいして役にたたないものを、なぜやるのかという子がよくいる。それで、教師はなんとかして納得させようと、これからは科学の時代だから数学が必要になるだとか、数学をやるとものごとが論理的になるだとか、説得につとめている。

しかし、小学校の四則だけで買物は十分、と考えている人も多い。ただし、買物をするのに四則が必要というのも、たぶん嘘だ。

買物で、スーパーのレジで打ちだされた計算を、家へ帰って計算しなおす人はめったにいない。ごまかされると心配だが、それよりは、その店が信用できそうかの判断のほうが、買物にはよっぽど役にたつ。

引き算はおつりの計算で使うが、それはたいてい、二七三〇円のものを買うのに三千円出すような特殊な引き算で、本質的には100－73のような、「補数の計算」である。買物で、五三八〇円だして二七三〇円のものを買ったりはしない。

一番よく使うのは乗法だ。これは、一ついくらの物をいくつ買うという形でよく使う。もっとも暗算でやるのは、二倍か三倍ぐらいが多い。この逆の割り算も、二で割るぐらいはよくやる。三人でワリカンもまあよい。しかし、七人でワリカンなんて、まずやる気がおこらない。

ただし、このごろは電卓を持っている人も多いので、いつでもワリカンをする人もいる。先日、おかしなことがあった。例によって電卓を持っている奴がいて、割り算をしようとして人数を数えると、ちょうど十人だった。そしたら、彼はすまして、電卓で「÷10」と押した?!

つまり、小学校で教わることは日常で必要だが、高校あたりは不要というのではない。必要ないといえば、小学校だって、たいていは必要ない。

高校のほうの言いぶんも、かなり怪しい。たとえば、微積分を知っているのはよいことだと思うが、それを使って、三次関数の極大極小を求めたり、面積を求めたりする必要は、科学者や技術者になっても、めったにない。それに、必要な場合は、もっと数値的な計算をする。テストの問題のようなことは、めったに必要にはならない。

これは、微積分を理解しただけでは心細いので、てごろな三次関数ぐらいで、小手調べをしてみて、ピチッと答えを求めたりして喜ぶためのものだ。そうして、微積分ゴッコで楽しんでいると、微積分の世界が自分のものになる。問題を解くことで役にたつのではなくて、アソビの道具として問題がある。問題は目的ではなくて、手段である。

ところが、問題の正解で点数をもらうのを目的と思うから、おかしなことになる。それに、遊ぶのにてごろな問題は、テストにもてごろなので、ますます目的みたいに思われかねない。

数学で論理的になるというのは、まわりの数学者を見て、格別に論理的とも思えないから、これも嘘だろう。人間は、いろいろものを考えれば、それなりに論理的になる、というだけのことだ。歴史を勉強しようと、詰碁を考えようと、それぞれに論理的になるだろう。

しかし、数学だけに責めを負わすこともあるまい。こんなことをいうと、社会だって、理科だって、国語だって、みな同じようなものだ。人間の千年前のことを知らなくっても、詩や芸術が理解できなくとも、生きてはいける。生きていくのが楽しいかどうかだけだ。そして、どの科目もそれなりに難しい。

高校生ぐらいになると、音楽の好きな子がよくいる。これだって役にたたないと思うし、コード進行などの難しいことをやっている。べつに試験に出るわけでもない。

楽譜が読めるようになっておくと将来に役にたつとか、音楽は人間の情操をゆたかにするとか、理屈を言うのは学校の先生だけだ。彼らは、楽しいからやっているだけのことだ。元来、若者というものは、楽しくさえあれば、およそ役にたちそうもなくても、分不相応に難しくとも、それに挑戦するものだ。もちろん、若者でなくとも、人間として、そうしたことに挑戦するのはよいことだ。

それが、「役にもたたんのに」とか、「こんな難しいことを」とか言いだすのは、それが楽しくないというだけのことである。楽しくないときに、なぜこれをやるのかと考えだす。楽しんでいるときは、目的なんて考えない。それが、道楽というものである。

学校の勉強で、その「目的」が言われなければならないのは、それが楽しくなっていないからだと思う。それをさらに、「目的を与えよう」などと躍起になったりするが、これは悪循環になりかねない。

たしかに、学校を出たあとで、「あのころもっと勉強しとくんだった」などと、後悔をする人が多い。後悔というのは、そうしたものである。じつは、よく勉強した人だって、学校を出たら忘れてしまうもので、同じように後悔する。後悔するぐらいなら、いまから勉強すればよいのであって、後悔はいま勉強しない口実であることが多い。実際に、学校のことなんか忘れていても、いま必要なことを勉強する気になれる人は、後悔なんかしないものだ。

たしかに人間は、生まれてからそれまでの生活によって作られている。そうした過去があって現在がある。その意味では、現在にとって過去が役だっている。

しかし、この逆に、未来の準備のために、なんでも準備しておこうなどと思っても、間に合わないものだ。学校でうんと勉強して、学校を出てから何もしないよりは、学校であまり勉強しないでも、学校を出てからいろいろ勉強しているほうが、ずっといい。未来のための勉強の貯金は、たいして期待できない。たいていの人は、学校を出ると、学校で教わったことの大部分を忘れてしまって、なにも残っていない。

しかし、本当のところは、残っているものもある。それは、格別の目的でなくても、彼の心が成長して、心の中の世界が耕されたことだ。その上に、学校を出てからも、彼の未来が作られていく。

だから、「将来のための勉強」神話にこだわることもあるまい。役にたつかどうか、わかりもしない将来などより、いまこの現在、心を歓ばせることが大事なのだ。そして、人生のおりおり自分の心を歓ばせる勉強をしているなら、必要な勉強はそのときどきにやれば間に合う。

道楽の気分でやってみよう

もっとも、人間がものごとを楽しむ、その楽しみ方は千差万別かもしれない。ぼくはまったく性に合わないが、他人と競争するのが楽しみの人もいるらしい。なかには、他人から強制されるのが楽しみ、という人もいるそうだ。

ぼくとしては、人それぞれにお楽しみください、としか言いようがない。それでも、ぼくの好みにあわぬものに偏見を持っているものだから、つい悪口を言いたくなって困る。自分に自信がないものだから、自分ひとりで楽しめずに、他人との競争に憂さをはらしているのではないかとか、他人に強制されているほうが自分の楽しみを追求せずにすむので、それで楽しむようにしているのではないか、の類いだ。しかし、人それぞれに事情があることだし、その事情に合わせて楽しむよりないのだから、ともかく楽しけりゃ、そう悪いこともあるまいと思う。ぼくは、楽しいのが好きで苦しいのが嫌いだから、人間はみなそれぞれに楽しみ方を見つけていればよいと思う。苦しんだのを認めたいとは思わぬけれど。

そして、人間はものによっては、嫌いであってもよいと思う。たとえば、ぼくの子どものころは戦争中で、まわりに軍事教練の好きな子が多かったし、またそうでないと非国民と言われたりしたものだが、どうしても教練が好きになる気がなかった。学校ぎらいも、そのことから来ているのかもしれない。

でも、学問とか芸術とか、人間の文化というものについては、音楽はきらいとか、数学はきらいとか、言うこともあるまい。好きでなくとも、せめて嫌いでない程度に、楽しくつきあったほうがよい。

どのようにすれば楽しくつきあえるか、それ以前に、人間それぞれに、自分のつきあい方を見つけるのがよいだろう。こんなつきあい方でなければならぬ、そんなものがあるとは思えない。

むしろ、ネバナラヌを捨てたほうが、うまいつきあい方も見つかるのではないだろうか。いい成績をとらねばならぬとか、あとで役にたたさねばならぬとか、そうしたことは二の次である。計算は違ってはならないとか、論理をしっかりせねばならぬとか、こだわることもあるまい。

とくに、勉強のやり方を、型にはめることはないと思う。机に向かっている時間なんて、どうでもよいことであって、五時間ボケーッと坐っていることだってあるし、五分間で集中することだってある。べつに机に向かっていなくても、寝そべっていても、ブラブラ歩いていてもよい。

まわりの数学者の癖を見ていると、机に向かわない人も多い。研究室のセミナーなどで、問題がこじれてくると、後のソファに寝っころがって天井を眺めだす奴や、空いた場所をグルグル廻りだす奴もいる。なぜ、人間がものを考えるとき、ゴロリ派やグルグル派がいるのか、ぼくにはよくわからないが、そうした人間類型があることは事実である。

それから、ものごとに熱中するのに、規則的でないタイプも多い。ぼくのまわりで、数学者やら文学者やらを見ていると、なにかに熱中していると、徹夜して目を赤くしたりも珍しくはない。もっとも、そんなことを何日も続けられるはずもなく、しばらくするとボケーッとしている。それは飽きっぽいかというと、また一月ほどしたころに、発作的に熱中したりする。

「寝食を忘れて」なんて美談みたいに言うが、べつに珍しくない。ルービック・キューブだって、マイコンだって、「寝食を忘れる」ことぐらい、べつに珍しくない。道楽というのは、たいていそんなものだ。べつに、ルービック・キューブで六面がそろったから、なにかの役にたつわけでもないのだが、そしてだれも命令したわけでもないのに、人間は熱中できるのである。

もっとも、それは健康にあまりよくないかもしれない。でも、五十を過ぎた人間だって、たまに徹夜するのだから、若者がその程度の不健康をやったってよいだろう。少しは不健康も試みたほうが、無理がきくようになるものだ。

子どものころに、虫だとか星だとか、あるいはマンガとかプラモデルとか、なにかに熱中することはよくある。べつに、数学に熱中するのがよいことで、マンガに熱中するのが悪いこと、とは思わない。よいとか悪いとか、そうした考慮なしに、やめろと言われてもやってしまうのが熱中というものだ。むしろ、禁止されたことをやりたがることさえある。

このごろの子は読書をしなくなったと言うが、あれはあまりにも、「読書の習慣はよい習慣」と言われすぎているからではないか、そう思うことがある。昔の子は、「そんな本なんか読んでないで」と叱られたりして、ときに隠れて読む楽しみがあった。「よいことです」と言われすぎると、白けるものだ。

そして、なにかに熱中した経験というのは、妙なところで役にたつ。無理がきくようになるだけでも、たとえば試験のときに役にたつ。直接に試験に出る科目を勉強しているより、なんの役にもたたぬことに熱中したことがあったほうが、イザというときの無理がきいたりする。

こと数学に関しても、数学好きの子によくあるタイプは、宿題なんかほっぽりだして、自分の気にかかる問題に徹夜でとりくんだりした経験を持っている。べつにその問題は、学校の宿題でもなければ、テストにも関係しない。むしろそのほうがよい。これは特殊な例のようだが、案外に多くの子が、何年かに一度ぐらいは、そうしたチャンスに出会うのではないだろうか。ただ、たいていの場合、そのチャンスは生かされずに、明日の宿題のほうに行ってしまうのだ。

数学ではそんなことが起こらず、パズルだとありうるとは、ぼくには信じられない。その違いは、数学だと点がよいと先生に褒められ、パズルだと仲間が感心してくれるぐらいの点だ。ぼくだと、数学のテストで百点とって褒められるより、キューブの六面そろったのを仲間に見せるほうが嬉しい。だから、キューブのほうが、徹夜してでも熱中できる。

勉強とつきあうのには、理屈なんかいらない。ただ、少なくともぼくの場合は、道楽の気分がいつも必要であった。

（一九八二年）

機械について

ぼくは機械音痴である。でも、今西錦司先生ほどではない。今西先生は万年筆にスポイトでインクを入れられなかったそうだが、ぼくは入れられた。もっとも、今ではこんな必要もない。

あらゆる乗物が苦手である。これも、今西先生みたいに、「自転車なんてデッチの乗るもんや」という理屈によってではない。ちなみに、女も苦手である。

それでも、他人が動かしてくれるのなら、自動車にだって乗るし、飛行機にだって乗る。あんなものが動かせる人って、よく考えてみれば不思議な人だと思うけれど、たいていは、そんなことを考えずに乗っている。

中世には、機械を動かす人は魔術師だった。それがだんだんと、普通の人が機械を動かすようになってしまったが、機械への憧れというのは魔術への憧れと似ている。たいていは、そうした憧れを忘れて暮らしている。文学に機械や魔術が出てくるのは、こうした憧れを思いだすためだろう。

十七世紀ごろになると、ネジやゼンマイで動く時計が普通になってきたのだろう。だから、ニュートンとライプニッツだって、神は時計のネジを捲くか、なんて奇妙な論争をくりかえしている。

その少し前までは、数学者は魔術師の仲間だったから、エリザベス女王が死んで、魔術が弾圧された冬の時代には、知識人は数学に手を染めるのを恐れた。魔術的な力を持つ磁石を研究したのは、エリザベス女王の魔術師だったギルバートである。ネジやゼンマイもないのに、遠くのものを動かすなんて、魔術としか思えない。

それで、デカルトやフックなどは、なんとかして、ネジやゼンマイの満ちた、エーテル的世界を考えようとした。デカルトの宇宙論が奇妙な渦で満たされているのも、フックの引力の説明がエーテル場の機械じみているのも、そのゆえだろう。そもそも、神が世界に遍在して力をおよぼすからには、エーテル場の機械がなくてはならぬ。

それにこの時代は、望遠鏡や顕微鏡の発明された時期でもある。望遠鏡を最初に作ったのは、十六世紀の魔術師デラポルタだと言われているが、そもそもレンズをたくみに利用することからして、魔術師の職業に属する。そこでは、普通の肉眼的世界と異なる宇宙が現われる。ケプラーやシラノの月旅行記のような、SFが登場するのも、この時代である。異世界を見るのは、魔術師の特権であった。そしてレンズが、その特権を解放したが、レンズを作るというのも、なかなかの修業を必要とするものだ。

レンズによって変容するものは、光である。この光というのも奇妙なもので、ネジやゼンマイもないのに、遠くへとどく。磁力ほどにものを動かしはしなかったが、光を集めて火を作ることはできる。光の粒子が集まって、どうして熱の粒子になることができるのやら。

ニュートンの引力にいたっては、魔法の粒子の力のようだ。実際に、経済学者のケインズは、ニュートンのことを「最後の魔術師」と呼んだものだが、ケンブリッジのニュートンの工房は、魔術師の工房を思わせるものだったらしい。壁を真紅に染めて、奇妙な薬品を調合しながら、賢者の石の秘密を探ろうとしていたと伝えられている。

今でも、現代の物理学者たちが、光子《フォトン》とか音子《フォノン》とか重力子《グラヴィトン》とかいった、魔術的な言葉を使っているのを、教授会の業績報告で聞かされると、かなりの教授たちは眠りの呪文におかされていく。その点では、十七世紀とさして変わりないか。科学者の実験工房もまた、歴代の魔術の匂いがしみついている。

ぼくのまわりにしたって、ぼく自身はなるべく手をふれないようにしていても、エレクトロニック機械に満ちている。研究室では、しょっちゅうコンピュータが話題になる。小魔術師としてのハッカーたちは、これからの文学の素材になるだろう。

今では、光は大きな力をおよぼすこともできるし、それ自体が電磁場で説明される。現代の機械は、ネジやゼンマイではなく、目に見えない電子や光子で動いている。

渡り鳥を強い磁場のなかで育てると、生活能力がなくなる、という実験があるそうだ。今の人間の機械は、目に見えるネジやゼンマイではなくて、この電磁場かもしれない。人間は、世界を機械にしてしまった。

二十世紀のモダニズムは、機械とともに到来した。マリネッティもデュシャンも、機械を讃えた。それが、ネジやゼンマイのかわりに、歯車やクレーンになったとしても、時間や距離のスケールが変わっただけだ。時空の変容は世界の変容であり、速度の変容は感覚の変容かもしれない。でもそれは、せいぜいが人間の心のなかの、世界や感覚にすぎない。

それゆえか、世界そのものが機械である現代において、世界のなかに機械が存在する物語たちが、不思議にレトロに思える。ついこの間には、未来派のシンボルであった機械が、いまレトロのコレクションになる。

ぼくの家の押しいれのどこかに、ぼくのおじいさんに由来するらしい、古いオルゴールがある。ネジを捲いて、錆だらけの円盤をのっけても、なかなか動いてくれないのだが、つっかえると手で押すことによって、やっとのことで、それぞれの曲らしいものが聞こえる。錆びてなくなった爪があるので、どれも不完全な曲なのだが。

そのおじいさんというのは、ぼくが生まれるよりずっと前に、死んだらしい。不在の過去の不完全な思い出、それがぼくでも動かせる、この不細工な機械なのである。そして今でも、デュシャンにしろドゥルーズにしろ、機械という言葉を聞くとき、まず連想するのが、このおじいさんのオルゴールなのだ。

だから、いくら機械音痴であっても、文学の中の機械なら安心してつきあえる。むしろ、懐かしいぐらいだ。

思い出というと、小さいころに、腕時計をラジオの上にのせて、叱られたことがある。それが、本当に悪いことなのか、どうか知らない。たぶんそのころは、ラジオの機械の電磁場が、時計をくるわせると信じられていたのだろう。これは、電磁場の上のネジとゼンマイという意味で、象徴的な気がする。

今なら、メカ音痴と言うより、エレクトロ音痴と言うのがよいだろう。目に見えない電子や光子は、魔法の粒子である。ぼくは、北の国と南の国を規則的に往復する白鳥ではないので、魔法にかけられても平気で暮らしている。

それでもときたま、魔術と機械への憧れを思いだす。

（一九八八年）

セックスの童話

グルメやセックスの話題があまりないが、これは上品ぶっているのではなく、難しくって書きづらいのである。学生の答案でも、数学の問題が解けないので、作文が書いてあることがよくあるが、それがグルメやセックスの話題だと、たいていがっかりする。だれでも書けそうで、うまく書けないものだ。

思うに彼らは、小学校以来、自己の関心を表出するのが作文と教えられてきたのだろう。吉本隆明じゃあるまいし、そんなに自己にこだわられたら迷惑だ。それよりは、読み手がたのしめることが大事。若者の関心ときたら、たいてい食い気と色気なものだから、それを書きたがるのだけれど、とても読めたものではない。

ぼくは、短い原稿を頼まれたときは、上方落語の「不精の代参」みたいなもので、「断わるのがじゃまくさい」ので引き受けることが多いが、グルメとセックスの話題だけは苦手だ。それと長いのも苦手で、一冊の書きおろしはかなわん。

十年ほど前に創隆社から出した『まちがったっていいじゃないか』が、このほど「ちくま文庫」になったが、そのころすでに、書きおろしは逃げまくっていた。ところが、創隆社の編集者がテーマを並べてきて、一つのテーマについて、コラムを三つずつ書け、と言って一冊にさせられてしまった。

そのテーマで、一番困ったのが、セックスだった。この本は、そのころ月に一度ぐらい書いていた、「毎日中学生新聞」のコラムが出発点で、ティーンエージ向けの人生論もどきだったので、どうしてもセックスについて書けと言う。

元来ぼくは、「こども」と「おとな」と、使い分けをするのを好まない。背のびしながら「おとなの話」に加わるのが、ティーンエージにふさわしい。それに、制度を前提にしたくない。だから、結婚を前提にしないで、ティーンエージにセックスを語る人生論もどき、これは難題だ。

ワイセツの問題から始めた。ぼくが子どものころは、おとなはもっと、子どもの前で猥談をした。性情報がこれほど流通している一方で、おとなが子どもの前では性表現を禁欲している教育的配慮、これは異常ではないか。本来の教育の抽象的理念からは、おとなの生活文化を次代に伝えるもののはずだから、両親が自分たちのセックスを、子どもに観察させるのがいい道理になる。しかし、これはとてもかなわん。

それでも、「父と母」の役割のために、「男と女」の姿が隠されるのはよくない。見せなくとも、自分たちのセックスを子どもにうまく語れることを考えてよいだろう。

昔のおとなの猥談で、色町育ちの人だと、それがワイセツでない。教師の猥談が最低である。ぼくも教師だから、自信がなくて、セックスについて語りづらい。教師のやる「性教育」というのは、だから信用ならない。

同性愛の問題を別にすれば、異性とは、セックスをする可能性のある相手である。だから、異性にたいして、セックスをする可能性を考えないのは、相手にたいして失礼である。しかしながら、それが実現することは少ないから、異性をセックスの相手とだけ考えていては、性に無関係な交流のチャンスを失うことになる、なんてことも書いた。人生論もどきはつらい。

一番書きたかったことは、ビジンとかブスとか言いすぎる問題だ。これはたいてい、二人の間の関係というより、同性へ向けて自分のパートナーを誇示しているだけで、二人だけの関係であるセックスにとって、どうでもよいことではないか。セックスのあとの時間に、相手が美しく見えることがすべてであって、パートナーが自分の同性にどう見えるかなんて、副次的なことだ。その点で、ポルノ小説の場合、セックスだけに限定されているところに、ぼくは好意を持っている。

うまく書けなかったが、そのとき、セックスの童話を一つ考えた。

男のだれからも相手にされない女がいる。ボクは、いろいろとガールフレンドがいたのだが、ふとしたはずみで、彼女とセックスすることになる。彼女にとって、はじめての男だった。

ところが、そのセックスのあとに見た彼女の姿が、それまでのガールフレンドのだれよりも美しかったのだ。錯覚かしらと目を疑ったのだが、しばらくするとその通りで、あいかわらず女は、いっこうに男にもてそうもない姿だった。

ボクは彼女と関係したことを隠した。だれにも相手にされない女と寝たなんて、プレイボーイの沽券にかかわる。彼女もまた、一回かぎりの情事はなかったかのように、他人として接してくれた。

しかし、あの錯覚かもしれない、セックスのあとの美しい姿が気になる。とうとうボクは、ふたたび彼女とセックスする機会を持った。セックスのあと、やはり彼女はとても美しかった。ボクだけが知っている「美しい女」としての彼女、ボクは病みつきになってしまった。

そのうちに、セックスのあとの「美しい女」である時間が、だんだんと長くなりだすことに気づいた。ところが困ったことに、その「美しい女」が、セックスをしてない彼女の日常にいくらか洩れだしたようで、ほかの男が彼女を見る目が変わりだしたのだ。

ボクは、女を独占するという意味でも、関心を自分だけに集中させるという意味でも、嫉妬という情念を持たないつもりだったのだが、自分だけの観念としての「美しい女」が、流出していくのに心おだやかでない……。

どうです？　哲学的ポルノ・メルヘンとして、なかなかのものと自負しているのですが。しかしながら、こうしたポルノ童話を書く自信はない。ぼくが書けば、たぶんワイセツになってしまうだろう。ひょっとすると、父や母が、自分たちのセックスをその子どもに語りたがらないのは、それがワイセツになることを予感しているからかもしれない。

人間はどうせ、「親」とか「教師」とかの役割を用いて生きていくのも仕方ない。しかしながら、その仮面が自然としての人間を抑圧してしまう。セックスとか、あるいは排泄行為もそうだが、それらの人間としての自然を隠すことが、文化的進歩なのだろうか。そして、その仮面と自然との距離が、ワイセツになるのだと思う。

そこで、自分ではうまく書けないのだが、セックスの童話があってよいと思うのだ。これは「おとなの童話」ではない。「こども図書館」にポルノ童話があったらというのが、ぼくの理想なのだ。だれか挑戦してみる文学者はいないか。

（一九八九年）

異説　遠山啓伝

なんとも、遠山《とおやま》さんの死がなまなましすぎて、どうも歴史的に伝記を書けそうもない。それになにより、当の遠山さんが、ぼくの『数学の歴史』を「これまでの数学史はおしなべて数学者という人種をいかめしいマジメ人間としてあつかってきたが、この本はかれらをまのぬけた喜劇的な人間として描きだしている」と褒めてくれたのだった。喜劇には距離がほしい。

おそらく、これからの半年ぐらい、遠山さんの思い出を多くの人が語り、いろんなことがわかるだろう。それぞれの時代をよく知っている人もあるだろう。もっとも、それらの人はぼく以上に距離がとりにくいかもしれないが。

父のない子

遠山啓《とおやまひらく》の生まれたのは一九〇九年（明治四二年）、朝鮮の仁川《インチヨン》だが、すぐに母と郷里の熊本へ帰っている。それで、彼のふるさとというと、熊本である。人吉でいっしょになったとき、やっぱり球磨川の鮎はうまいと、二匹半（半は頭とはらわただけ）食うのを見たことがある。

その父は、朝鮮にとどまって、五歳のときに帰国を待ちかねていたところへ、腸チフスで死亡のしらせが来た。したがって、遠山は父を知らない。

その衝撃で神経症になった。ある所では一年間ぐらい尿が出なくなったと書いているが、別の所では三十分ごとに尿意をもよおして小学校の入学式で泣きだしたことを、学校にまつわる暗い出発の記憶として記している。ともかく、父の不在が彼の少年期を支配した。

それで、母と子の生活が続くわけだが、幼時はむしろおじいさん子だったらしい。この祖父というのは、西南戦争と政治道楽で家産をつぶしたらしく、父が朝鮮へ行ったのもそのためかもしれない。もともとは、肥後の刀鍛冶のボスの家柄だったらしい。反体制的な気質をこの祖父から受けついだ、と遠山は語っている。

彼は、幼時から、わがままで意地っぱりでへそ曲がりだった、と自ら語っている。晩年の外見はむしろ温厚さの方が表面に出ていたが、たしかにそうした「三つ子の魂」が片鱗を覗かせもした。

一九一八年（大正七年）に小学校三年で東京に移っている。このあたりの事情は、遠山はなにも記していない。その前年に父方の祖母が死んでいて、母方の祖母と母との三人で東京へ出たらしい。将棋の好敵手となった、大学の講師をしている叔父の話があるから、そうした伝手《つて》があったのかもしれない。

ともかく、熊本から東京へと移ったわけだが、遠山が懐かしさをこめて語るふるさとは、いつでも熊本だった。東京にはなじめなかったらしい。

その熊本の生活も、本などない家庭と言っているが、晩年に立川文庫の記憶をさかんに持ちだしたところからすると、むしろ熊本の山野への愛着を強調していたのかもしれない。貧しかったと書いているが、知的職業を志向するといった動機が上京にはあったのだろう。

それで、東京一中（いまの日比谷高校）に入っている。当時としてのエリート・コースには違いない。もっとも、一貫して学校ぎらいだったらしい。自分の興味に熱中するたちで、授業の流れに身をゆだねることができなかったのである。中学二年のときの関東大震災に死にかかった体験から、死についての考えにふけるような、そうした少年だった。

中学三年のときには、幾何に熱中して、ほかの教科は全部投げてしまった。後年に、数学教育でユークリッド批判者となったのは、奇妙なめぐりあわせだった。もっとも晩年になっても、幾何のおもしろさには荷担していたのであって、楽しむのはよいが試験をしたりする必要はない、という意見だったのである。数学教育に関しては、初等幾何よりは初等整数論を、と主張したのだが、これにしても、性格は少し違っても、数学少年の遠山が幾何の次に熱中した対象だったのだろう。

そうしたことで、学校の成績はクラスで四分の三ぐらいだった。受験勉強を一年間だけ猛烈にやって、四年修了で福岡高校（いまの九大教養部）に入っている。ものごとに集中するタイプだったのだろうが、内申書反対にはこうしたこともあったろう（事実、「内申書があったら、ぼくなんか高校に入れなかったよ」と言っていた）。

幼時は病弱だったというが、晩年はひどく頑健だった。このころからの冷水摩擦の故か。冷水摩擦といい、日記といい、自らに課したことに関しては厳格な人だった。この一年間の猛勉強というのも、そうした自らに課したものだったろう。晩年にいたっても、そうしたことがよく見られる。

福岡へ行ったのはなぜだろう。一高を避けたへそ曲がりはわかるような気もするし、九州へ行ったのもわかるが（母と子の間借りぐらしからの脱出も含めて）、熊本の五高ではなくて福岡にしたのは、少し「ふるさと」と距離をおきたかったのだろうか。その高校時代を、何よりすばらしい時代と回顧している。文学に開眼し、宇宙の神秘に憧れ、詩心にとらえられていた時代だった。

大学は東大の数学科へ入るのだが、坂井英太郎の講義に失望し、ドロップアウトして文学青年となる。当時の文学青年というと、このごろの翻訳文化の時代でないので、ブレークの詩を英語で歌ったり、『ファウスト』をドイツ語で語ったりという有り様で、ぼくなどは太刀打ちできない。チェホフやトルストイは英訳だったらしく、晩年にロシア語を勉強していた（もちろん数学のロシア語は読んでいたが）の原書が読みたかったのかもしれない。バルザックにもくわしかったが、これはフランス語なのか英訳だったのか、聞きもらした。

高木貞治だけは尊敬していて、数学をやめますと言いに行ったとき、計算力の重要性を聞かされたので、ポーヤとシェゲのあの難しい問題集で実力をつけたという。ドロップアウトといってもファンデルベルデンやワイルに感激したと言っている年代を調べると、この時期になる。

それは昭和初期の大不況期、のちに遠山が、大学なんて出ても就職できないほうが自然、とうそぶいたのはこの青年期の体験による。貧乏というのも、この時代の印象が大きいと思う。苦境をすら楽しんでしまう、遠山の一種の図々しさとでもいったものは、こうした青年期に由来するようだ。

それでも、楽な大学をというわけで、東北大に再入学、将棋ばかりしていたという。彼の好きなゲームは将棋であって、一手で逆転するスリルを好んだ。江戸時代の棋譜なども研究したという凝りようで、将棋のために試験を受けるのを止めたこともある。十分に読んだあとは勝負手に賭ける、そうした勝負師根性が遠山にふさわしい。

それで、東北大を卒業したのは二十八歳、一九三八年（昭和十三年）で、すでに日中戦争が始まっていた。就職したのは、霞ヶ浦航空隊の海軍教授、まったく遠山にふさわしくない職場で、敗戦も近い一九四四年（昭和十九年）までいたのだが、軍服を身につけないことがせめてもの意気地だった。それでも、そうしたなかで暮らす要領やら、兵卒と仲よくなる方法やら、いやな時代のいやな職場でそれなりに人生訓練を楽しんでいたのかもしれない。それに、代数関数論という、避難所もあった。

遠山の戦後は一年早く来ていたのかもしれない。海軍から離れて東京工大の助教授になったのは三十四歳のときで、空襲で死にかけたり、せっかく親友となった同僚の天野清を失ったりしているが、彼の心ではすでに戦争が終わっていたのだろう。八月十五日には、勤労動員のつきそいで信州にいたが、泣きだしたりする学生を見て、少ししらけながらも後ろめたく思ったという。

左翼的文化人

戦後の東工大の文学好きの学生たちは、文学青年くずれの遠山のまわりに集まった。吉本隆明や奥野健男などである。愛国少年だった吉本は敗戦に衝撃を受け、遠山が平然と量子力学の自主ゼミを始めたのに感動しているが、遠山にしてみればあたりまえのことだったのだろう。

この窮乏（六畳間に五人で暮らした）と解放の戦後五年間は、遠山にとってのアカデミスト期に属する。学位論文は「代数関数の非アーベル的理論」、四九年に教授、六十歳の定年までを東工大で過ごす。

しかし、朝鮮戦争下の日本は、遠山を文学と数学に埋没させてはおかなかった。遠山が社会性から距離をおいて時代にたいして透徹した眼をもてたぶんだけ、時代がその社会的活動を要求していた。この頃、東工大の組合の委員長もしている。遠山自身が政治活動に身を挺したことはなかったが、家宅捜索を受けたときに小学生だった娘が非合法文書を座布団の下にかくして蜜柑を食べていたとか、遠山の身代わりに夫人が一晩留置されたとか、その種のエピソードが多い。

一九五二年（昭和二十七年）の遠山四十二歳のときの最初の著書『無限と連続』は、当時の国際派全学連に所属した東大の学生たちの人気を呼んだ。その合評会が、新数学人集団（SSS）の出発点になり、学生運動くずれの数学科学生の駆けこみ寺が遠山研究室となった。

当時の遠山研究室の梁山泊《りようざんぱく》的雰囲気から、さまざまのエピソードが生まれ、晩年の遠山がよくその頃を懐かしげに語ったものだ。メーデー事件で指名手配された丸山滋弥が東工大内に潜伏した話とか、レッドパージ闘争で一度は東大を退学になった銀林浩を大学院に入れるのに苦労した話とか、なかでも傑作は倉田令二朗の留置をもらいさげた話だろう。彼は酔っぱらっての軽犯罪で留置されたのだが、学生運動への弾圧と勘違いしたため、三週間の完全黙秘を貫いたのだった。

一九五一年（昭和二十六年）に、四十一歳の遠山は、小倉金之助などとともに数学教育協議会（数教協）を結成して、当時流行の生活単元学習を批判する活動を開始している。それからのほとんどの期間、数教協は遠山を委員長に持った。その頃に始まった日教組の教育研究集会でも、中央講師団の中心的メンバーとなる。教育運動のために、あちらこちらと走りまわるようになったわけだ。

もっとも、遠山は乗りものに強かった。そして、最晩年にいたるまで、折りたたみの腰かけを用意して、行きあたりばったりの特急列車に飛びのるのを常とし、指定券を買って座席を予約することを嫌った。「予約された座席」というのは、遠山のもっとも忌み嫌ったものだったのである。

案外に遠山が政治上手（そして商売上手でもあった）なのが、こうした運動のなかに彼をまきこんで行ったのだが、遠山自身は彼の自己をその端然とした姿勢の蔭に守りぬいていた。じつのところは、遠山自身は運動組織とか国家体制とかいったものが向かず、自らに課したものだけを守りぬく自由の魂の持ち主だった。晩年の日記のなかにも、社会主義国家体制といったものにたいし、人間をホモ・エコノミクスとして処理することへの批判が見られる。

反社会的アカデミストから教育運動家への転身に関しては、娘の学校ぎらいを怒って彼女を庭の松の木に縛りつけたりしたが、教科書を見るにおよんで罪は学校体制のほうにこそあるのを認識し、自己批判して教育運動に向かった、という伝説がある。もっとも、自由人としての遠山が左翼として位置づけられ、運動家となっていくというのは、当時の時代状況でもあったろう。もともとがアカデミストとしての枠に入るよりは、夜行列車で折りたたみ椅子にすわり、全国の見知らぬ教師たちの声を聞くほうが性に合っていたのである。

遠山梁山泊の住人たちは、彼をゲンスイと呼んでいた。一見はムスッとして近よりがたく思える外見の故か。後年に、いたずらな男が晩年の遠山の似顔絵に髭をつけ加えたら、スターリン元帥に似た顔になったが、それと関係があるかどうか知らない。少なくとも、遠山はスターリンには批判的だった。毛沢東に関しては、訪中で面会したときの印象として、目つきに政治的陰険さがあるのが気にくわないと語っていた。当時の共産党の指導者の徳田球一に関しては、会えば陽気で面白い男だが前衛党の責任者には向かないね、と語った。

梁山泊の解体したのは五七年(昭和三十二年)ごろだろうか。若者たちが、遠山にアカデミズムへの復帰を進言したのが、この誇り高き男の逆鱗に触れた、というのが当時での噂だった。

遠山のエッセーに、「犬ずきと猫ずき」というのがあって、彼は忠実な犬よりは気ままな猫を好んだ。遠山への心酔者が、ある程度以上に接近したあたりで逆鱗に触れて殿の不興をかう、なんて法則を唱えたものもいるが、もともと彼は、ある程度の距離をおいての猫的なつきあいのほうを好んだのではなかろうか。

それは戦後のひとつの区切りの時代だった。そして遠山は、本格的に数学教育へと足をふみ入れようとしていたのだった。

数学教育の教祖

数教協の初期というと、生活単元学習に批判的な良心派文化人グループを中心としたもので、いわば官製の数学教育体制にたいしてのネガティブな性格が表面的だったが、それが五〇年代末からは新しい数学教育を創出するといったポジティブなものに変わっていく。遠山は藤沢利喜太郎を批判的に読みながら、そうした道を模索していたのだが、ピアジェを読んだのがひとつのヒントになったと語っている。五七年（昭和三十二年）ごろから、小学校の教科書作りを試みるなかで、量の体系と水道方式が生み出される。それは六〇年代のはじめに、実践過程での成功からブームを呼ぶと同時に、既成権威の崩壊をおそれた体制側から弾圧され、その教科書は広域採択制度によって葬られる。教育界には、なにやら美しげな情念を修飾する風習があるものだが、それは遠山の嫌いなものだった。左翼にも、進歩派なりの感動を讃美したがる空気のあるもので、遠山はそうした空気にも冷たかった。むしろ、教育において遠山が主張したのは、かわいた分析的知性だった。教育において科学性を主張する者たちは、つねに遠山をかついだものだ。

のちに文部省によって矮小に唱えられる「数学教育の現代化」は、このときは遠山によって唱えられ、いくぶんは戦闘的で反体制的なスローガンであった。それは、過去の遺物としての「科学のカリキュラム」ではなく、いま現在に生きている〈現代〉の数学そのものとして、数学教育を位置づけるものとしてあった。水道方式も量の体系も、そうしたなかで生まれたのだった。

これらの成功は、現場の教師の授業の中で作られたものが、上から定められたものを凌駕することで、画期的だった。六〇年前後、勤評闘争から学テ闘争にいたる時期というのは、文部省vs日教組という図式のもっとも鮮明であった時期であって、文部省はカリキュラム統制の秩序で現場管理を貫こうとし、日教組は自主編成運動で対抗していた。こうした運動を政治的にだけ進めることは不可能なことから、多くの教師が数教協に参加し、数教協は現場教師の団体へと変質していった。

いまになって、それが技術革新の高度成長の波のもとで闘われていた、というは易しい。むしろ、そうした状況において、その状況にふさわしく、こうした運動が発展していたというべきだろう。

五九年から六〇年にかけて、遠山五十歳のときの『数学入門』は、こうした時代にふさわしくも、科学性への確信に裏づけられている。しかし、一九六〇年の教育界で科学主義を語ることは、一九七〇年に反科学主義を語る以上にラジカルなことだった。

水道方式に関して、後年の遠山は、あまりに体系をきっちり作りすぎたかもしれないが、体制との緊張関係がそれを余儀なくさせた、ともらしたものだった。科学性に依拠しての体系性だけが戦闘性を維持しえた。そうした時代だったのである。そして遠山は、なによりも時代の状況性に忠実だった。

こうした状況にあって、遠山はかなり攻撃的だった。本筋からすればたいしたことでないような細部にでも、無視してよさそうな小犬の遠吠えにさえ、かならず的確に石を投げて犬どもを打ちたおした。そうした遠山に、一九六〇年（昭和三十五年）に初対面のぼくは、わりと気楽に疑問をぶちまけたものだが、そのときの遠山の対応はむしろソフトだった。おそらく、ぼくの態度が、犬が吠えるというより、猫がじゃれつくほうだったからだろう。

遠山が数学教育においてなしたことは、教育全体に大きな波紋を投げかけていた。遠山は神格化され、全国に大きな影響をもたらした。もっとも、そのころに近畿に現れたときは、夜中にごろごろと無礼に寝そべったぼくなどと、気楽におしゃべりをすることのほうを好んでいたようだ。それは深夜に及んだ。とくにだれかれの人物月旦、というより悪口になると早朝まで楽しんだものだ。ただし、悪口を言われる相手というのは、遠山の前に権威ぶってたちふさがっている連中にかぎられていた。

こうしたなかで、数教協の組織は拡がっていった。教科書がつぶされたあとには、自主教科書としての『わかるさんすう』が全国に普及していった。

一方、数学ジャーナリズムの必要に眼をつけたのも遠山であった。矢野健太郎とともに『数学セミナー』の編集にあたる。それは、高度成長下の「数理科学ブーム」と理科系大学生の増加といった状況に対応していた。

いまから考えると、当時の遠山の発言の中から、時代に少し悪ノリしているものを探すことは可能である。それは一面では、そうした時代を利用する商才ないしは政治性でもあった。芸能プロデューサーになっても、政治家になっても成功しそうな、不思議な才能の持ち主だったわけだ。

東工大の最終期は、理学部長として、一方では事務当局と渡りあい、他方では中核派の学生とやりあったものだ。教授会の中に、わかりもしないのに小政治家ぶった連中がいて小賢しいことを言って困る、と言っていたのもその頃だ。あんな学部長を相手に団交をしなければならなかった、当時の学生は気の毒だったと思う。

六〇年代後半の著書には、どちらかというと啓蒙的な性格のものが多い。比喩のたくみな彼は、数学をやさしく、その本質を語ることができた。それは彼の数学への洞察力に支えられていたが、ぼくには別の注文があった。フルヴィッツあたりの古典代数を知り、それをネター以後の現代代数と結合させることの可能な、遠山にしかできないことを書いてほしかったのだ。残念ながらその注文に応えてもらう前に、彼は死んだ。時代の要求に誠実に応えることが、「わがままでへそ曲がり」のはずの彼の一面でもあった。でも、大学教授、管理者、政治運動家、ジャーナリスト、啓蒙家、教祖、それらのすべての役柄を彼の才能がこなしえたからといって、ぼくはそれらが彼の本質であったとは思っていない。

オールド・ラジカル

大学を定年になったとき、元気をなくす人と、元気づく人とがある。「大学教授であること」が彼の人間的本質とかかわっている度合によるのだろう。遠山の場合、定年になって彼のラジカルな本質が光彩をはなつようになる。以後は就職することなく、多摩美大の美術家の卵に幾何を教えたり、明星学園の中学生におよそ学校の規格から外れた数学や英語を教えたのだけが、学校とのかかわりだった。六十歳の遠山は、四十年前の東大をドロップアウトしたときの若者の心に戻ったのである。

もっとも、東工大にいた最後の頃と、それが断絶していたわけではない。一九六八年

（昭和四十三年）、五十八歳で八王子養護学校に最初に行ったときのおどろきを、彼は語っている。そして、何をしても反応のないなかで、モンテッソリにヒントをえて試みた〈原数学〉の授業で、人間の根源に備わっている知を確信するようになった。人間にとって根源的な知の解放、それは遠山にとっての人間開眼とでもいった転機となっていた。

また六〇年代末の動乱の大学、そこでの心情全共闘風の熱狂にはもともと無縁な人であったが、文化現象としてのそれには深い共感を持っていた。アメリカのヒッピーたちにも共感を惜しまなかった。そういえば、定年後の遠山には、どことなくオールド・ヒッピーといった風格がある。

学校ばなれをした遠山が、定年後にした最初の活動は、学校と無関係に進めることのできる数学の本を、幼児用から出しはじめることだった。ほるぷ出版からのその仕事を通じて、安野光雅と意気投合する。同時に、「ほるぷ教室」という塾を全国に拡げている。

さらに、一九七三年（昭和四十八年）から、板倉聖宣や遠藤豊吉などと始めた雑誌『ひと』が、七〇年代の遠山の中心的な活動となった。それは、七〇年代初頭の市民運動的な雰囲気に適合して、学校という枠をこえて、母親たち自身の運動に成長した。「落ちこぼれ」の子どもたちを集めた遠山塾は、さらに母親たち自身が数学を楽しむための塾にまで発展する。子どもや母親たち自身の、人間としての楽しみのレベルにまで、遠山の教育運動は進んだのだった。当時学齢期に達していた、同居している孫たちへの思いと、それは同質でもあった。

このころ、遠山は自分を「数楽者」と呼んでいる。音楽になぞらえての数ガクだったのだが、数ラクと呼ぶ人間が出てきたので、なるほど道楽に通ずると、そちらに鞍がえしたらしいから、たぶんスーラクモンと読むのだろう。教育といっても、このころの彼の境地に、上から子どもを引きあげようという姿勢はない（そこが六〇年代と違うところだ）。子どもという、こんなおもしろい動物をタダで貸してくれるんだから、教師というのはいい商売だ、というのが彼の口癖だった。

数学教育にしても、六〇年代と違って、どちらかというとカリキュラムの枠からはみだそうとする。遠山塾で、授業をゲーム化して、子どもにこれはベンキョーかアソビかと聞いたところ、こんなにおもしろいんだからアソビだ、と子どもは答えた。数教協が、楽しい授業を志向する新しい作風を獲得したのも、この結果だった。

そうした過程で、序列主義を批判して競争原理を根源的に否定していた彼は、最晩年の六十九歳、一九七八年（昭和五十三年）に明星学園理事となり、この学校を〈点数のない学校〉とするべく、新しい授業の道をみずから試みていた。中学生が喜んでくれていると、ニコニコしていたものだが。

一九七九年（昭和五十四年）、咳がとまらず、七月には入院、八月二十一日の日記には、

「70回の誕生日。もっともみじめな誕生日」とある。見舞いへの面会を断り続け、銀林すら死の一時間前までは会うことを許されなかった。病人としての自分を見られるのがイヤと、最後の「意地っぱり」でもあったろう。九月十一日死す、肺癌であった。

遠山の本をなにか一冊というなら、ぼくは『水源をめざして』をあげたい。そこには、「敗戦のまえまではいちばん非人間的な数学を研究する隠遁者だったのが、敗戦をきっかけに、しだいにというより、ごく緩慢なテンポで人間のほうに向きなおり、とくに人間のなかの子どもに興味をもつようになり、そこから知恵おくれの子どもまでさかのぼっていく、ということになってしまった。それは人生という河を、河口から逆にさかのぼって水源のほうに向かって歩いていったようなものかもしれない。そういえば、私にはなんでも水源にまでさかのぼって、そこをさぐってみたいという欲望が生まれつきあったのかもしれない」

とある。

なによりも人間を愛し、そして人間を楽しんだ人であった。口許には、いつもいたずらっぽい笑みを浮かべていた。

（一九八〇年）

沖縄なつかし

久しぶりの沖縄である。これで四度目だろうか。いつ来てもなぜか、なつかしい島だ。最初は復帰後まもない頃で、琉球大学の集中講義に来た。タクシーが右を走っていて、それがとても恐かった。

空港に降りて飲んだコーラの味が、闇市のPX流れのコーラの味がしたのに、まず感動した。それに市場がまた、昔の闇市の気分を残していて、おばあさんが三人ならんで、手作りの塩辛やらお菓子やらを売っている。聞くと、けっこう由緒ある家のおばあさんであったりして、おばあさんごとに味が違う。一軒の家におばあさんが三人いると思ったのが錯覚で、一軒分のところに、三軒のおばあさんの店があったのだ。好みによって、気にいったおばあさんから買う。

大学はまだ首里の山にあったころで、ハブに気をつけろと言われた。もっとも、地元の高校の先生に案内されたとき、出身の島によって、ハブにたいする考えの違うのに驚いた。一人は極度にハブを恐れていたが、もう一人は、うちの島ではハブにやられねば一人前でない、という過激な考えの持ち主だったのである。

大学のなかには、昔の兵舎のバラックのようなのが残っていて、夕方になると、島ごとのサークルの学生が集まってきて、島ごとの歌や踊りをやる。日本中の大学で、文化の残っているのは琉球大学だけと、とても感動した。研究室に三味線をおいている先生がいたので、一晩かかって教えを乞うたが、本土の三味線と違って、小指まで使うし、爪でなくて指の腹を使うなど、いろいろと使い勝手が違う。それでもなんとか、安里屋ユンタだけ弾けるようになった。

集中講義のほうは、数学史に数学論に数学教育といった、ごった煮のような注文で、「数学雑論」と名づけられていた。要するに、数学に関する雑談をやれ、というわけである。最初の授業が終わったとき、廊下に追いかけてきた学生がいて、質問があると言う。なにかと聞いたら、自治会の学生だそうで、「京大の学生運動はどうなってますか」と来たのに驚いた。別にその手の話をしたわけでもないのに、それらしい顔に見えたのかしらん。

最後の日は教室から出て、ガジュマルの木かげで学生と座談会をしていたら、小雨が降ってきた。仕方がないので、教室へもどって机を脇にやり、ギターや三味線を持ってこさせ、琉大の数学の先生で手のあいてる人を召集して、カチャーシー・パーティでしめくくることにした。唄と踊りで終わる集中講義なんてのは、ぼくといえども一度きりで、それができたのは、沖縄の島が文化を持っていたからだと信じている。

二度目はたしか、日教組の集会で来た。このときは、とくに沖縄とは関係ないけれど、奇妙な思い出がある。助言者の宿舎でテレビのニュースを見ていた。ちょうど、銀行強盗事件のあったときである。これを見ている人は、だれに感情移入するだろうか、と話しあっていた。人質はかわいそうと、人質に感情移入する人もあろう。なんとか早く解決しないかと、警視総監に感情移入する人もあろう。ぼくは、現実には絶対にできそうもない強盗に感情移入してしまうな、など。すると、後から声があって、「私もやはり、強盗の口ですな」。ふりかえると、国分一太郎さんだった。

三度目はたしか、『週刊プレイボーイ』の仕事で、小田実と二人でティーチ・インに行った。二晩あったのだが、最初の晩は小田が二時間、ぼくが一時間ぐらいしゃべってしまって、ほとんど参加者のしゃべる余地がなかった。それを反省して、次の晩はしゃべらないようにしようと言いあったのだが、それでもぼくは三十分以上で、小田は一時間以上しゃべっていたと思う。

ここにもまた、本土の文化が押しよせている。本土の妙な「文化人」どもがやってきて、沖縄の醇風美俗を乱している、という考えも成立する。しかしそれよりは、本土の画一的な生活習俗におかされることだろう。車だって、せめて沖縄だけは、右側を走っていてもよかった。日本中を左側通行に統一することもあるまい。

それでも、町角の小さな食堂に入ると、豚の蹄をコトコト煮たのが、素敵にうまい。せっかく沖縄に来ながら、少しばかり値段が安いからといって、ステーキやロブスターを食べたがる人の気がしれない。

そう言えば最初に来たときは、岬の端にポツンと立った小さな小屋で、山羊料理を食った。まわりはまっ暗闇で、そのなかでメエメエと鳴く山羊の声だけが聞こえていた。あのあたりも、開発されてしまったらしい。それでも、素朴な山羊の味は残っている。

このごろは「国際化」が問題になっているが、沖縄こそは、日本が国際化を学ぶべきところだ。昔から、沖縄文化と本土文化が衝突し、さらにアメリカ文化が強い影響をおよぼした。

いま沖縄は、本土化よりは国際化において育ってほしい。ギターと三味線がいりまじったなかで、カチャーシーを踊る島、それが沖縄だ。古い文化に閉ざされなくとも、それが新しい文化のなかに開けばいいのだ。

それでも、もう少しは沖縄文化を認めて、たとえば沖縄方言を第二標準語として公認してよいだろう。沖縄方言のわからぬぼくは、さしずめ困っただろうが、琉球大学では学生のレポートを沖縄方言で書いてもよいことにしたらどうだろうか。英語でレポートを書くばかりが国際化ではない。英語と、標準日本語と、そして沖縄方言とが、片言でいり混じっていれば、それこそ国際都市である。

それでも、この島へ来れば心なごみ、なぜかなつかしい思いがする。大陸や南の島から漂着した、御先祖様の心が残っているのだろうか。あるいはむしろ、島の自然が語りかけるものが、文化の基層を作っているからだろう。さまざまの国際文化がいり混じったところで、その人間たちを支える自然があるかぎり、消えることのないなつかしさ。このことでも、沖縄に学ぶことができる。那覇が東京に学ぶのではなく東京が那覇に学ぶべきなのだ。

考えてみれば、古代の日本文化というのも、中国や朝鮮から渡来したものであり、奈良文化や平安文化というのは、国際化日本の文化だったはずだ。中世になっても、琉球は日本と中国に両属し、国際化を地で行っていた。そのころの京都も、いくらかは国際都市だったはずだ。いま、国際都市東京を考えるのに、なおも国際化を地で行っている沖縄を参照してよい。

異国情緒観光や、リゾート観光ではなしに、古い国際化の流れをなつかしむことを、沖縄はもっと主張してよいと思う。琉球舞踊は、京舞の井上流にとても似ている。

（一九八九年）

岡潔という人がいた！

京大の数学教室には、さまざまの岡潔《おかきよし》伝説がある。

裏庭に、くぼんだ穴のある岩があるが、昔はそれが正面の玄関の横にあった。京大にもゼミを持っていた岡潔が、石を拾って、大きなモーションでその穴に向けて投げているのを、だれかが見た。その話は、ストライクが決まらなかった日は、その日のゼミは中止になるという風聞となった。やがては、あの岩のくぼみ自体が、長年月にわたっての岡潔の投石によって作られた、という伝説となった。伝説は、こうして作られる。

ぼくは岡ゼミに出席したことがないし、数学の論文を読んだこともない。岡ゼミというのは、興がのると十時間以上におよぶのだそうだ。左手におむすび、右手にチョークで、黒板の前で議論白熱なんてこともあるらしい。途中で碁や将棋もあるのだが、数学でうかつなことをすると、「きみは一年前の九月の三日のゼミの日の将棋で、わしが銀を突いたときに歩で受けた。いまそれと同じ誤ちを数学でやっとる」などと言われるので、気がぬけないのだそうだ。

直接に関係を持ったこともある。ぼくはこの商売に珍しく、教授時代は仲人を逃げおおせたが、昔の大学院生同士の会員制結婚式の時代には、教授の権威をきらって兄貴分の若い助教授にたのむのが流行して、そのころに仲人をした花嫁が岡ゼミだったのである。

日曜日に大学内の会場で、司会の大学院生が、「ウェディングマーチを用意したのですが、今日は日曜の停電でテープが回らぬので（日曜は停電、テープは電池でない、という時代もあったのだ）、新郎新婦入場のさいは盛大な拍手をお願いします」とやって、早速に岡潔から「拍手はウェディングマーチのかわりですか」と詰問されていた。

式の間も、隣の教授と話しはじめると、だんだんとトーンが上がりがちで、花婿の田舎から来たおじいさんが、新郎の生いたちなどを涙ながらに語っているのは、おかまいなし、「碁というものは不思議ですなあ、いくら考えてもわからなかったのが石を一つおいただけで、ぱっと見えてくることがある」なんて話をしている。

論文を読んだことはないが、多変数関数論の岡理論については、おぼろげながら知っている。今では、いろいろと解説されているからだ。戦後に数学の基礎概念の一つとなった層の概念の発生の源流の一つでもある。戦後にフランスの雑誌に発表された論文での衝撃を語る外国の（当時は若手だった）数学者も多い。もっとも、岡の理論の普及版について、本人は違和感を持っていたらしい。世界の権威なんかどうでもよくて、独自の「兵隊の位」を数学者たちにつけたがる岡のことだから、相手が気に入らなかったのかもしれない。

友人の精神医学者の診断では、軽い分裂病だったらしい。これは別に珍しいことではない。軽いか重いかはともかく、ニュートンとかカントルとか、分裂病の数学者はよくいる。神経症程度だと、パスカルとか、ガウスとか、リーマンとか、数学者伝の定番でさえある。

このことを、「天才と狂人は紙一重」などとは思わない。一つのことを思いつめて考えるのは脳の負担になるもので、だれだって、幻聴や幻覚ぐらい出ても不思議ではない。むしろ、それを続けることができるか、あるいは、続けざるをえないか、の問題かもしれない。

文化勲章をもらったころ、その奇才ぶりが評判で、エッセーがベストセラーになった。数学は偉いが、日常はおかしい、といった二分法はよくない。たしかに、数学に関しての逸話で、発想に感心することが多かったが、すべて受けいれられるわけでもない。エッセーの発想も感心することもあるし、そうでないこともある。しかし、それが岡の思索の表現であったことに変わりはない。

そのころ、小林秀雄との対談が評判になったが、これはあとで大喧嘩になって、喧嘩の前を本にしたのだそうだ。そりゃ、そうだろう。それを作田啓一といっしょに論評したことがあるのだが、なかに不完全性定理のゲーデルを「マッハボーイ」と論難するところがあって、作田はそれを「マッハ主義者」と読んだ。岡ゼミの友人にも確認したが、これは「暴走族」と言ったにすぎぬ。それが岡の印象ということで、もしもゲーデルとつきあっていたら、意気投合して喧嘩はしなかったように思う。

その歴史観は、弟橘媛《おとたちばなひめ》の姿のつぎに、八幡太郎義家の姿が出てきたりする絵巻物のつらなりである。宗教性を問題にする人もいるが、彼自身は主として仏教系ながら、あるときは一つの宗派にのめりこんで、その宗教的イメージに一体化するほうで、その宗派が一貫したわけでもない。数学については、その数学的真実が浮かんでくる情景にひたりこもうとするほうで、この点にかんしては、数学者にもいろいろあるのだが、ぼくは共感するほうだ。

でも、そのひとつの情景の、岡の心への現われ方については、共感できたりできなかったりする。たぶん、二割ぐらいは、うーんと感心して、岡の啓示を自分の心にとりこむ。五割ぐらいは、ほほえましく思って絵巻物をくるだけにとどめる。これが岡のエッセーとの、普通のつきあい方だろう。困るのは残りの三割で、すごいことなのか、笑ってすごしていいのか、よくわからない。訊けばいいようなものだが、岡の病気が重かったころ以来、京大では岡との議論は禁止されていた。議論できない相手はかなわんなと、ぼくはつきあいを避けた。

桑原武夫の死の数十日前に、中沢新一と三人で私的なおしゃべりをしたことがある。その話題が岡潔のことで、桑原はそれを佐藤春夫から聞いたのだそうだ。岡や佐藤が文化勲章をもらったとき、代表格の田中耕太郎が、「数学は自然科学の粋でございまして……」と説明しかけると、岡が大音声でどなりつけたのだそうだ。「黙らっしゃい。数学は自然科学などではない。人間精神の学なのじゃ。」昭和天皇は社交的なお人柄だが、なにしろ目の前で人が人をどなりつけるというのは初体験で、それは天皇社交のマニュアルにない。どうしてとりなそうかと、とても困ってらした、というのが佐藤春夫の言。

ブームのころだって、全面的に傾倒する人と、全面的に無視する人がいた。もちろん、無視するといったって、岡理論そのものは認めるがという留保つきだが、これこそ無視の形式。ぼくは、だれにせよ、全面傾倒や全面無視はとらぬ。そうしたことが起こるのは、強烈な人格のことが多いが、忘れられて傾倒も無視もなくなっては、もっとつまらん。

（一九九四年）

自分の世界を作ろう

人間の世界は雑木山

ひまな日曜日などにちょっと、近所の裏山をほっつき歩くのが好きだ。道などなくてよい。べつに、どこへ行く当てがあるわけでもない。

夏場はマムシが恐いが、春先きなどだと、ワラビやウドなどをとる楽しみがある。マツタケの季節が過ぎたあとだと、キノコをとってきて、図鑑でたしかめ、こわごわ食べてみる。ムカゴやアケビも悪くない。

こう言うと、食い気ばっかりみたいだが、あまり見かけない花や虫に出あうのもよい。少しずつは名をおぼえるが、べつにそんな知識はどうでもよいのであって、そうした世界が自分の世界になっていくのがよいのだ。花も虫もない冬山だって、なかなか風情がある。

少し理屈をこねると、里山というのは、人間の論理と自然の論理とが、適度になれあう場でもある。そこでは、山から鳥や獣が現われ、里から人が入っていく。山奥に獣をたずねる猟師は里山を大切にし、海の彼方へ魚を求める漁師は浜を大事にするという。人間が自然と交わる場を、象徴しているのだろう。

これは雑木山がよい。杉山になると、もうだめだ。木が整然と並び、道は見通しがよい。雑木山のように、草や木が雑りあい、そのかわり、茨に引っかかったり穴に足をとられたりするような、おもしろさはない。花や虫の楽しみもない。

そこでは、人間の論理だけが支配している。何年かたつと伐りだされ、なにがしかの利益が予定されている。つねに人の手で管理されねばならない。そのぶんだけ、杉山は雑木山より自然に弱いのだそうだ。人間が手を加えることをやめると、山は荒廃する。

このごろの人間の生活は、どちらかというと、杉山に近づいているように思う。なかでも、学校がそうだ。人はさまざまで、マツのような人も、ツツジのような人もあろうと思うのだが、みんながスギになって、それも規格品でなければいけないかのようだ。

里山だって、自然の原始林ではない。山奥の原始林を、日曜日にぶらつくわけにいかない。自然と人間がよりそって、ほどほどの空間を作っているのだ。

もっと人間に近い庭にしても、理想的な管理というのは、木や草が茂りあう、その自然のバランスを、人がそっと手を加えて見守ることだそうだ。日当たりを好む木も、日蔭を好む草も、べつにその間に優劣があるわけでもなく、全体として人間の住む自然を作っていく。人間のすることは、出すぎた枝を少し切るとか、茂りすぎた草を少し刈るとか、そっと手を加えるだけでよい。

しかし、これはかなり気骨が折れることだ。その草や木の様子をいつも眺めていねばならない。その点では、植えこみを区切って、刈りそろえるほうが、簡単である。ところが、そのためには、たえず手を加え続けねばならない。人間の論理だけですまそうとすると、手を加え続けないとだめだ。ときには、手を加えすぎて枯らしてしまうこともある。

人間が育っていくというのも、たぶんそうしたもので、親が子どもに手をそえ、やがては自分で自分の生き方を見守っていくものだろう。親にしても自分にしても、これはスギの成長ほどにも、人間の論理だけですまない。子どもが親の計画どおりに行かないばかりか、自分だって自分自身の計画どおりになんか進まない。人間としての自然といったものに、そっと手を加える以上のことはできそうもない。

もちろん、そのためには、その人間を見守らねばなるまい。子どもを親が見守るのは当然のようだが、案外に親の計画を投影してしまうもので、親が子どもをありのままに見るのは難しいものだ。そしてそれ以上に、自分が自分をありのままに見るのは難しい。

なかなか、日曜日に雑木山をぶらつくようにはまいらぬものだ。なにも目的がないと、かえって花や虫が、そのままに目に入るのかもしれない。人間の生活ともなると、日曜日ばかりではないので、目的だの計画だのを考えないわけにもいかないのだが、それだけになってしまうと、目がくもってしまう。

人間の世界というのは、それでも結局は、杉山よりは雑木山に近いのではないか、ぼくにはそんな気がしないでもない。人生のさまざまの事件の総和として、一生を終わったときの道すじは、草や木の雑りあい曲りくねった姿に似てはいないだろうか。そうして送られた人間の一生とは、こうした世界のことだったのではないだろうか。

人間が生きるというのは、自分の世界を生きることであって、その世界をゆたかに過ごすことだろう。この世界には草も木もさまざまで、花や虫がいろどりを添えている。それがよく見えること、それは親が子どもをよく見え、自分が自分をよく見えることに通ずるような気がする。

もちろん人間がものを見るとは、ただ自然のありのままですむのではない。山をぶらつくときでも、花を見ようとしたときだけ花が目につき、虫を見ようとしたときだけ虫に気付く。しかし、花も虫もある世界を、ただ道の進み方だけ見て進むこともあるまい。人間にできることは、自分の世界のなかに、その自然の世界をとりこんでいくことだけだろう。自然そのものでなく、人工だけでもなく、そのあたりが微妙なところだ。ここでも、自然の論理と人間の論理とが交差しあう。

この微妙さにつきあうのを面倒がると、つい人間は、目的と計画でものごとを割りきりたくなる。たぶん、それで人間の世界が、どんどんと杉山に近づいているのだろう。

しかし実際は、人間の世界はもっと微妙なものなので、割りきったぶんだけ、自然が目にはいらなくなる。そして、いつでも手を加えていなければならないので、結局は人間の世界が荒廃しかねない。

人間が育っていくには、もう少しは、自然の論理に目をくばらねばなるまい。目的や計画ばかりでなく、草や木の茂りあうバランスが基礎になる。すべてがスギになるのでなく、さまざまに雑りあう姿の、その一本ごとに目をとどめ、そして道のはたの花や虫を楽しんだほうがよい。

それは微妙なことだけに、たえず気を配らねばならないことだが、日曜日に裏山をぶらつく気分の程度でよいのだ。一途に進むよりも複雑だけれど、人生という世界だって、そのほうが楽しいと思うのだ。

迷うときに力がつく

人間が育つというと、つい、知識をたくわえ、技能を身につけることのように思いがちだ。しかし、たいていの人にとって、学校でおぼえた知識はテストが終わると忘れ、そこで身につけた技能も学校を卒業すると失われてしまっているのではなかろうか。

まるで、忘れるための知識をおぼえ、失うための技能を身につけるために、学校に通ったように見えなくもない。そのために、「学歴」といった形骸だけが目につくのかもしれない。なかには、学校を出ても知識や技能を保存しようと試みる人もあるかもしれぬが、使わない知識や技能の十年も錆ついたのも厄介なものだ。それは、使っていないと死んでしまう。

それにしては、学校というところでは、知識と技能が重視される。とかく、暗記と訓練が幅をきかす。

これは、考えようによっては奇妙なことである。そこでは、人間と人間との交わりが、それほど意味を持たないからだ。まわりから叱咤激励するぐらいしか、手のほどこしようがない。

しかし、暗記と訓練は、一時的な効果が目に見える。暗記すれば確実に記憶量は増えるし、訓練すればミスは減ってスピードが上がる。やがてそれが、忘れられ失われるものであるにしてもだ。

これには、テストというものが、記憶と技能を検査するようになっているからでもあろう。それは目に見えるので検査しやすいし、テストというものは、とかく検査しやすいものが中心になってしまうものだ。そして、検査されるほうでも、テストの点数に現われてきたものを、つい本質と見誤ってしまう。

本当のところは、それを叱咤激励するほうでは、調教者の気分になって、自分の調教の効果が現われるのを喜ぶのではないだろうか。テストというものが、テストする側の満足のためにあるのも確かである。

理屈の上だけからいえば、人間にとって、知識や技能がそれほど重要なわけではない。学校を出て忘れてしまっても、そんなに困ることはない。知識というものは、自分の頭のなかになくても、必要なときに本を見ればよい。技能というのは、やり方だけわかればその通りですむし、それをやってくれる電卓のようなものも発達している。

しかし、それではだめだろう。人間というものは、すべての知識が自分の頭の外の本にだけあったのでは、その知識が自分からひどく遠いものに思ってしまう。こうやればできるはず、というだけではだめで、実際に自分でやってみないことには、しっくりしないものだ。

たとえ忘れるものでも、一時は頭にとどめたり、たとえ失われる技能でも、一度は体を動かしてみないと、すべてが自分から遠い世界になってしまう。そして、学校を出て、知識を忘れ技能を失っても、そのあとに身についている、心の世界のひろがりがある。

むしろ、重要なのはこちらのほうだろう。どんなに知識や技能があっても、その自分の知識や技能をこえねばならぬ局面がある。そのときに頼れるのは、知識や技能でなくて、自分自身の心のなかの世界のひろがりである。

それほどでなくても、たとえば受験のときに、多少はあがって知識を忘れても、おぼえている知識を材料に問題にとりくんだり、うっかり誤りをおかしたときに、そのミスにうまく気付いて修正できたりするのは、こうした自分の心の世界のひろがりである。テストといっても、大学の上級や大学院あたりのテストだと、そこを見る形式もなくはない。たとえば数学の難問を与えておいて、だれも解けるところまではいかないのだが、その問題にとりくんで困っている様子を眺めて、答案用紙を見る前に採点が終わっていたりする。テストでなくて現実の社会なら、よくあることだ。

そもそも、力がつくのは、正しい道を進んでいるときではない。道から少しふみはずして、景色の様子から道に戻るとか、ときに道を失って迷ったりするときに、自分の力がつく。誤ったり迷ったりするなかで、その世界が自分のものになっていく。

正しいやり方をおぼえ、その道から外れず早く通れるようにと、何度も往復するなら、その道だけは通れるようになろう。正しい方法をおぼえ、反覆練習をくりかえすというのは、こうしたことをしている。

しかしそれでは、いったん道から外れて迷いだすと、収拾がつかなくなる。いまの学校教育で、とても危うい感じのするのは、正しい解き方に固執するあまり、誤りや迷いへの抵抗性がなくなっていることだ。大学生を見ていて、このことは年とともに進んでいる。

ただし、このことに関して、少し矛盾したことはある。近所の裏山なら、だいたいの見当がついているから、少々は迷ったところでそこそこのところへ出れる。かりに穴に足をとられて挫いたところで、まず安全である。これが山奥の見知らぬところだと、地図にある広い道を進むしかない。

迷ったり誤ったりが平気なのは、そこが自分の世界になっているからだ。自分としてのだいたいの見当がつくというのは、自分の世界ということである。

しかし、それが自分の世界になってきたのは、何度か迷ったりした経験から来る。自分の世界を作るためには迷わねばならず、迷うことのできるのは自分の世界だからだ。こうした関係になっている。

たとえば数学の得意な子は、きまったやり方から外れて、迷ったり誤ったりするのが平気で、そして迷ったり誤ったりしている間にますます力がついていく。ところが、不得手だとなると、きまった道から外れるのがこわいので、正しい道に固執していつまでたっても力がつかぬ。こうした悪循環におちいりやすい。

それに、きまった道の往復よりは、気ままなそぞろ歩きが楽しいにきまっていて、好きな子は自由からますます好きになり、嫌いな子は不自由からますます嫌いになってしまう。

これを断ち切るには、自分の家の近くの、危険の少ないあたりで、迷ったりつまづいたりしておくことだろう。迷っても安全なところで、できるだけ迷っておいたほうがよいのだ。

ところがしばしば、迷ってどうということのないところまで、迷わず「正しい道」を通らされがちだ。一生を迷わずに過ごすことなんて、人間にできっこないのだから、気楽なところで迷う力をたくわえたほうがよい。

正しい道を急いで外れぬ訓練ばかりでは、迷うこともできない人間になってしまう。

ツジツマがあえばいいじゃないか

このごろの子どもの遠足では、準備されたきまったコースをひたすら進んで、目的地に着くと気がぬけたみたいで、することもないことがあるらしい。そういえば観光バスでも、つぎつぎと名所をまわらされて、大急ぎでたくさんの場所を通ることが多い。

昔の遠足だと、下調べもいい加減だったりして、あちこちと道草をしたり、ときには道を迷って思わぬところで解散などということもあった。花を摘み虫を追う、大きな道草そのものが遠足だった。

きまったコースを予定どおりの時間で、というのは計画どおりで安心かもしれないが、道草をするわけにいかない。そして、その予定の計画どおりにいかないのではないかと、つねに不安にとりつかれてもいる。

人生というものは、予定した計画どおりには進むまい。全体としては、道草だらけのような気もする。

それでも、それが自分の人生として、全体のツジツマがつけばよい。ある時期に道を外れたようでも、ときに長い休止があるようでも、大事なのは全体としての人生である。それが十代の時期ともなれば、成長の伸び縮みのある時期だから、一時期休んだり、急に進んだり、ときには正規の道をバイパスしてもよいはずだ。一年ぐらいは、虫とか星とかに熱中して、そのぶんだけ成績のほうは休みにしても、受験やなにかでまた急に回復したりする。昔はそうしたことがよくあった。なんといっても、回復力の一番ある年代なのだから。

たとえば、中学へ入ったころの成績がグングンと下がり、それがまた卒業するころには元へ戻っている、そんなこともよくあった。いつでも、きまった道をきまった歩みで進むわけではなかった。

それが、いつの頃からか、検査の関門が増えだした。中学なら中学の三年間でツジツマが合えばよいはずなのに、年ごと学期ごと、ときに週ごと日ごとのテストが関門になりだした。そして、きまったコースを予定どおりに進まないことには、すべて「落ちこぼれ」のように思われだした。

きまったコースの予定どおりの標準というのは、一見は安全なように思える。しかし、その安全を確保できないのではないかと、日ごとのテストに不安を増幅する。安全を求めようとして不安になる。そんな逆説が世間を支配している。

小学校でダメだと中学もダメ、中学がダメなら高校もダメと、あまりにも思いこまれている。それればかりか、親や教師がそうしたオドシで勉強させようとしたりする。オドシで勉強させられるのはまずい。それは、かりに一時的にうまくいっても、心の底に傷をのこしかねない。小学校で親のオドシに発奮し、中学校はいい子チャン、突如として高校で金属バットをふりまわす、なんてよくある話だ。心の傷は、いつ噴出するかわからない。

もしかすると、いつも傷つかず、まわりの脅迫を心に引きうける、そんな人もいるかもしれない。しかしぼくは、そんな人も気味が悪い。普通ならば、傷つけられたら傷つくほうが人間らしい。

それより、脅されてもダメという可能性がある。小学校のとき、いまやらねばダメだと脅され、それなりに頑張ったがダメだった、だから中学校ではもう絶対にダメと、これまた論理的に考えてしまう。ふだんは親の意見に耳をかさない子でも、こうしたことだけは、奇妙に親の意見に従ってしまうものだ。

それは、人間はいつも、自分を諦める機会をねらっているからだろう。たとえば数学、学校でダメだった人でも、三十になってからでも、四十になってからでも、できるようになる可能性はあると思う。しかし、たいていの人は、学校時代のどこかの段階で、自分は数学に向かないなどと、諦めていることが多いものだ。

人間は、諦めてしまうと心が安まる。これはダメ、あれはダメなどと、自分を限定して心を安める。いつまでたっても、今からでも数学はできるよと、引きずっていくのはかなわんのだ。

それでも、あまり早く諦めるものではない。小学校がダメでも、中学校でなんとかなる。中学校がダメでも、高校へ行ってからでよいと、まだそのあたりでは諦めないほうがよい。それに、たとえば京大の数学科の学生などに聞くと、小学校の算数は苦手だったというのによく出会う。ぼく自身は得意だったが、計算がのろくてミスが多かったので、点数のほうはよくなかった。

きまったコースをきまったように走ってないと不安というのは、その予定コースがあまりにきまった道のように思われているからではないだろうか。

それよりは、自分の流儀で、ときには休みときには近道をして、あとでツジツマが合うようにしていいはずだ。しかしそれはまた、自分の流儀で自分の世界を歩むことだから、他人を眺めて不安が生ずる。ここで、不安を感じないようにするには、自分というものが作られ、その自分が自分の世界によって支えられておらねばなるまい。

これは、他人の真似や、きまった方式に従うことでないだけに、一見は難しそうに思いがちだ。しかし本来、人間が育っていくということは、自分が作られ、自分の世界がひろがっていくということである。それは、そんなに気負いたつほどのことでなく、気楽に自然のままに育っていくことでもある。どう頑張ってみたところで、自分の人生は自分で生きるよりないのだから。そして、どっちみち、自分の人生は自分の時間なのだ。自分の時間ぐらいは自分の思うままにするがよい。自分の世界を歩くのに、どこに道をとろうとかまわない。

ただ、そのために、その自分の時間、自分の世界が作られていかねばなるまい。それが人間の育つことだ。そしてそれを、日曜日の裏山のような気分で、自然に過ごせたらと思う。

（一九八二年）

ボンテンペルリと私

『ちくま文学の森』の編集で嬉しかったことのひとつに、ボンテンペルリとの再会がある。

戦後の東京で、焼跡に闇市が生まれ、そしてなぜか、その闇市ごとに小さな古本屋があった。失われた戦前の文化をとりもどそうと、ぼくはそうした古本屋を経めぐった。

戦前の日本には、けっこう洒落た文学があった。ぼくは、ひょっとすると戦後に、文学が人生やら社会やらのものになってしまったため、戦前のオシャレ気分を忘れてしまったのではないかと考えている。そのころの小さな古本屋には、どこへ行っても、ポール・モーランやフェレンツ・モルナールがあったものだが、こうしたものは戦後には忘れられた。オシャレ気分を再評価しようというのも、『ちくま文学の森』のねらいのうちだったので、いくらかはこうしたものを再浮上させることもできた。

さて、もっと珍しいものを掘りだすことが、若いころの歓びだった。ヴァージニア・ウルフの『オーランドー』とか、ピチグリリの『貞操帯』なんかが、自慢の品だった。

そうしたものの一つとして、ボンテンペルリの『わが夢の女』があった。「太陽の中の女」の入っている、『南欧・北欧短篇集』というのも見つけてきたし、長篇には『二人の母の子』があった。

そのころの学生は、いくらか文学少年であることが多かったので、小品を試みたりしたものだ。——女と池のボートに乗る。波にゆらぐ女の顔に、落ちた柳の葉がニンフの冠のようで、黒い宝石のような水すましはえくぼの位置にあって、波の姿が頰の笑みの形になっている。そして次の瞬間、水すましは切り傷のように動き、柳の葉はその目をおおい、波までが女の顔を苦悶の表情に変える。——これはまったく、「わが夢の女」のアイデアの盗作みたいなものだ。

戦後のイタリア文学では、ぼくはイタロ・カルヴィーノが好きなのだが、ファシストだったボンテンペルリと、コミュニストだったカルヴィーノとが、戦争をはさんで揺れる、「ぼくの夢の女」の二つの像のような気もするのだ。政治の波の加減で、その姿はゆらいでいるのだが。

それでも、ファシストであったがゆえに、ボンテンペルリの名は、戦後には聞かれなくなってしまった。戦中の出版事情の悪いころに翻訳が出たのも、そのころの日本がファシズム・イタリアと同盟関係にあったからかもしれない。

イタリアのファシズムというものに、ぼくは昔から関心がある。ドイツのナチスが強烈だったために、ファシズムというとナチスのイメージで語られたり、戦中の日本軍人への憎しみと重ねて語られたりしがちだったが、どうも違うようだ。

ナチズムはゲルマンを志向しながら、ドイツ表現主義を頽廃《たいはい》として却けた。それはむしろ、スラブを志向してロシア・フォルマリズムを頽廃と却けたスターリン主義に似ている。芸術上の前衛を政治上の前衛と結びつけようとしながら、芸術はいつでも政治に敗れた。なお、ナチスを政治上の前衛などと言うと怒る人がいようが、そうしたところがあるからこそ、ドイツ共産党に拮抗しえたのだし、ワイマール文化を両翼から食ったのだ。

ところが、イタリアのファシズムには、いくらかは同じような現象があるにしても、未来派の運動と手をたずさえて生まれ、わがボンテンペルリもファシストとして活動した。アヴァンギャルドがファシストでありえたというのは、イタリアのファシズムの特別の事情なのだろうか。それにしても、そもそもファシズムとはイタリアのものではないか。文化現象としてのファシズムについて、日本人もドイツ人も、よくわかりかねているところがある。

もちろん、戦後のイタリアの若者にとって、ファシズムの災厄は憎悪の対象だったろう。若いカルヴィーノあたりも、そうだったに違いない。しかしぼくはむしろ、文革の災厄を語る中国の若者を連想してしまうのだ。

それで、戦後のボンテンペッリというと、「巡礼」(竹山博英訳『現代イタリア幻想短篇集』国書刊行会刊)が訳されただけだ。初期の「隊伍中の叛逆者《はんぎやくしや》」と、この「巡礼」とは、戦後の日本の若者だったころのぼくは目にしなかった。いまそれらを読んで、戦争を含むぼくたちの歴史を、なぜか考えてしまう。

しかしながら、ボンテンペッリは、なによりオシャレとして評価したい。人生や社会やらではなく、そして思想などでなく、オシャレとして文学を見ようというのが、いまレトロがポストモダンとなりうる根拠だろう。

(一九八八年)

〈狂〉の復権

〈狂〉というものは、本来は人間の文化に組みこまれているものだと思う。それで、人間はいくらか、その心の底に、〈狂〉への憧れと畏れを持っている。

踊りでしばしば、狂乱物がある。「精神障害者」を舞台で演じてそれを興ずるとは、「差別」でないかなどとは言うまい。それは人間の〈狂〉の姿を愛でているのだ。

すべての人間は、心のなかに「狂者」を抱えているはずだし、いつの日か、それが顕在化して社会的「狂者」となる可能性を持っている。それゆえに、その〈狂〉の姿に憧れると同時に、自分の身にそれが実現することを恐れている。そのことがときに、自分以外の「狂者」への排除の心を生みだしているが、このことは、自分の内なる「狂者」を排除することでもある。

それゆえ、「狂者」を「きのどくな人」とはとらえまい。だいたい、「きのどくな人を大事にしましょう」というのと、「きのどくな人をなくしましょう」というのを、両立させることには無理がある。大事なものは残すべきだし、なくしたほうがよいものを大事になんかできるか。人間文化のために、「狂者」は大事に残しておいてほしい。

それでは、精神医療とはなんだろう。そもそも、医療とは何だろう。〈病〉というものが、そんなに排除されねばならぬものか。

ぼくもしばしば「病者」になるが、そのときの気持ちは妙なものだ。このままずっと、〈病〉のやすらぎに逃げたい気持ちと、「病苦」から逃れたい気持ちと、その双方が葛藤している。それでたいてい、「医者」に甘える心から、〈病〉の治癒を乞うのだが、内心では〈病〉から遠ざかるのをいとおしんでもいる。

「医者」というものを、「病を癒す者」とだけ、位置づけるのは単純に過ぎないか。とくに精神医療にあって、〈狂〉に遊ばせることを禁止することと、〈狂〉の苦しみから脱出させることと、二重の性格があるのではなかろうか。もっと遊ばせたいというのと、早く逃れさせたいというのと、その葛藤こそが〈医〉というものではないか、「近代医療」はこの葛藤の一方を切りすててはいないか。

おそらく、「社会」の制度が、万人の「健康」を求めている。それゆえに、「不健康」は「悪」とされている。しかし、「不健康」を含まない「健康」なんて、本当に〈健康〉なのだろうか。人間文化の「社会」とは、そんなに一面的なものだろうか。むしろ、人間社会から〈狂〉や〈病〉を排除するのが「近代社会」であり、その「社会」からそれらを「悪」と見ることを強要されているのではないか。

それでぼくは、人間文化のなかで、もっと〈狂〉が解放されるべきだと考えている。しかしながら、みずから省みて、なんとも「狂者」とのつきあいを失っているのを感ずる。「近代社会」に生きるのは、「狂者」を排除することになってしまっているのだ。そして、他者としての「狂者」とのつきあいが、薄くなるということは、自分の内なる「狂者」とのつきあいが薄くなることでもある。そして、内なる「狂者」の発現を恐れて、外なる「狂者」と遠ざかる。ぼく自身もまた、すっかりこうした回路にはまりこんでしまっている。

とくに、〈狂〉を排除した社会が、一種の「健康強迫症」といった「社会的狂気」になっていくことは、人間文化にとっての大きな問題だろう。ぼく自身の、悪しき回路への束縛もまた、この「社会的狂気」のなかにある。それゆえに、〈狂〉の復権、もっと一般的には、〈病〉の復権は、人間にとっての現代的課題だと思う。

それにしても、ぼくはやはり、天下国家よりは、自分自身のために発想したい。自分の心の中の「狂気」を、こころよく生きのびさすために、ぼく自身が、なんとしてももっと、いろいろな「狂気」とともに生きるすべを、身につけたいのだ。

それにぼくは、大学教師である。大学生のなかに「神経症」ぐらいは珍しくないし、もっと本格的な「精神病圏」にある学生とつきあうこともある。そればかりか同僚だって、おっと、これは言うまい。「狂気」とのつきあいは、ぼくにとって職業的必要でもある。「狂気」を排除したら、文化を維持できない。そして、そうした学生たちを「狂者」として排除したら、大学だって活性を保てない。これは特別に大学だけとかぎらず、人間社会自体がそうだと思うが、もしも大学の「文化の府」というのが事実なら、このことが目だって生じてくるはずだ。

そして、「ちょっとおかしな学生」とつきあうことが、どんどん難しくなってきた。これは、町に「狂気」が目だたなくなったことに関係しよう。どうか、「きのどくな人」を特別視して隔離しないでほしい。「狂気」と交われない社会は、「病んだ社会」なのだ。その「社会」が、ぼく自身の心を抑えつけている。

この点で、「狂気」とのつきあい経験の豊富な方には、とくにお願いしたい。「きのどくな人を大事にしましょう」なんてお説教はどうでもよいから、「狂気」とのつきあいのノウハウを、もっと市民に教えてほしい。やはりお医者さんは、患者のほうにしか目がいかないのかな。「精神病者」を救うのがお商売かもしれませんけど、現代文化を救うのはあなたがたしかいないんでっせ。市民に向けての教育活動、それも高尚な倫理なんかより、さしあたり役にたつ技術を教えてほしい。たとえば、電車のなかで、隣りに坐った「ちょっとおかしな人」に声をかけられたとき、どのように応答するのが適切か、それを教えてほしい。いままで、そうした人たちを目に見えないところへ囲いこんできたので、つきあい方をすっかり忘れてしまったのです。

それからとくに、「健康強迫症」に加担することだけは、慎んでいただきたい。このごろだんだん、妙に白っぽく妙に明るい病院が、一種の「健康強迫症発生装置」と映るようになってきた。それに入院すると、妙な「健康生活」を強制されてしまう。「健康」で心せまく生きるぐらいなら、「不健康」とともに心ゆたかに生きたいと、ぼくなんかだと考えるんだけどもなあ。

それから、〈狂〉を「差別語」とすることに、ぼくは与しない。「差別語」とすることは、それをマイナスのシンボルにしてしまう。人間に固有なプラスのシンボルとしての〈狂〉を、どのようにして復権すればよいか、ぼくの関心はそっちのほうにある。こんな調子じゃ、ぼくも安心して「狂気」になれないじゃないか。

（一九八四年）

大学のゆくえ

ずいぶん長く、大学で暮らしてきた。大学が今のままでいくとは思えぬが、さりとて、どのようにして変わっていくのか、よくわからない。

だいたい、世界のなかで、日本の大学はきわめて特殊な姿をしている。なにより、若者が多い。中年の男女や、ときには老人の学生がキャンパスをうろつくほうが、外国では普通だろう。京大では、女子学生もあまり多くない。フランスあたりだと、女のほうが大学進学率が高いが、そこまでならなくとも、まだ日本は女子学生が少ない。なにより、女性の教授がこんなに少ないのは、日本だけである。それから、外国人が少ないことも特徴的である。大学というところは、もっと国際的であるほうが正常である。

こうしたことは、日本では、若者とくに男の子が、社会に出ていく階梯として、大学が位置づけられていることを意味する。外国にしても、いくらかはそうした性格を持ってはいるが、日本ほどに単一目的にはなっていない。正規の学生でなくとも、中年男女の聴講生のための場として、大学は開放されている。「学歴社会」というのは、それほどとまでは思わぬが、日本の大学がこうした単一性格を持っていることから、そのように考えられるのだろう。

　考えようによっては、国際化とか生涯学習とか、このごろ教育界を中心に日本の課題とされていることが、大学でもめだっているだけかもしれない。それでも、そのことが大学を性格づけてしまっているような気がする。

　オーストラリアの大学は、年をとると入学しやすくなるのだそうだ。入学試験の成績を、三十をすぎれば一割まし、四十をすぎれば二割ましなどとして、高校を出てから時間がたったハンディを補うという。定年になってから、老後の教養に大学に入学する、なんてのもよい。

　もちろん当方としては、今までやってきた、高校を出たあたりの若者を、入試でそろえておいて相手にするようにいくまいが、案外におもしろそうな気もする。プレ社会人の、それもマザコン少年ばかりを相手にしていたのでは、楽かもしれぬが飽きてしまう。大学はカルチャー・センターではない、などと言う人もいるものだが、ぼくはカルチャー・センターも案外に楽しくって好きだ。

　少なくとも、大学が社会へ出る前に行く場所でなくなれば、大学へ入ることの意味が変わってくるだろう。今でも「社会人入学」の試みはあるが、これはもっと増えるだろう。外国人も増えて、ことばの通じにくい学生も出てくるだろう。今は少数だからたいしたことはないが、そのうちに三分の一ぐらいになりそうだ。文学部の女子学生の観察からすると、三分の一ぐらいになるとクラスの気分が変わる。これも、昔は女子学生は文学部や薬学部が多かったものだが、そうした偏りがなくなりつつある。

それでは、大学の伝統的機能、研究者育成やらエリート養成やらが困る、と心配する人もいるが、そんなことは心配あるまい。今までだって、それはせいぜい、一割か二割の学生だったのだ。そうした機能も、十分にはたせる。むしろ、単一価値のなかで育ったほうが、困ったエリートを作ることになる。また、大学に入ったもののエリートになりそこなった、なんて負い目を持たせずにすむ。

このところぼくは、五条坂の「はり清」という店をひいきにしていて、そこでおいしい料理を食べたあと、夜の町を歩くことがある。そのあたりは、なにをしているのか古い京の伝統的な町がひっそりしていて、由緒ありげなお寺があったりする。そんなところもあれば、夜がふけてもにぎわっている通りもある、それが都市というものだ。大学というのも一種の都市であるべきで、単一機能になっては、やせるよりない。

就職のための機関もあれば、研究者がこもっている僧院もあり、文化情報の広場もあり、老若男女、それにさまざまの国の人が出入りする都市、そうしたイメージのものになっていくのだろうと思う。「大学論」がいつもうまくいかぬのは、それを単一コンセプトで考えようとするからではないか。

大学が「真理の府」であるとか、研究の場であるとか、就職のための機関であるとか、レジャーランドであるとか、それらは単一の規定であるかぎり、すべて誤っている。それらのすべてを含んだ都市であるべきなのだ。

都市のことだから、悪所もあって、危険も多い。このことは、今までの大学だって、ずいぶんと悪いことをおぼえる場所であったことは、大学を出た人が胸に手をあてて考えれば思いあたるはずなのに、なぜか、大学をいいことづくめのように幻想したがる。計画都市というのは、たいていうまくいかぬものである。

狭くなって大学が移転して、あまりうまくいかぬのは、研究や教育の機能ばかりを考えるからだろう。学生町を移転するという発想でないとうまくいかぬ。授業が終わったあとで、学生がたむろする喫茶店や飲み屋のほうが、考えようによっては、教室や図書館よりも重要なのである。

人材養成や文化生産という機能だけに目を向けていたら、このごろだと、大学よりもっと機能的な組織が、大学の外部に作れる。それに負けまいとしていたら、大学はどんどん機能化して、都市性を失っていく。大学という場所は、機能で勝負するには能率が悪すぎる。教育と研究という看板をおろすわけにもいかぬが、看板どおりである必要もあるまい。

大学の歴史をちょっと知っていると、さまざまの時代のさまざまの土地に、いろんな大学のあったことがわかる。それは、さまざまの時代のさまざまの土地に、いろんな都市があったようなものだ。そして、都市というものは、それなりに変容していく。ひとつの形態にとどまりはしない。

大学であまり長く暮らしすぎたので、その権威のばからしさについては、いまさら語る気もおこらぬ。しかしながら、長く暮らしたことで、それなりにこの都市に愛着もある。愛着と言っても、今までの大学のコンセプトが維持されるとは、とても思えない。京都のような町でさえ、ずいぶんと変化しているのだ。その京都に比べても、京大は変わらなさすぎるような気もする。

「変わる」と言って、「変える」とは言っていない。主体性の神話はもう信じられない。そうかと言って、外部から計画的に変えようとしたって、変わるものでもない。今西錦司風に、「変わるべくして変わる」とでも言うよりあるまい。

まあ、都市というのはそんなものだ。

（一九八九年）

人生という物語

人間が生きていくというのは、自分という物語を編んでいくことだと思う。あらかじめ作られた台本を生きるのではない。むしろ、過去を物語にくりこんでいくことで、新しい物語は作られる。

カウンセラーはクライアントの過去の話を聞く。それは、彼の過去の結果としての現在を知ろうとするのではなくて、彼が過去をどのように物語にしているかで、現在の心の姿を知るためだそうだ。考えれば当然のことに、過去の全部を収納するほどに人間の脳は大きくない。過去をいろいろと組みかえて、ときにはなかったことまで紛れこんで、現在の心の姿がある。

そればかりか、いくらかは未来へのイメージも含んでいる。たいていは計画どおりにいかぬのが人生というもので、それだからこそ物語が展開していく。だから物語を編むとは言っても、生まれてから死ぬまでが決まった物語なのではなくて、そのときどきごとに物語として成立している。そして、新しく物語が作られていくことが、生きていくことになっている。

人ごとの好みはあるかもしれないが、未来を計画してその方向に進めるというのは苦手だ。さりとて、過去の形をいつまでもとどめるのも好みじゃない。過去というものは利用はしても維持しないほうがよい。過去を消費することで新しい物語が生まれる。そもそも時代という舞台がどんどん変わっていくのに、同じプレーを続けられるはずがない。

それでも、人ごとに自分の物語であることは確かだ。つながっているのは当然のことながら、物語には節があって、いくつかの人生の物語が連なっているようなところがある。子どものころのあり方で人生が決まってしまうものでもないし、年をとってからの現在を過去に理由づけするだけでは、物語が新しく展開しない。

十年ほど前だが、還暦ということもあって、いままでの人生とこれからの人生ということを考えた。定年のころには、そうしたことを考えたくなるものだ。とくにそのときは、「明るい定年」というのが当面のテーマだった。周囲を見まわすと、どうやら過去を引きずると暗くなりやすいようだ。それに、人生八十年も一つのコンセプトで生きるには長すぎるし、時代も流れて二つの時代を経験したりする。

それでさしあたり、一つの人生は二十年ぐらいと考えることにした。この二十年という寸法は、これから第四の人生、という程度で考えたのだが、あとでいろいろ考えてみると、よい寸法だったような気がする。

成人式というのは勝手に決めたものだろうが、二十歳で来る。それまで親の世界で暮らしていたのが社会へ出ていこう、という青年の自立の儀式なのだろう。第一の人生から第二の人生へ向けての「親ばなれ」の時期。自立というのは、それまでの物語から離れて、新しい物語に入っていくことでもある。

四十ごろには、中年の自立がある。第二の人生では、研究者にしろ、会社員にしろ、主婦にしろ、自分のスタイルを作っていく。まわりには別のスタイルの友人もいるが、人ごとのキャラクターもあって、自分のスタイルを作るよりない。ところが、四十ごろにもなると、人生の折りめとして、自分を考えなおしたほうがよさそう。

大学だと、教授になったりして、若者を相手にするようになる。そこで自分のスタイルに合った若者を育てる教授よりは、自分と違ったタイプの若者を生かす教授のほうが尊敬される。息子の嫁は、自分と違ったタイプがおもしろい。会社だと、自分と違ったタイプの部下を生かすのが管理職の器量。子の自立を認めるという意味では、一種の「子ばなれ」。人間としての器量がそこで問われる。

六十ごろで定年になれば、「会社ばなれ」。これからは、社会での位置づけでなくて、自分のあり方で生きていかねばならぬ。老年の自立、これこそが高齢者問題の基礎にある。だから、第二第三の社会人生活を過ぎて、第四の人生をよく生きることが、人生八十年時代の物語にとって、とても重要に思う。

そのための準備を計画しようというのではない。老後に備えて趣味を持とうなどとも思わない。たとえば老後は俳人として過ごす計画で第二の人生で俳句を作っていたら、教授に数学一途にやれと言われるぐらいのもの。中年になって教授が第三の人生のたのしみで始めたら、もう文句を言うのがいない。定年で始めたら、どんなにヘボでも人が感心する。若いときからやってるのでなければ、いつまでたってもヘボなどと言われずにすむ。だから、老後の趣味なんて、老後になって考えればよい。そのときに、新しい物語を作ろうという心だけが必要。

それに、若さというのは、いくらかうっとうしい。何かをするにしても、まだ時間もたっぷりあるので、ものにせねばと、気負いや見栄もある。年をとると、そうした若さから解放される。死ぬまでにものにしようなどと焦っても仕方ない。老人が若者にできる最上のプレゼントは、若さから解放されることの気楽さを見せることだと思う。本当のところは、多少は老人の見栄もあるのですけれど。

でも、十年前と同じ講義をしている教授は、学生に軽蔑される。それでこのごろは、ちょっと別の考えを編みだした。二十年ごとの等間隔というのは単純すぎる。人生はそんなに一様な時間で流れない。

物理学の法則では、変化が拡散していくのは、時間の平方根に比例する。この時間の平方根というのが考えにくくて困るので、一、四、九、十六…と二乗の数列で考えたらどうだろう。すると、十一の二乗が百二十一で、どうしてもそこまでは生きそうもないから、忠臣蔵みたいに人生を十一段仕立てで考えてみる。

生まれて最初の一年というのは、人生にとっては、一番大きい変化の時期である。動きだすし、声を出しはじめるし、いろんなものを食いはじめる。親から見れば一番スリリングな変化だが、あとでややこしいことが出てくるので忘れがち。本人は意識や記憶がない。

四歳ぐらいまでの二段目は主として家庭内存在で、小学校なかばの九歳ぐらいまでの三段目で、学校という社会へ出ていく。

そこから十六歳ぐらいまでが四段目だが、この時代が一番ややこしい。性を意識したり、無意味な反抗をしたり、自分で自分がよくわからない。そして青春の五段目、二十五歳ぐらいまで、社会へと自立していく時代。青年の自立はこの期間に来る。

そして、自分のスタイルが作られるのが三十六歳ぐらいまで。大学で言うなら、研究者としての創造性はたいてい、この時代である。それから四十九歳ぐらいまでの七段目に、いろいろと本を書いて評判になったりするかもしれぬが、本当のところは、教授というのは研究者のぬけがらなのである。ついでに大学えらびなどで有名教授ばかり問題にするが、ぼくの経験でも、影響を受けたのは若手の先輩。しかしシステムとしてなら、大学や会社を支えているのは、やはり七段目人間。中年のあり方が組織にとても重要。自分の人生にとっても。

それをこえて、定年前後の六十四歳ぐらいまでは、上に立つことはあっても、実質は下の世代にまかせて、ゆったりしているほうがよいようだ。

そして、現在ぼくはシルバーの時代。平均年齢をこえて八十一歳を過ぎればゴールドの時代で、生きているだけでめでたい。シルバーとかゴールドとかいうのは、鉄と違って、なにかの目的に役にたつ機能ではなく、ただ見てもらっていることが大事。過去になにをしたかより、いまを輝いていたい。

こうして人ごとに、人生という物語。そして、時代という物語が生まれる。

（一九九七年）

第三章　ときには孤独の気分で

ときには孤独の気分で

きみは自殺を考えたことがあるか

子どもの自殺というと、問題になることが多い。「人間の生命ということについて考えていない」などと、いたけだかに言う人もある。

ぼくの中学や高校の友人でも、自殺したのがあった。彼らが、人間の生命について考えなかった、とぼくは思いたくない。むしろ、人間の生命について考えたあげくに、彼らは死をえらんだような気がする。そうした友人たちと、いまも語りたい思いがあるが、残念ながら彼らは死んでしまった。ぼくは、それをくやしく思うが、彼らを責める気はない。

それに、こうした年代、自殺について思いをいたすのは、それほど不自然なことではない。ぼくは、どちらかというと楽天的な気質だが、そんなぼくでさえ、若いときに一度や二度は、自殺のことを考えなかったわけではない。もちろんのことに、わざわざ自殺について考えることをすすめたりしないが、かりにきみが、自殺を心のどこかで考えていたとしても、けっして特別のことと思う必要はない。それはむしろ、若さのひとつのあり方なのだ。

それでもぼくは、きみに自殺してほしくはない。生きていくのも、けっこう、おもしろいものだ。

ぼくの場合は、結局は自殺を試みることすらなく、こうしていま、この文章を書いている。どうして試みなかったかというと、そのキッカケがなかったからだ。

やはり、自殺なんて、なにかのキッカケがないとできない。そして、そのキッカケときたら、学校で先生に叱られたとか、家で親と仲たがいしたとか、あまりたいしたこともない友人とのイザコザとか、およそ「人間の生命」といった、哲学的大問題にくらべたら、とるにたりないものしかなかった。

「人間の生命」といった大問題について考えていたはずなのに、こんなちっぽけな問題のために自殺した、なんて思われたのでは、あまりにも自分がミジメだ。こうして、人生といった問題の大きさと、自殺を試みるキッカケの小ささと、その差違がぼくを自殺から遠ざけてしまった。

もっとも、ぼくの友人で自殺した男の場合は、あまりキッカケはわからなかった。道ばたの白い花を見るだけで、人生は生きるに値すると、アナトール・フランスかだれかのことばを引きながら、その白い花が見えないと悩んでいたものだが。ぼくのほうは、そう言われてみると、ペンペン草程度のものながら、どこにでも花が見えるのであった。

人生という問題に関しては、こうした道ばたのペンペン草は、けっして小さなものとは思わない。しかし、それを見るか見ないかが、生命をかけるに値するかどうか、ぼくにはよくわからない。

ただ少なくとも、学校や家庭のイザコザのほうは、それよりは、はるかに小さな問題だと思う。そんな小さな問題のために、死ぬのをミジメだと思わないか。

いろいろなことが、人間が生きていく間にはある。それは、自分を主人公とした、ドラマのようなものだ。いろいろなことがあるから、このドラマは意味を持っている。もっとも、このドラマの終幕としての死は、突然にやってくる。だれも、ドラマの幕切れを計画して、演出するわけにはいかない。自殺すら、自分で演出しているわけではない。死に神が、自殺という幕切れを、このドラマに与えただけのことだ。

こうした、死というものを考えだすのが、思春期というものだろう。もちろん、きみが死について無関心であることも、きみの自由だ。ただ、かなり多くの若者が、死の意味について考える。死の問題を離れては、生ということもないから、こうしたことを考えるのは、「生命について考える」ことでもある。

ここで少なくとも、死をえらぶことを、親とか教師とか友人とか、他人のせいにだけはするべきでない。死に神にそそのかされたにせよ、自分で死をえらぶからには、それは自分にだけ理由がある。どうして、たかが他人ごときのために、自殺なんかしてたまるものか。

それでも、かりにきみに、自殺した友人がいたとしても、彼の行為を責めないでほしい。きみが生きていくことをえらぶのと、それはまた、別の話だ。

もしも、他人を悲しませようとか、なにかの腹いせのために、死をえらぶのなら、これはたしかに愚かなことだ。そんなやつのために、涙を流してやる必要はない。しかし、彼の愚かさをいとおしむことだけは、してほしい。

自殺はいけないことです、と言うのは簡単なことだが、あまり効能のあることでもない。それで、ついくどくどとなってしまったが、人間の生死というのは、やはり簡単なことでない。

学校へ行くのがイヤなとき

学校へ行くのが、とてもいやなことがある。ぼくにも、よくそんなことがあった。

学校というものは、行かねばならぬものだ、などと思えば思うほど、なおイヤになる。ぼくは、学校をそれほどのものとは、思わぬほうがよいと思う。

昔の大阪の船場あたりでは、家の行事として芝居見物に出かけたりするとき、平気で学校は休んだそうだ。いまでは、あまりそんなことはないだろうが、それも悪くないとぼくは思う。私的な家の行事を、公的な学校よりも大事にする、昔の大阪町人にはそうした精神があった。

ぼく自身、数学少年だったころには、寝ないでなにかを考えたりしたこともあって、その翌日には学校を休んだ。ただ、学校を休むからには、学校へ行く以上に自分がなっとくできる一日を送る、そのことだけは心掛けていた。せっかく学校を休むのなら、自分になっとくできる形で、休みたい。

もっとも、出席日数ということもあるし、友人の顔を見ないのも淋しいし、いくらずうずうしくても、ぼくの中学生のころは、やはり学校へ行くのが普通だった。ところが、どうしても行かないとマズイ日にかぎって、そのときの時間割が気にくわなかったりしたものだ。

そうしたときは、なるべく別の目的のほうに、心をうつすようにしたものだ。友だちと話すことがあるから、そのために学校へ行こう、そしてついでに、つきあいで授業も聞いて、少しぐらいは勉強もしておこう、それぐらいの気持ちになることにした。そのほうがたぶん、学校の授業を神聖視したりするよりは、学校へ出かける足も軽くなるものだ。

授業のほうも、イヤな授業だと思って聞いていると、ますますイヤになる。授業以外のこと、たとえば先生の顔にホクロがいくつあるかなんてことを観察してみたりする。

いろいろと、先生を主人公としたドラマを作ったりする。そうしたことを楽しみながら、授業に出ていたものだ。

ぼくがトコトンいやだったのは軍事教練で、それに出ないと落第する。それで、教官に屈服していただけではつまらないので、心のなかで相手を軽蔑することで、なんとか精神的なバランスをとろうと無理をしたものだ。

イヤな相手、イヤな状況にでも、自分の心のほうを保つことができれば、なんとかなる。もしもきみが、学校へ行くのがイヤになったとき、その学校に屈服していては、ますますイヤになる。

学校なんて、どうということないさ、それよりも、この一日を、きみが充実して生きることのほうが、ずっと大事なことだ、そう思ったほうがよい。すぐにその気になれないなら、さしあたり、一日ぐらいは学校を休んでみてもよい。体の調子が悪いときは学校を休むのだから、心の調子の悪いときに、休んで悪い法はない。ズル休みなんて、言いたい奴に言わせておけばよい。

しかし、それは、きみが学校にたいして、心の優位をうるためだ、ということを忘れないでほしい。一日休んだのが、そのままズルズルなるようでは、それもきみが学校に屈服したことにしかならない。学校へ行くか休むかは、きみがきめる問題だ。学校から、休まされたのでは、きみの負けだ。

大学生になると、学校を休む余地が大きくなるが、このごろの大学生は、いったん休みだすと、そのまま来なくなるのが増えてきて、困っている。もう少し前だと、学校へ来たり来なかったりするにしても、そのたびごとに、自分でえらんでいた。学校へ行くか行かないかを、自分の問題として、きめられるようになれたら最上だ。

なにはともあれ、たかが学校ごときのために、きみの青春をつぶしてはもったいない。きみがこの一日を充実して生きるというのは、学校へ行くか行かないかより、ずっと重要なことだ。そしてなるべくなら、学校での少々のイヤなことを征服することも、生きていく楽しみのひとつにすればよいと思う。

そして、そうした気分で考えてみると、そのイヤなことというのも、きみの人生の重要さにくらべれば、たいしたことでないのが普通だ。べつに、学校へ行かねばならぬというほどのこともないが、そんな小さなことのために、学校を休むのもくやしいから、といった程度の理由で、ちょっと出かけてみてはどうだろう。

たかが学校へ行くか行かないかぐらいに、「登校拒否」なんて、大げさなことだ。労働者にだって休む権利があるのだから、中学生にだって休む権利があると思っていればよい。そして、学校を休むにしろ、出かけるにしろ、それはきみ自身のこの一日のためにしてほしい。

小さなかくれが

こうした自分を保つためには、自分だけの場所を持ったほうがよい。この自分だけの場所というのは、親に用意してもらった勉強部屋、といったものではない。むしろ、形なんかなくてもよい。心のなかに、自分をひそませることのできる、小さなかくれがでよい。

人間というものは、生きていくのに、いつでもいくらかの孤独を必要とする。もともと人間の本性のなかに、孤独というものがあるとも言えるが、その孤独を確認していくための、ひとりきりの場所がいる。

そうした孤独をもってないと、それこそ最高の孤独としての自殺へと、引きずられることにもなる。人間の死、それはなにものにもまして孤独なものだからだ。人間が死ぬときは、いつもひとりぼっちだ。心中なんてのは、その孤独をいつわるための儀式にすぎない。だから、生きているなかで、自分の孤独を小出しに味わっておいたほうがよい。

白雪姫の物語で、「鏡よ、鏡よ」と問いかける魔女は、継母《ままはは》ではなくて実母である、というのが最初の物語だったそうだ。ちょっとおそろしい物語だ。その点では、森へ行った白雪姫が、小さなかくれがで七人のこびとと会うのも、象徴的な気がする。こびとと会うことのできる小さなかくれが、それは子どもにとって、なくてはならぬものだ。

日本では、心のなかに秘密を持つことを、ひどく悪いことのように言いたがる。なにも秘密のない、あけっぴろげの心を、よいことのように言う。

ぼくはむしろ、人間というものは、心のなかには、いくらかの秘密を持つべきだと思う。それが重荷となって、他人に打ちあけたくなるのは、心がよわいと思う。

たとえば、きみたちの生徒会選挙でも、原則は秘密投票が多いのではないだろうか。秘密投票というのは、秘密にしておいてよいというのではなく、秘密にせねばならない、というのが本当だ。おとなの選挙で、だれに投票したなどと言いふらす人があるが、あれは悪いことだ。

もしも、どうしても秘密を聞きだそうと強要する相手がいたら、それには嘘を言えばよい。秘密を守ることは、嘘をつくことよりも、上位のモラルに属する。

生きていくなかで、自分の心をだますか、相手をだますか、どちらかに追いこまれることがある。このときに、相手をだますよりは、自分をだますほうが安易な道である。しかし、そうした場合には、自分をだますよりは、相手をだますほうを、えらばねばならない。自分を守るということは、なによりも、大事なことだ。

正直であけっぴろげ、なんてのは知的怠慢《たいまん》だと思う。医者が患者に、病状をどう語るべきかは、患者との関係において、医者が判断しなければならないことである。人間にとって、他人との関係というものは、いくらかは医者の立場に近い。相手を観察して、自分の責任で判断することなしに、いつでも正直にあけっぴろげでおれたら、こんな楽なことはない。

そして、忠実であるべきなのは、なによりも自分にたいしてである。なににもまして、自分だけは、裏切ってはならない。

そうした自分にとっての、自分だけの小さなかくれが、それは他人によって用意されるものでなく、きみたち自身によって作るべきものだと思う。そうした孤独な、秘密の場所を、きみの心の底に大事にしておいたがよい。

きみが、守らねばならない秘密を持ったとき、その重みを支えてくれるのは、この小さなかくれがである。きみが、きみ自身の孤独をたくわえておくのも、この小さなかくれがである。そこでは、七人のこびとたちが、きみをなぐさめてくれる。

このごろは、世のなかが、あけっぴろげな正直をほめそやし、秘密を持たずになんでも話しあいましょう、などと言うものだから、こうしたかくれがの建築はなおざりになっている。それで、かんたんには、こうしたかくれがに逃げこんで、こびとたちと対話することができにくくなっている。

それで、もっと現実の死とか密室とか、そうしたところへ引きこもって、鍵をとざすことが増えはじめているのかもしれない。心の鍵をとざすというのは、最後の手段であって、それは肉体的でないにしても、精神的自殺に近い。自閉的な傾向の増加というのは、こうしたことから来ているのかもしれない。このとざされた心の部屋には、もはや、こびとの現れることもない。それは死の部屋だ。

さしあたり、生きるために、きみ自身の小さなかくれがを、心の片すみに作ることをすすめる。そして、こびとたちとたわむれることを、すすめる。

（一九八一年）

ものを書く場所

　ものを書くにあたって、それを発表する場所をより好みする人があるらしい。たとえば、「左翼」ならば「右より」のメディアには書かないとか、ある宗教に賛成でなければその関係には執筆しないとか。

　ぼくにはどうも、こうした態度がわからない。もの書きとしては、不合理な選択のように思うのだ。

　まずなにより、それは自分の読者を限定していることにならないだろうか。かりに「左翼」ならば「右より」の人にこそ、自分の考えをとどかせるべきだろう。それを縁なき衆生ときめつけて、その実は自分の考えに同調してくれる人にだけ、文をつらねていても仕方あるまい。

　そうした、仲間うちでだけ認めあっていては、文章までもひからびてくる。人間にはたしかに、徒党を組んでその繁栄にたよりたがる傾向があるにしても、そのことは人間の社会を分断している悪である。「左」だの「右」だののレッテルは、もの書きにふさわしくないことであって、読者を最初から限定するなんて愚かしいかぎりだ。「左より」の読者を増やしたりすることより、「右より」の読者の耳に声をとどかせることのほうが、大事なことではないか。

それに、世のなかが「右より」になることを危惧するならなおさら、「右より」の世のなかでも声をとぎれさせないように、「右より」のメディアを大事にしておかねばならぬはずだ。「左より」の場所が少なくなるとしたら、なおさらのことだ。

もしも、「右傾化」の予言がたしかなら、「左より」のメディアはやせほそろう。それでも、片隅の声に自分の操を守ろうとしたって、その声を聞くのが自分の「良心」だけだったりしては、世のなかにとって、あまり意味もあるまい。「良心」を満足させることなんて、他人にとってはどうでもよいことだ。

自分とつきあいのよい相手より、つきあいにくい相手にこそ、ものを語るのがもの書きというものだろう。「左より」とつきあいが多ければ多いほど、「右より」の人に語ることが大事だし、たとえ「右」の天下になっても、声をだす場所を維持せねばなるまい。世のなかが、自分の仲間うちだけの世界になると思うのは、いつだって幻想である。

たしかに世間には、文章を発表する場所によって、その人の立場を判断したがる癖がある。しかし、そんなことに同調していたら、もの書きもまた、主人持ちの論理に縛られてしまう。主人を持たぬのが、文章をつづる心意気ではなかったか。立場があってこそのために文があるのではなく、文そのものにだけ立場が表現されていたはずだ。

それに、たいていのメディアは、その立場をあまり明確にしていたのでは、読者を限定することになってしまうから、立場を前提にしないほうが正常だ。読者のほうも、立場に安心して読むなんてのは、どっちみち悪い読者である。だから、メディアの立場なんてものは、文章に表現された立場の総和としてしか作られっこない。

読み手にしても、書き手にしても、メディアの立場といった幻想をつきくずすことを考えればよい。ものを書くにあたって、ぼくは場所は無視することにしている。ぼくは主人を持ちたくない。

（一九八三年）

ヤジウマの精神

ヤジウマでデシャバリでオッチョコチョイ

一丸となって、なにかに向かって熱くなってる集団というのを、ぼくは好まない。そうしたところに居あわせると、すぐにシラケてしまう。

シラケというと、いっときの流行語みたいだが、考えてみれば、ぼくはこの半世紀、シラケっぱなしのようなところがある。なにしろ、戦争中にはまわりに愛国少年がいっぱいいて、戦後にはまた、革命青年がいっぱいいて、それがまた同じ連中と来ているのだから、シラケル気にもなる。ついでに言えば、戦争中にはお国のためにつくし、戦後には人民のためにつくし、そして高度成長期になると会社のためにつくしたりするより、それを眺めてシラケていられる才能は、われながらちょっとしたものだ、と思っているのだ。

もっとも、シラケというのが、無関心に通ずるとは、ぼくは考えない。シラケているからこそ、そうした世の移りかわりに、すごく興味がある。それで、ぼくはいつもヤジウマで、世の中に関心を持ち続けてきた。シラケたままでヤジウマになる、というのも悪くないと思うんだ。

フランスに、ブルバキという数学者の集団があって、数学のあらゆる分野について議論をしていたが、その集団の構成原理が、ちょっとおもしろい。

数学といっても、いまではいろんな専門分野があるのだが、おれの専門はここなどと、自分の城にこもったりしないで、どんな分野にでも関心を持つ。つまり、ヤジウマであることが、第一の原理である。

そして、関心を持つだけでは、つまらない。他人の専門にも、平気で口出しをしないと、集団を作ったかいがない。つまり、デシャバリであることが、第二の原理である。それも、彼らは一流の数学者ではあるのだが、そうした権威《けんい》を守ろうと、正しいことしか口に出すまいとしていたら、これもだめだ。思いついたことを、平気で口に出す。つまり、オッチョコチョイが第三の原理である。

ヤジウマで、デシャバリで、オッチョコチョイ、これはかえって、なにかにこりかたまってないから、できることだ。むしろ、なにかでなければならぬ、などといった使命感よりは、シラケていたほうがよい。正当性だの、権威だの、そんなものを気にしないからこそ、なににでも首をつっこみ、あらゆることに関心を持ち、それを楽しむことができる。

正々堂々と胸を張る、なんてのは、むしろ、なにものかにおびえているのではないか、と思うことがある。どちらかといえば、むしろイジケたなりで、いろいろな人間の、さまざまの思い、その心の底のやさしさに目を向けるほうを、ぼくはむしろ好む。イジケといっても、小さくなっているばかりではない。人間の心の底のさびしさに、その複雑な屈折に目を向けることで、人はかえって、ヤジウマになれる。人間にたいして、無関心なのではなく、関心を持つからこそ、ヤジウマになれる。

シラケていてはだめだといきどおり、イジケてはいられないぞとわめく、そうした精神は、ぼくの性に合わない。たしかに、熱っぽい空気には、人をまきこもうとするところがあるものだが、そんななかにあっても、そこに現れる人間模様を眺めているのも、ちょっとよいものである。もちろん、自分を高みにおいたりするのは、すごくいやらしいことであるから、そうしたなかでウロウロするのは、よいことだ。それでも、どこかさめた心を持って、ウロウロしている自分までも楽しんじゃうというのが、ヤジウマの精神である。自分の身を張って、しかも熱気にまきこまれないようにするのでなくては、ヤジウマにはなれない。

これは、自分を高みにおいて、安全な場所から眺める、というのではない。むしろ、危険な渦のなかにとびこんで、そうした世界のまっただなかでシラケているべきであって、外から見ていたのでは、シラケることさえできない。胸を張った連中の高みを、イジケの低みから眺めるには、渦の外へ出てはおれない。

それでぼくは、きみたちが世の中にシラケがちなことを、そんなに悪いとは考えない。ただ、シラケたからといって、世に背を向けることもあるまいと思うのだ。それよりも、シラケたなりに、世のイザコザにとびこんで、なんにでも手を出してみたほうが、おもしろいと思う。それを、ムダなこととは思うまい。シラケというからには、人生そのものがムダのようなもんじゃないか。ムダと知りつつあえてやる、それがヤジウマの心意気というもんだよ。

べつに、シラケていていいんだよ。そのままで、ヤジウマとして、きみの人生を楽しめばいいんだ。

夢中になること

しかし、若いときから、べつに、なにからなにまで関心を持たねばならぬ、というわけではない。もともと関心なんてものは、持てと言われて持つものでなし、持つなと言われても持ってしまうものだ。「ねばならぬ」で持つもんじゃない。

それに、若い時分なら、その関心も、多少はかたよって当然だ。気まぐれに、いろいろと目移りすることも、あってよい。

そして、そのなにかに夢中になる、そうした経験は、とてもよいことと思う。よく、こうしたことを、勉強のさまたげのように言うものだが、一時期なにかに夢中になることは、たとえば受験にとってさえ、一時期に集中する訓練になる。バランスをとった計画などよりも、こうした経験を持っているほうが、受験にもよほど役にたつ。

それは、かならずしも、持続しなくてよい。熱しやすくさめやすい、というのは、普通は悪いことのように言う。しかし、ぼくの仲間の数学者を見ていると、案外にそうしたタイプが多いように思う。

なにかの問題を考えだすと、とりつかれたようになっている。ところが、しばらくすると、オコリが落ちたように、ケロッとしていたりする。それっきりかと思うと、一年ほどもしたころに、また同じ問題で、目を血走らせていたりする。

べつに、それが真理への奉仕だなどと、気負いがあるわけではない。ふと夢中になっている自分を、さめた目で見ることがある。すると、どうしてこんなに夢中になっているかと、むしろ自分があほらしい。それでもなお、やめるわけにいかないのが、夢中になっているときである。

なにかの役にたてようなどと、目的を持って夢中になるわけではない。目的がきまっているなら、その目的に応じた程度にやるもので、けっして夢中になったりはしない。役にたとうがたつまいが、目的なんかどうでもよい、というのが夢中になっているときの心境だ。

それは、星でも虫でも、小説でも音楽でも、なんでもよい。べつに、みんながやるから、やるわけではない。意義があるから、やるわけでもない。ともかくやってしまうのが、夢中になっていることだ。「やる気」なんて言われないとできないのは、たいていだめで、「やるな」と言われても、やってしまっている。

うちこむべきことが、なにも見つからない、という人もいる。べつに、なにかにうちこむ「べき」とは思わないし、むりに探すこともないと思う。たいてい、夢中になる「意義」のあることとか、夢中になっておくと「あとで役だつ」ことなんかに、目を向けるものだから、なににもうちこめないのだろう。

夢中になるなんてのは、どちらかというと、あほらしいことだ。夢中になっている当人だって、そんなことは百も承知の上である。けっこう、自分が夢中になっているのに、少しシラケていることだってある。こんなことに、こんなに夢中になるなんてと、少しばかばかしいと思いながらも、やめられない。いくらか、そんなところがある。

むしろ、他人が見たら、いや本人自身から見てさえ、少しおかしいのではないか、ぐらいでよい。大義名分《たいぎめいぶん》から、熱狂するわけではない。クラスのみんなといっしょに熱狂して夢中になるなんてのは、どちらかというと、ぼくの性には合わない。たったひとりでも、せいぜいが、同じことに夢中になっている仲間が少しいるぐらいで、夢中になっているのがよい。

価値観はいらない。数学に夢中になるのはりっぱで、マンガに夢中になるのはだめだ、などとは考えない。価値に無関係に、損得ぬきで、なにごとかに夢中になる。それでいい。

中学生の時代というのは、おさえるものさえなければ、なにごとかに夢中になれる時期だと思う。そして、たとえば数学者なんてのは、そうした中学生の心を、いつまでも残しているのだと思う。いや、どんな人間になっても、いくらかそうした心を、持っているほうがよいと思う。

ときには、それを道楽《どうらく》という。おとなになっても、なにか夢中になるものを持っている人は多い。中学生が、そうしたものを持って悪いわけはない。

これは、きみがシラケているかどうかに、関係ない。シラケながら夢中になる、ということは十分に可能である。むしろ、そのほうがよいくらいだ。夢中になっていることに、ヘンな理屈をつけて正当化したがったり、しないだけよい。あほらしいと思いながら、それでも夢中になる、そこが人間のおもしろいところである。

まちがったっていいじゃないか

いつでも、正しいことだけをしようと思っていると、なかなか、なにもできなくなるものだ。人間は、なるべく気楽に、なんでもやってみるのがよい。

しかし、中学生の時代というのは、誤るのがおそろしい時期だ。ぼくにも、おぼえがあるのだが、なるべく正しいことを求めたがることがある。それで、本に書いてある「正しい」ことを集めて、ものしり競争みたいになりがちなところがある。正しいことを、たくさん知っている人が、すごく偉く見えたりする。

これは、本当のところは、たいしたことではない。人間にとって、正しいとわかっていることよりは、正しいか誤ってるか、わからないことのほうが、はるかに多い。どうせいつかは、正しいかどうかわからぬことを口に出し、正しいかどうかわからぬままに行動せねばならなくなる。正しいとわかっていることだけに限定して、あいまいな領域を避けて通っていては、人生をせまくする。

科学のいろんな真理だって、昔の偉い科学者が、正しいことを見ぬいたように、本に書いてあることがあるが、あれは一面的だと思う。偉い科学者というものは、正しいことの何倍も、誤ったことを言っている。正しいか誤ってるか、まだはっきりしないままに、いろいろと議論したので、その正しいことだけが今に残ったのである。誤りを言う人がいなかったら、学問なんて進まなかったろう。

いまでも、数学者の討論会などでは、みんなが思いつきを言うものだから、誤った意見がいっぱい出る。とくに、優秀な人ほど、よく誤ったことを言うようだ。平気で誤ったことが言えるほどに、その人に自信があるのだろう。誤るのがこわいというのは、自分に自信がないことでもある。

「正しい意見は堂々と言いましょう」というのは、奇妙なことだと思う。「正しい」とわかりきっていることなら、わざわざ意見をのべて討論するほどのこともない。正しいかどうか、あやしい意見をのべてこそ、討論にあたいするのだ。そして、文化的創造といったものは、そうしたことからしか生まれない。「正しい」ことがきまっていては、おもしろくもない。

討論にとって有効な意見というのは、正しいかどうかできまるのではなくて、それが討論を発展させるかどうかできまる。ものの本に書いてあるような「正しい」ことを、いくら並べたところで、それが発展しないようでは、有効性はない。

とんでもない意見というのは、討論にはとてもよい。かりに、その意見の誤りがすぐにわかってしまっても、討論に新しい視角《しかく》を与えることがよくある。ありふれた正しい意見より、とんでもない誤った意見のほうが、討論には有効なことが多いのだ。

しかし、誤るのをおそれていると、「正しい」意見ばかりを求めたくなる。正しいかどうか、わからぬことを言う勇気が、なかなか出ない。

こうしたとき、ちょっとしたヤジウマ気分で、誤ってモトモトと、気楽に口出しすることにしたらどうだろう。その誤りがすぐにわかったところで、気にすることはない。もしも、きみをバカにするやつがいたら、それは討論のなんたるかを知らぬ人間だと、逆にそいつをバカにしてやればいいのだ。

実際に、自分で何度も誤ったことがあり、正しいことと誤ったことの、からまりあったなかで生きてきた人は、他人の誤りをけっしてバカにしたりはしないものだ。誤りから学び、誤りのなかからこそ真理の出てくることを、知っているからである。本にある「正しい」ことと違うといって、誤りをバカにするのは、本のなかでしか「正しい」ことを見たことがない人間だ。

ついでに言えば、きみたちの先生にしても、いつも正しい先生より、ときどきまちがう先生のほうが、案外に偉い人であることも多い。まちがいをバカにしてはいけない。

そして、世の中には、正しいか誤ってるか、結論のくだせないことのほうが多い。そうしたことに、急いで結論をきめたがらないほうがよい。

そのときには、口をつぐんで、行動をひかえるべきだ、とは思わない。正しいかどうか、まだはっきりしないままで、意見を言ったほうがよい。多少の危険はあっても、そうした領域も行動の視野に入れたほうがよい。

もちろん、誤るかもしれない。しかし、まちがったら、やりなおせばよいだけのことだ。あるいは、正しい方向へと、軌道《きどう》修正をしていけばよい。はじめから正しいことだけやるより、そうしてジグザグで進むほうが、ずっとよい。こうしたことは、若いときほど、修正の余地があるのだから、誤りをおそれるなんて、つまらないことだ。

（一九八一年）

人間たちの未来

豊かさと貧しさ

ぼくの中学の同級生に、ぼくの家なんかより、ずっと金持ちの家の子がいたが、そいつの家が破産して、急にひどく貧乏になったことがある。いままで、大きな家に住んでいたのが、急に一間だけの家に変わって、アルバイトなどをしないと、毎日の食事もあやうくなった。ところがそいつは、心の底まではわからないが、いっこうに貧乏を苦にしているように、見えないのだった。

おそらく彼は、それまでに、貧乏のゆえのくやしさといったものを、味わったことがなかったのだと思う。絶対的な貧富というより、そうしたくやしさがあるかないか、それが貧しいということでは、問題になるのだろう。

ぼくの場合は、彼ほど金持ちでなく、さりとて貧乏を苦にするほどでなく、まあいまの日本にありがちな、「中流意識」のなかで育ってしまった。それで、貧乏ゆえのくやしさといったものについては、想像でしか語れない。絶対的な貧乏ということでは、戦後は相当に経験したが、そのころは日本中が貧乏な時代だったので、なにもなくても、さして気にならなかった。

いまでも、貧乏のくやしさを感じている人はもちろんあるが、戦前にくらべると、かなり多くの家庭が、「中流意識」を持つようになってしまった。それで、こうした問題についての意識も、変わりつつあると思う。

実際のところ、全体としては、日本は「豊か」になったと思う。ぼくなど、研究会などで共済組合の安い宿にとまることが多いが、そうしたところの食事にしても、味のほうはともかく、品数がずいぶん多くなっている。それも、低成長と言われた、この十年にである。学生のコンパ（懇親会《こんしんかい》）などにつきあっても、昔よりはるかに「豊か」になった。

むしろ問題になっているのは、第三世界などとの関連で、「先進国」が「豊か」になってよいか、といったことである。地球上の人間がみな「豊か」になれるほどには、地球は豊かでないからだ。この問題と「中流意識」との関連が、考えねばならないことだろう。

いまでも、金さえあればなんでもできる、ともかく金がほしい、と考えている人も多い。とくに、一度でも、金のないことのくやしさを感じた人は、そうなりやすい。昔は、多くの人がそうした思いを持ったので、いまのおとなには、そんな気分がある。きみたちも、そんなおとなたちの影響で、そう考えているかもしれない。

しかし、それは「中流意識」のもとでは、あまり長持ちしないような気がする。働いて金をためてもむなしい、そうした気分が、やがて生まれてくるのではないだろうか。すでに、一部の若者の間には、そうした気分がひろがりかけているように思う。そしたらどうなるか、それがよいことかどうか、それはわからないが、現実はそうなりかけているように思う。

そして、地球全体のことを考えると、「より豊かに」という方向には、ブレーキがかかりかけている。

これは、少し新しい局面である。それはおそらく、人間たちの未来をどう考えるか、という問題に関係している。

地球上の食糧の絶対量は、いまの日本の生活から考えると、ひどく不足している。そしたら、食糧を増産したらよいかというと、そうもいかない。森林を開拓して、農地を増やすと、森林系がこわれて、洪水がおこったりする。洪水がおこらないように、河川を整備すると、水が流れすぎて、川が死んでしまう。だいいち、森が少なくなったぶんだけ、地球全体では、酸素が少なくなって、炭酸ガスが増えた。農業というのも、人間のいとなみである以上は、自然を破壊《はかい》しているのだ。

それに、「豊かさ」のために、エネルギーの投下が増えている。現在のエネルギー源は、大量に使うと公害のもとになるし、それに、資源も底をつきそうだ。新しい、クリーンなエネルギーが開発されたらよさそうなものだが、そしたらもっと、地球の改造のスピードがあがって、危険が大きくなるかもしれない。

こうしたことは、いまでは絶対的な限界と考えられはじめ、地球全体で、人間がこれ以上「豊か」になることにたいして、ブレーキがかかっている。もっとも、そうしたことを考えるのは、国として「中流意識」のところで、第三世界の、貧乏のくやしさを感じている人たちは、「より豊か」になることを、なにより望んでもいよう。

日本人の間で、「より豊かに」という意識が鈍くなったのは、「中流意識」のゆえだろうが、それが同時に、世界的規模での、「豊かさへの疑問」の出はじめた時期に、重なってしまった。

これは、人間ひとりひとりの生き方にかかわる、大きな問題だ。

昔はかえらない

いままでに、いくらかのなつかしさをこめて、ぼくの中学生時代にふれたかもしれない。それはしかし、安楽さからいうと、いまよりずっと貧しかった。

夏はやたらに暑く、冬は寒かった。暖房もろくになかったので、手がかじかんで、ノートなど取れなかったこともある。夏の夜は少しは涼しくなったかわりに、机のまわりは虫がとびまわっていて、蚊にかまれてかゆくてしょうがなかった。

しかし、ぼくとしては、夏は暑く冬は寒く、そして虫にかこまれた生活が、本当は好きだ。それでも、体のほうが、いまではそれに耐えられない。部屋をしめきって、クーラーを入れて、自然と隔離《かくり》された生き方に、なれてしまった。

大学にしても、わずか二十年前には、木造のうす暗い教室が多かった。研究室も何人かいっしょで、石炭ストーブで顔を汚しながら、議論をしていた。そのころは、本もあまりなくて、わからないところを聞く専門家もそろってなかった。コピーの道具もなかったので、論文を読んではノートしたりした。ひどく、不便だった。

いまでは、コンクリートの建物で、ヘンに明るい部屋だ。自分で無理して勉強するより、だれかにきくか、なにかを読めば、必要な情報は手に入る。なんでもコピーして、積んである。なにかと便利になったが、味わいはない。もっと昔でいえば、わらぶきの、風鈴などのなる部屋で、塾生《じゆくせい》が首を集めて考える、本居宣長《もとおりのりなが》かなんかのころの風情の正反対だろう。

大学のキャンパス自体、アメリカの墓場みたいだ。墓場といっても、日本だとソトバのかげからお岩さんが出てきそうだったり、ヨーロッパだと古木のかげからドラキュラが出てきそうで、それなりの風情があるのだが、芝生の上でサンドイッチでもひろげるよりない、そんな空気だ。

清潔ではないかもしれないが、もっとゴミゴミしたところのほうが、なにかが生まれそうな気はする。いろいろと不便だけれど、人間はそんなに便利になってよいのだろうか、そんな気分がある。

それでも、昔にもどって、いまより不便になろうとしても、もはやできない。いったん「豊か」になった以上は、かつての「貧しさ」を求めるわけにいかない。コンクリートの建物に住んでしまうと、もう木造の傾いた教室へはもどれない。

小学校にしても、昔だと、体育館もプールもなく、木造の教室が並んでいた。そのかわり、小学校ごとに、その土地の匂いを持って、どろんこの校庭があった。それがいまでは、規格品で、どこも同じコンクリートの建物になった。

なお、ぼくの子どものころの小学校は、新しくコンクリートの建物のできた隣の地区の小学校からは、「ボロ学校」とよばれていた。そのときは、ぼくの小学校の「貧しさ」を、くやしく思ったものである。

道がどろんこのときは、アスファルト道路に憧れた。そして、道に土が見えなくなると、土の匂いをなつかしんでいる。これはなんとも、われながら、しょうもないもんだ。それでも、道がいったんアスファルトでおおわれると、土の時代へもどるわけにはいかない。

昔へもどることは、不可能である。「豊か」になったものは、「貧しさ」を求めるわけにいかないし、便利になったものは、不便を求めるわけにはいかない。

ぼくだって、その昔、便利で快適な生活を求めたはずだ。そして、いまそれを否定して、不便な昔をなつかしむなんて、矛盾した話だ。いまのきみたちには当然の、現在なりに便利で快適な生活が、ぼくには「便利すぎる」と感ぜられるが、ぼく自身がそうした「便利な生活」を送るよりないのは、まぎれもない事実だ。

きみたちは、もっと便利で、もっと快適で、もっと「豊かな」生活に、憧れているかもしれない。少なくとも、昔の不便で「貧しい」時代のことを聞いても、なんの感慨もないかもしれぬ。ぼくにしたって、「昔はよかった」などと言う気はないし、ともかく、昔はもどらないのだ。

ただ、いまのぼくの気分としては、自然に「豊か」になって、便利になっていくのは仕方ないとして、無理に快適を追求したくない。そう言いながら、暑くなるとクーラーがほしく、歩いてすみそうなところをタクシーに乗ったりしている。そのときの、屈折した心、それをきみたちに、わかってもらえるだろうか。

さしあたり、「豊かさ」を求めるときに、ふと気がとがめてみること、それがいまの時代の「豊かな」国の人間にとって、意味がありそうに思うのだ。

表面的な生活の上では、人間というものは、案外に早く適応するものだ。二十年前のことなど、すっかり忘れて、今の生活にどっぷりつかることが可能である。

しかし、心の底のほうは、それほど早くは、変われないのではないだろうか。さらに、人間たちの心の共通の底、いわば人間たちの文化とか、情感とかいったものは、それほど変われないのではないだろうか。

これも、表面的には、風俗はめまぐるしく変わる。流行のうつり変わりは早い。それにともなって、生活態度も変わる。表面的に見るかぎり、人間の価値観が、どんどん変わっているように見える。

とくに若者の場合、古いものを持たないだけに、その時代の表層感覚をものにすることは簡単である。いつでも、おとなたちは若者を特別の目で見ようとする。ぼくの若い時代だって、アプレ（戦後派）と呼ばれたものだ。

それでも、表層意識ではなくて、人間たちに共通の、深層の無意識にとっては、時間の流れは意外におそいのではないだろうか。それが、文化といった形になるには、ゆっくりとした時間が必要なのではないか。それで、あまり急速な変化は、深層の無意識によって裏ぎられたりする。

ぼくはなにも、いままでの秩序感覚を絶対的なものと、考えるわけではない。それも、表層のもので、秩序感覚なんてのは、どんどん変わったところで、人間はそれに適応できるものだ。たとえば、都市化が進めば、たいていの人間は、とくに若者は、都市的な感覚で暮らせるようになるものだ。都市には都市なりの秩序感覚が生まれる。それでもぼくには、その深層の無意識は、そんなに急には変わらないのではないか、と思えるのだ。

たとえばぼくは、月に何回かは、東京と京都を日帰りで往復するような生活が、表層では自然なようになってしまった。しかし、なにかしら深層では、そうした時間でそれだけの距離を往復することへの、抵抗がある。移動が可能になった便利さへの抵抗、そんなものを感じてしまうのである。

もっとすごい人だと、昨日はパリ、今日は東京、明日はニューヨーク、なんて人もあるかもしれない。そのうちに、それが珍しいことでなくなるかもしれない。しかしそれは、何万年もの間、自分の目のとどく範囲をテリトリー（なわばり）として生きてきた、このヒトという生物にとって、異様なことのような気がしないか。

それほどでなくても、東京の友人と、電話で話すことは、いまではなんでもなくなった。これだって、二十年前だと、「長距離電話」はかなり特殊なものだったわけで、ずいぶん便利になった。しかし、これだけの距離の人間が、いつでも声をかわしうるということは、いくらか異様なことである。

飛行機による遠距離の移動とか、電話による遠距離の交信とか、そうした文明の利益を、べつになんの気なしに受けながら、ときにぼくには、心の底のヒトが、なにか抵抗しているような気がする。

山であったところが、町に変わる。ぼくは山の緑が好きだが、そうしたことを別にしても、あれだけの山林が、これだけの時間に、市街に変化してよいのだろうか、いつもそんな気がする。

戦後の日本にしても、農村から都市への人の流れが、あまりに急速だったような気がする。ひとびとの生活はそれに適応しているが、文化がそれに追いつけないでいるのではないだろうか。戦後日本の物質的変化のスピードに、精神的変化は追いついていないような気が、ぼくにはするのだ。

たぶん、社会の急速な変化は、いろいろとチグハグなものをもたらすのだろう。そのチグハグさがおもしろいとも言えるし、そうしたものが「進歩」へのブレーキの役を果たすとも考えられよう。そうしたものが見えてきたのも、いまの時代である。

ぼくの時代の若者は、もっと「新しい社会」を信じていた。しかし、ソビエトの「新しい社会」はロシア的で、中国の「新しい社会」は中国的であった。これは、べつに幻滅すべきことだとは思わない。人間にとっての、「新しい社会」というものの意味を、語りかけただけのことである。そして、人間の文化というものの、変わりにくさを示しただけのことである。

地球に心があれば、ヒトという名のサルは、むやみと急ぎすぎている、と思っているかもしれない。それでも、結局のところは、自然のなかでのスピードでしか、進まないと思う。歴史が動いているのはたしかだが、それを動かしているのが、このサルであるかどうか、あやしいものだ。しかし、それでいいのだろう。

（一九八一年）

歴史のなかの自分

歴史が好きだったころでも、数学に熱中していたころでも、数学の歴史がいつも気になった。人間の文化、それはなにより人間の生き方のスタイルだが、歴史には連続と変化の両面がある。ヤヌスの神は二つの顔を持っていて、どちらの顔を見るかで、印象がことなる。

たとえば、仏教が葬儀と結びつくようになったのは江戸時代からで、家意識の成立と関係している。あるいは、神前結婚の風俗は百年ぐらいのもので、神道がキリスト教の儀式をとりいれたのだという。これを、今に続いている長い伝統と考えるか、時代とともに変わってきたと考えるかで、身のこなしが違う。

あるいは、平成米騒動で「日本人は米」と言われたが、米食文化は照葉樹林帯から品種と食文化を変えながら動いていることを知ると、考えの幅が変わる。日本でも奈良時代はたぶん、モチゴメをむして食っていた。

ぼくはどちらかというと、現在に当然のように考えていることに、歴史によって距離がおけることのほうが好きで、それでつい、連続より変化のほうの顔に目をやってしまう。

そのために、規範的な歴史認識にはあまりこだわりたくない。あの戦争中にだって、歴史の先生には面白い人がいて、世間と違った見方をしているのが印象に残っている。近代ヨーロッパにおける重商主義をめぐる論争の話をしてくれたのは、中学校の西洋史の先生だったし、南北朝における悪党勢力の存在を教えてくれたのは、高校の日本史の先生だった。むしろ戦後になって、歴史の規範性が増えたような気がしている。

現在の考えの幅をひろげるため、ぼくにとって歴史はある。

今まで生きてきた自分も、一つの歴史である。古い時代にこだわるのも歴史の流れに反しているが、その流れに生きていた自分を忘れるのもどうかと思う。

ぼくの青春は、戦後の焼跡闇市とともにあった。近ごろのアプレ（戦後派）はと言われて、戦前派のおじさんからは異人種のように思われていた。そのころのことを忘れて、今の若者に眉をひそめるのはちょっとはずかしい。だからといって、あのころは戦後民主主義の希望にあふれていたなどと、時代を重ねる気もない。

歴史は時代とともに位相を変え、それでも流れている。ぼくが十代のころ、日本は百年間は戦争を続けるのだという連中がいたものだ。軟弱派のぼくは、ぼちぼち戦争もやめどきと考えていたが、爆弾が落ちてくるなかで平和のイメージにリアリティがない。二十代のころは、日本人は五十年は難民生活と言われたが、ぼくはもっと楽観的だった。しかし闇市をうろつきながら「ゆたかな生活」のイメージなんか持てるものではない。

三十代になると高度成長で、こんなに人工が進んでだいじょうぶかと心配したが、環境問題などにまでは頭が働かなかった。

結局、そのときの現在に距離をおいたことだけが正解で、未来はさっぱり予測できなかったとも言える。人間社会のあり方は十年もすれば変わるが、十年後を予測することはできない、というのが自分の歴史から学んだこと。

ぼくの青春は、パール・ハーバーから三十八度線までで、前半の戦争の悲惨に後半の戦後の混乱で、二度とごめん。されどわが青春であって、それで時代を見る目ができた。東京の町だって、わずかに残っている戦前の東京を懐かしみ、大部分は闇市の猥雑に生き、新しいトーキョーはまだなかった。時代の重なりを感ずるのが、歴史を生きるということ。

人間はその時代のなかでしか生きられぬ。時代をこえて超然と生きるなんて、つっぱりすぎ。さりとて、時代を気にして引きずられっぱなしも気にくわぬ。

歴史に身をささげる、なんてのはもう無理だろう。これも歴史的に考えると、二十世紀はイデオロギーの世紀であって、イデオロギーによって歴史の方向が規定されて、その方向へ進むのを歴史としていた。そんなものになんの根拠もなかったことを、それこそ二十世紀の歴史が証明した。

数学の歴史を考えていたころだって、これから数学がどの方向に発展するかを考えないでもなかったが、たいていは思わぬ方向になるものだった。そうでなくては、学問文化は面白くない。歴史にあって未来とは、予測を裏ぎるもの。いくら過去の歴史を知ったところで、未来はわからない。だから、歴史は過去だけのものでないにしても、未来のためでもない。

だから、歴史とはなにより、現在のためにあると思う。ただし、規範的な歴史に規定されてしまうのもつまらない。たとえば「日本人論」が盛んだが、今の日本人は応仁あたりからのものだろう。平安時代の日本人の生き方なんて、現代のアメリカ人や中国人の生き方以上に遠い。そのことを知るのも歴史あってのこと。

もちろん、歴史にはいろんな尺度がある。百年の尺度もあれば、千年の尺度もある。単一の尺度であるよりは、いくつもの尺度があるのがよい。そして、単一の規範を歴史の尺度と考えるのは迷妄だが、歴史を離れて自分だけの尺度があると思うのも幻想である。「歴史」に規定されてしまうのもつまらぬが、「自分」に規定されてしまうのもつまらない。

自分史の上では、こうした考えは戦中育ちだったことに関係するかもしれない。戦時軍国主義にまきこまれてはつまらぬ。さりとて、抵抗するほどの気概もないし、そもそも方法がない。時代との間合いをとりながらつきあうだけのことしか残ってない。

案外に、これは気楽なやり方で友人に伝染したりする。でも、それが仲間になって運動の形をとったら、身の危険が生ずる。そんなことで、別の時代を作らなくてもいいのだ。

だから、時代との間合いをとることは、まったく個人的なことに属する。みんないっしょに同志となって、なにかの方向に縛られることではない。

仲間を作ろうとしないだけに、自分ひとりでできる。とくにこのごろでは、「みんな仲間で足なみそろえて横ならび」の破綻が明白になった。いい時代になったなあ。

べつにこんな時代にならなくとも、みんなが横ならびを気にしていた時代だって、時代との間合いをちょっと気にするほうが、生きやすかったように思う。それがぼくの処世術。時代とつきあいながら時代に流されない気楽な方法。自分にこだわって、自分に縛られるのは性に合わない。

この時代になって、この年齢になったので、ますます気楽になって、現代史を楽しんでいる。時代は移り変わる。もともとが時代に義理だてして生きてきたわけではないから、時代は変わってけっこう。そのほうが歴史を実感できる。ここでも、変化ごのみと連続ごのみがあるようで、時代の変化に歴史を見るのと、伝統の維持に歴史を見るのとがあるようだが、ぼくは変化ごのみ。なんと言っても闇市育ちだもの。でも、あまり浮かれて時代にまきこまれないようにしよう。

（一九九八年）

ノゾソラさん江

小針《こはり》晛宏《あきひろ》、人よんでパンセソヴァージュのノゾソラという。

パンセソヴァージュというのは、一頃はやったレヴィ＝ストロースの本の題、未開の思考とも野生の三色菫ともいう、つまりは彼の酔態をさしているのだ。彼は笑い上戸と泣き上戸と怒り上戸の三色を、まったくランダムに選択し、笑えば歌などあって陽気でよいのだが、泣けば「今どき大学の教師なんてミジメだねエ」と陰々滅々、怒っては「日本の革命をどうするんや」とすごむ。バリケードの中へ酔ってはいりこんで、笑ってはその昔の歌ごえなど聞かされて学生どもおおいにしらけ、さらには陰々滅々をもてあまし、ついに「お前たち革命できると思とるんか」などと怒鳴られて、ヘルメットかついで逃げだしたものだ。

ぼくはしらふで酔っていて飲むと酔いのさめるたちなので、しらふで小針とつきあって人びとを感嘆させたものである。あるときは、電話で一時間ほどの長話、やがて同じ話の出てくるのに不審をいだいて問いただすと、深夜飲むほどに相手が欲しくなり、つまりぼくは電話線を通じて、一時間も彼の酒の相手をさせられていたわけだ。あるときなどは、三つを同時に見たことがある。同宿の門限こえて脱出して飲みに出たのが、深夜に怒り狂ってドタドタと障子あくるも瞋恚《しんに》の相、どないしたんやと問うと、旅館で泥棒と間違えられたという、そらおたがい、間違えられてもしゃあないやんけ、ウムなるほど、ケラケラケラとけたたましく笑い、そのままウォーンと呻き泣きじゃくり始めたのだった。

彼の心の中には、つねに〈笑い〉と〈泣き〉と〈怒り〉が、それもほとばしる情念として用意されていたのだった。大学の教師なんて国家に禄をはむミジメサより、文筆で暮らしをたてたいとは言っていたが、それなら商売のネタを小出しにすべきだのに、つねに思いのたけを精一杯書かずにおれない、それはあたかも、千人斬りを志した男が最初の女に入れあげて腎虚になったみたい、などと悪口を言ったものだが、つねに精一杯生きるのが小針の身上で、それで身をすりへらしているのを眺めても、はたからどうすることもできない。

ノゾソラのほうは、覗というのが不思議な字で、シジミ小僧とか、ノゾキの兄さんなどとも呼ばれてはいたが、ベトナム反戦運動のアピールをもらった男が読めず、それが覗空のごとくクシャクシャ書いてあったのを、これは針の小さき穴より空を覗くの意なりと説いたのが、おこりとされている。

本当のところはアキヒロと読む。その名のごとく、少女のような体形と少女のような容貌をし、コハリをもじって小春姐さんというペンネームを使ったこともあるが、ゲイの趣味はなかったと思う。ある夜彼と同宿し、例によって徳利を倒して寝入っていたのが、夜中に寝呆けてその頃長髪の極にあったぼくのほうを向き、アレこれどういうこと、あんただあれとにじり寄り、ぼくの髪を愛撫しかけたが、顔のほうを眺めて、ア森さんか、こらイカン、ホモになるところやった、もっともこれは、ぼくの顔のほうが悪かったのかもしれない。

文章に見る道化の演技のあまりの巧みさに、調子のよい男と思う人もあるかもしれぬが、根はひどくキマジメなのだ。ただ、道化であることが有効性を持つこの現し世に、あまりにも巧みに道化の仮面をかぶり、それが骨髄のキマジメサとギシギシと軋る、その音に耳をすませて盃を傾けている凄さ、例の三色酔態のカラミにつきあえたのは、その現代風マジメ人間の業とほとばしりを感じたからでもあった。

それで、民青でも全共闘でも、あるいは彼に罵倒されているノンポリ優等生でも、すべての学生に好かれた。彼が倒れると、熊野寮では特別全寮放送がされて、あらゆるセクトの学生から献血がとどけられた。六九年にフリーセクトという署名のビラを見た小針は、これがセクトフリーやったらどのセクトにも入らんということちゃろけど、きっとフリーセクスみたいにどこのセクトともベチャーと仲ようするんやろナ、と彼じしんも若干はその願望があったのだが、はからずも死の一月前になって、その体内の血がフリーセクトになったのだった。

そして、彼のいう「あのイヤラシイ四十代の中年男」になる直前での死、折から大学はバリケードストで、そのバリケードには大きな黒枠で、同志小針の死を悼むとあった。ちょうど教官有志のデモが小針追悼をかねてというので、ぼくは彼の写真を首にさげて参加したのだが、その写真を見て色とりどりのヘルメットの学生どもが飛びいりし、おかげでいつものテレテレした教官散歩デモとこと変わり、完全武装の機動隊の兄さんたちに囲まれることになった。彼は生前、機動隊の兄さんとも仲よくしたいと言っていたので、機動隊も追悼に参加したのだろうか。

山田稔の『教授の部屋』は小針研究室を場所としてはモデルにしていたが、小説と違うのはヘルメットどもが部屋の管理者と酒を酌みかわしているところである。このようなのは普通なら造反教官風なのだが、もしも彼が「造反教官」なら、「大学執行部からもっとも愛された造反教官」という特異な例外になるだろう。教授会での部長報告は、小針追悼とバリスト状況が混線するという奇妙なものだった。「京大闘争」がなにやらパンセソヴァージュ風だったのも小針のせいかもしれぬ。

いま彼の処女論文の別刷りを見ると、表紙にパチンコ屋開店の花輪のような字体で、

一刀斎さん江　小春より

とある。ここで彼に花輪を送らねばならぬのは悲しいことだ。

（一九七五年）

嘘をつくべき場合

選挙が近づいた。

それにしても、「あなたはだれに投票しますか」と、きくほうもきくほうだが、カメラの前でそれにこたえる神経が、ぼくには理解できない。投票の自由が事実上なくなった状態について、想像力がかけているとしか思えない。いまだって、この日本のどこかでは、投票の自由が不完全なところが、ありうるというのに。

秘密投票というのは、個人の秘密であることを、厳格にまもるべきだ、とぼくは考えている。親子だって、夫婦だって、だれに投票するかをきくべきでないし、言うべきではない。公正な選挙のためには、もっと秘密性の重要なことをキャンペーンすべきではないだろうか。

投票をたのまれたって、べつに約束をまもる必要はない。異性の容姿をほめるときと、投票の約束をするときは、嘘をついたほうがよいのだ。義理だの人情だの、それは口さきだけでよい。そのほうが、選挙はずっと公正になる。嘘をついたほうが、世のためになることだってあるのだ。

人間にとって、秘密というものは、大事なもので、正直よりもずっと重要なことがある。黙秘するほうがベターだろうが、それができにくいときは、嘘をついたほうがよい。いったいに、正直を美徳のように言いすぎるのも、どうかと思う。他人に正直であるよりは、自分に正直であるほうが、ずっと重要であって、自分に嘘をつくぐらいなら、他人に嘘をついたほうがよい。

もともと、「嘘をつかない」という命題が無内容なことは、論理学の有名な例題である。彼が、正直に「嘘をつかない」でいるのか、それとも「嘘をつかない」と嘘を言っているのか、第三者には判断のしようがない。

それに、いつでも正直に嘘をつかないなんて、一種の知的怠惰でしかない。なにかの発言をするからには、それが本当であれ嘘であれ、その発言の結果についての判断が必要である。かならず本当のことを言うのでは、判断する責任を捨てたことにしかならない。

お医者さんは、ガン患者に病名を告げるべきかどうか、迷うだろう。この場合に、かならず嘘をつくというのも、ぼくは感心しない。患者の様子を判断して、患者と医者とのそのときの関係を考慮して、どちらにするかを、医者の責任で選択するべきだろう。かならず嘘をつくのでは、これも逆の意味での知的怠惰になってしまう。

医者とガン患者の関係というのが、特殊な問題とは思わない。人間が発言して、その発言が影響を持つからには、その影響についての判断というものは、多かれ少なかれ要求される。それが、発言についての責任というものだ。

正直を無条件に美徳とすることは、こうした責任を回避するために作られた、知的怠惰の風習にすぎないのではないだろうか。正直であることよりは、判断に責任をとることのほうが、人間にとっては重い。しかし、一番重要な、自分にたいして正直であるためには、この重い責任を引きうけたほうがよいと思う。

みんなを正直にさせておいたほうが、管理し操作するには便利だから、これは権力者の知恵だ、という考えもあるかもしれない。たしかに「正直者が損をする」という言い方は、こうした状況への批判を含んでいるかもしれない。しかし、その「正直者」だって、生活の上で絶対に嘘をつかないでいるはずもない。正直であるべきでないときに、正直であった、というだけのことだ。

戦争が終わったとき、ぼくは少年だった。そして、「国にだまされた」と言うおとなたちを軽蔑した。だますのも悪いかもしれないが、それ以上に、だまされた不明を恥ずべきでなかったか。

「人民をだまさない政府」を作ろうというのは、これも論理的に無内容なことだ。そうした「よい政府」であること自体が、嘘である可能性はいつもある。その政府に「人民的」とか「反人民的」とかレッテルが貼られていても、そのレッテル自体が信用できない。

結局、人民のひとりひとりが、自分の責任で判断するよりないのだ。だまされたら、自分の判断の不明を恥じればよい。責任は自分の判断のほうにある。

選挙の話にもどれば、候補者にだまされたと言うまえに、彼に投票した自分の責任を感ずるべきだ、とぼくは考えている。当選したあとで、期待にはずれたからといって、リコールなどの手続き以外では、議員辞職をせまるべきでないと思う。この場合、だまされた有権者に責任があるのであって、投票にはそうした自分の判断への責任を負わすべきだろう。投票というものは、そこまで自己にとっての責任を与えるもので、それを自分ひとりの秘密として引きうけるべきものなのだ。

そして、候補者のほうで有権者をだますことはありがちなことで、有権者のほうでも、もっと候補者をだましてよいと思う。だますほうとだまされるほうが固定しているのでは、とても主権在民なんて言えない。せめて権力なみに、人民のほうでもオカミをだますことにしたほうが、バランスがとれる。

選挙というのは、候補者どうしだけでなく、候補者と有権者との間のゲームでもある。

（一九八〇年）

散らし書き『文体としての都市』

一

都市はバザール。

異人が集い、異国の文物が交わる。そこにあるのは行きずりの連帯、昨日に義理だてする必要もなく、明日を思いわずらうこともなく。

見知らぬ人と、距離を測りあい、今宵一夜を過ごすのに、相手そのものしか頼りにならぬ。他人の情報がなければ、自分の眼だけで見さだめるよりない。過去のいきさつがなければ、この今しか判断できない。

自分ひとり、この今だけ。

しかし都市を、孤独とは言うまい。そこには、多くの異人たちがいる。むしろ雑沓。その他人たちは、自分のコピーではない。共通の了解を前提とした、同胞などではない。

しかし自分とは、この雑沓のなかでの一人の異人としてしか、存在しえない。自分も異人であることを強制する、それがこの都市の空間。

かつてこの空間が、どうした大地に根ざしていたのか、それはすでに忘れられている。砂漠の上に、あるいは瓦礫の上に、市は作られた。それはかつても都市であったところの、廃墟かもしれない。しかし都市にとって、歴史とは忘却のこと。

一見は連続して歴史がつながっていようと、その市は日ごとに破壊され、日ごとに作りなおされたかに見える。昨日の廃墟の上に今日が作られる、それが都市の原理。

そして明日、都市の舞台装置がかたづけられ、空舞台に荒涼の風が吹くかもしれない。今日の賑わいに、明日の風は関心がない。自然の永遠の営みのなかで、束の間の繁栄を見せた。この都市の風景。

しかしそれだけに、この今日を賑わすよりあるまい。見知らぬゆえの社交。魂を信じないながら、都市の社交場を賑わすことに努めねばなるまい。

土着の魂を持たぬかぎり、差別の原理は発生せぬ。自分が異人であるものが、異人を差別することもあるまい。仲間がいないのだから、排除しようにも、どこから排除したらいいのやら。考えてみれば、都市そのものが、排除された空間でもあった。

でも、今日だけだからこそ、行きずりなればこそ連帯せねばなるまい。同志だからではない。異人同士だから。

相手に心はとどかない。むしろ、とどかせてはならない。にもかかわらず、交わりあうなかで、おたがい心を傷つけあっている。それゆえ、やさしさ。

魂の安らぎのやさしさ、ではない。むしろ、機械じかけのやさしさ。折れまがりあい、きらきらと破片を散らしあう。硝子細工のあやういやさしさ。

壊れやすい連帯だから、大事にせねばなるまい。でも明日には、硝子の細片となって、白い雲のなかをきらめいているかもしれず、明日がないから今、大事にせねばなるまい。でも一見は、ひとびとの活気で市の賑わいをもたらしている。はじめて会った人たちが幼なじみのように、魂の空虚に花をみたして囀《さえず》りあう。

仮面は幾重にも重なり、その中心は空洞かもしれない。それでも、仮面同士が演劇空間を作ることはできる。彼らが連帯するのは、この共同のドラマのため。

偽りだから、舞台にのせることができる。真実なんて禁物、しかしそれだから、虚構の空間が構築できる。

その世界を文化は流れて。売買はすべて現金、約束などの信用されない世界なのだ。まがいものか、掘りだしものか、それは買い手の腕次第。

あるときふっと、ゲームは終わる。そのとき都市は眠りにつく。いやすでに、都市などそこには存在していないのだ。

眠った都市なんて言語矛盾だ。建物などが残っていようと、ひとびとの行きかいのない以上、そこに都市の記号はない。それは、遺跡と同種な廃墟にすぎない。

それゆえ都市は、その無機的な外観にもかかわらず、人間にのみかかわる。陽光の大地の草の匂いや、空を行く鳥の歌に関心はもたぬ。金属元素たちの舞台の上を、人間の心だけが彷徨している。それが自分の魂を求めているかに見えようと、魂なんかどこにもない。

そして、人の声が響きあって、色とりどりのスペクトルを作り、それが万華鏡となって増幅。そして都市は、閉ざされた空間であるので、その総和が白色の雑音となる。

こうした音と光の反射、それだけが都市の人間性の証《あかし》。今日もまた、都市は始まり、そして消える。

あとに、なにも残らぬ。

二

都市の底のよどみに、棲みつくことがいったいできるのかと、思い悩むこともないのであって、ある日ふと自分がそこに棲んでいることを見いだし、いや見いだすなどとことさら言うまでもなく、そこにある自分がすでにそのよどみと一体化して、自分そのものがよどみとなっているのであった。こうして、ただ、よどみ、そして、暮らして、いる。

よどみ、とは言っても、何やらどろり、としたなかで、おりのような粒つぶに包まれているようでありながら、そうした粘着したような液体などではなくて、むしろ透明な気体であり、それでいて、よどみでもある、そうした存在としてある。いや、自分とは非存在かもしれない。存在しないで、よどんでいる。

なにものかにとり囲まれている、そうした思いはある。そのなにものかが、都市のおりであって、さまざまの獣、さまざまの鉄骨たちの排泄したものが、散らばり、腐り、融けあって、それでいて奇妙にも、衛生的にして無色無臭、そのなかで育つのが自分の体であるような、これも錯覚だろう。

そもそも、自分の肉体など、どこにあるやら。このよどみにあって、不定形に拡がった部分、とは言っても、どこまでが自分の領域などと、だれも指示するわけにはいかぬ、それでいてたしかに、ある種の拡がりと言わねばならず、それゆえつい、部分と言ってしまうような領域として、自分意識がのたり、のたり。

そして、この自分をのせて、ゆらり、ゆらり、それが都市の吐きだしたもやもやと、信じたい心がどこかにあるのだが、自分以外に他者などと、だれかに見られていたい、人に見られて自分の存在をたしかめたい、その思いが吐きだしたのかも。

自分と都市、あるいは、都市と自分、そのどちらかによって作られた、というのがすでに思いすごしであって、自己がなければ他者もない。

なにものかが与え、そしてそれを喰らい、循環のなかで輪廻《りんね》をとげる、そうしたりずむが刻まれた時の相などでなく、時計はちくたくとも、ぼんぼんとも、なにものかを聴く気も失せていて、そう言えば昨日の夢で明日を見てしまったようなちぐはぐ、はぐちぐ。

この、べっとりねとついた思いも、しゃぐりぐりくと案外に、なにもあるもののないのっぺらぼう。

でも、と思いきりわるく続けることになるのだが、この自分を棲まわせているもの、かりに都市とでも名づけるか、それから吐きだされたものと、どうして考えたくなるのだろう。その実は、吐き続けているのは、自分自身の吐息の、ふつふつと、いやそうした音などなくて、つまりは自分の外側と思っているのが内側に反転しているばかりだのに。

人間というもの、そこに消化管を抱え、そしてそれこそが彼の世界であって、内部の襞によってこの世界に吸いついている。

してみると、人が内奥に抱えているものが都市それ自体であって、すべては自分の内側に展開しているのかもしれぬ。外部の他者などでなく、自分自身が外部であってみれば、内なる都市をどのように脹《ふく》らませてみたところで、自分の視線は一点へと収斂してしまう。ぅぁにっしんぐ、ぽいんと。

そうして、都市に棲まうとは、内に都市を棲まわせることであって、この肉体と見えたものを、なにやら持てあまし気味に、ときには忙《せわ》しなげにさえ見られようと、内なる襞の蠕動《ぜんどう》のほうに、生命はあるに違いない。私を囲いこむ私と、いったん意識しはじめるや、それは無限に循環しかねない。だから、意識などしないで、そのまま、そっと。

小さな函のなか、ゔぃでおでっき、性こりもなく同じ景色しか映らぬくり返し、たいとるに『都市』とあるから都市というだけのことで、画面を走る白い線、やがてえんど、すいっちで巻きもどし、また最初から、あい変わらず、性こりもなく、でもその景色は函のなか。景色はいつも、函のなか。

函は異物で、消化管のなかを流れて行った。ここではすべての流れが止まっていたのに、どうして函だけ流れちまったのだろう。

でも、もうそんなことなど、何もおぼえていないままに、この場所をと言うなら、都市の底のよどみと答えるよりなく、しかしそれは、そんな場所などではなくて、むしろ心の裏側に都市の刺青でもあるかのように、もちろんのこと、その襞はじっとりとして内部の光を反射させているだけ、そしてともかく、裏がえしのままでいる。

裏がえされた自分のなかの、裏がえされた都市。景色はどこかへ流れて行った。つまりは穴ぼこ。

三

何故に都市は迷宮の相貌を呈するか。このような問題を設定することから開始しよう。

自然というのは、何物かを構築すると呼ぶに似つかわしくない言葉であって、構築されたからには、構築する何者かの意志を考えてしまう。しかし、もしもそれを神々と呼ぶなら、そこに自然を神と読みかえた以上のことはなく、構築する主体よりは、構築される過程を神の工と観ずる精神と同様になる。

過程としてなら、ある場所に、人や物が集中していくだけのことで、そこに何らかの求心性を、一種の力の場として見る以上のことはない。その求心力はなにかと問うよりは、求心的な運動それ自体を、力の場の発現と見るだけのことである。それでは、都市も一つの自然現象であって、何者の意志を介在させる必要も持たない。

この点に関して、都市を構成する人や物どもの存在を快適にしようというのは、逆転であって、快適な存在として人や物を位置づけようとするのが、都市の意志なのであろう。

都市の意志とはなにか。市民たちの個別の意志でないのは当然ながら、それを集積させた集団意志ですらない。そうだからと言って神の手を借り、都市を支配する管理意志を持ちだすのも、幻想であろう。都市という現象が、その形態として要求したのが意志であってみれば、まず都市を作ろうとの意志があるのでなく、都市が意志を呼びよせたというのが、まだしも理に適っている。

そうして、都市の秩序があるのだが、この秩序とは、よき都市のため、管理する者や管理される者が発生するというより、呼びよせられた意志の形が秩序に晶化しただけのことである。管理と被管理の図式よりは、秩序の結晶を観察するほうを選ぼう。都市の構築を計画するのは、ここでの錯覚に依拠している。自然的過程であるはずの現象が、意志的過程へと移行した原因は、過程に内在しているのであって、あるべき秩序へと進行していくのではない。まして、そうした秩序を計画する意志など、あるわけもない。

意志の不在にもかかわらず、幻想としての意志的なものが、管理的計画としての都市を出現させてしまう。それは原生的無秩序の補償でもあって、そのため秩序を氾濫させることになる。その秩序の過剰は、機構的な無秩序を産出せずにはおれない。

したがって都市は、いつも空間の不足のゆえに、歪曲した形になる。その狭小さが内部の濃密をもたらすのではなく、内実は空虚なままに屈曲した回廊がいりくんで、空疎なままに錯雑化していく。

このことが都市の管理を裏切るための、唯一の着眼かもしれない。その回廊は、その実はきまった目標など持たないのであるから、いかにも従順に道路標識に従うかのようにしながら、ふと途中下車してみる。すると、思わぬ場所に到達しないでもない。

迷宮に対処するには、出口を求めないにかぎる。迷宮それ自体が世界であって、外部などないのであれば、出口など意味を持たない。出現する任意の場所が、自己実現のための所与でもある。

もともと、迷宮的管理というものは、出口を求める人間を必要としていた。管理を崩壊させるために、一切の運動を停止して、管理を渋滞させる方策もあるが、それには閉塞に耐えねばならない。それよりも、この都市に漏出するのがよい。迷宮から漏出したところで、それは相を変えた迷宮ではあるのだが、この場合には、迷宮性が利点になる。幻想としての管理の過剰に出発して、この迷宮が発生したのであるから、管理機構を粉砕しようというのも幻想に属する。むしろこの過剰を錯雑化させよう。

その結果として、都市の網はいよいよ透視困難になり、ついには地図が無効になろう。もともとが空虚であったのだから、地図の昇華は都市の未来にふさわしい。

その結果、どこへ行こうと試みることも不能でどこへ到るのも可能なような、だれに会おうと試みることも不能でだれとでも出会うのが可能なような、確率的都市が成立する。元来、迷宮とは確率ゲームの機構であった。都市を生活するというよりは、都市をギャンブルすることが課題なのである。

こうした彷徨の装置としての都市が、管理を侵蝕していった結果、そこにある未来とはなんなのだろうか。田園的自然などでないことだけは、はっきりしている。

しかしながら、元来が都市に漏出するとは、未来などに関心を持たないことだ。その断念によってこそ、彷徨の装置となりうるのである。

（一九八二年）

オリンピックのなかの日の丸

　ぼくの美学としては、壁に貼った布切れの前に突ったって歌をうたうのが苦手だ。日の丸と君が代に反対している日教組の集会に行ったときも、正面の壁に日教組の旗が貼ってあって、日教組の「緑の山河」という歌をみんなが突ったってうたうのに閉口して、坐ったままであくびをしていた。日の丸について、法律がどうのとか、世論がどうのとか、言いたがる人がいるものだが、日本大革命かなんかがあって、圧倒的支持で新しい国旗が合法的に決められたって、ぼくはやっぱり、坐ってあくびをしていたい。

　どこの国にだって国旗や国家がある、なんて言いたがる人がいるが、あれはヨーロッパ近代の習慣が世界にひろがったのではないかと思う。インカ帝国に国旗があったかどうか知らない。千年後の文化人類学者は、国旗や国歌というのは、二十世紀に地球上で流行した野蛮な習慣と言うかもしれぬ。

　たぶん、旗というのは、戦争のときの目印としたものであろう。ひところあった内ゲバのときのヘルメットのようなものだろうか。日の丸は島津の船旗だったという話も聞いたことがある。伊達政宗の武士が旗指物に使っている絵を見たことがあるが、それは正方形の旗で、そのうえに日の丸がやけにでかくって、キッチュなところがなかなかよかった。日露戦争のときのビゴーの絵では、逆にとても小さい日の丸で、これがまたなかなかカワユイ。

デザインとしては、ちょっとおもしろいし、寸法に関する規定はないようだから、いろいろに使える。もちろん、戦争中のことを思い出してイヤな気になる人はいるだろうし、軟弱非国民少年だったぼくにしても、いい思い出はない。しかしながら、それにこだわって反対するのも、マイナスの立場から逆に国旗の権威を認めているような気がする。たかが布っきれのデザインじゃないか。

さて、オリンピックに国旗がもてはやされだしたのは、いつごろからだろうか。調べたわけではないが、ヒトラーのベルリン・オリンピックあたりからじゃないかと、ぼくは思っている。ついでに壁に国旗を貼りつける習慣は、スターリンあたりからのような気がする。違っているかもしれないが、ぼくはなんとなく、そうしたときにヒトラーとスターリンを連想する癖がある。

もともとぼくは、オリンピックを国の対抗にするのが好きでない。チームにしたければ、選手をいくつかの組に分けて、月組と雪組と花組にしたらどうだろう。五輪だから、五つの組がいいかもしれぬ。地域色を出したければ、各都市がチームを作ってもいい。

東京ヤンキースのケニア選手が柔道で優勝したってかまわない。デザイナーも、旗のデザインで腕を競えることだし。

出身地の選手の旗を振るのはかまわない。プロ野球のスタンドで、アメリカ人選手に星条旗の四枚はぎの旗を振るのは、なかなかおもしろい。日の丸はデザインがよいから、十六枚はぎぐらいにしたら、ずいぶん見ばえがすると思う。そこまでいかなくとも、せめて県ごとに旗をデザインして、ひいきの選手のときは、出身地の旗を振ってあげたい。もっとも、この場合も、旗というものは、気楽に振り回せるのがよい。壁に貼りつけるのは、やっぱり苦手だ。風にひるがえったり、走る人の手になびいたり、動いているから旗は絵になるのだ。ついでに、オリンピックで旗をあげるのに、小芝居の緞帳みたいのは、ぼくの美意識からは醜悪に見える。もっともこれは、思想の問題ではなくて、美意識の問題だから、ぼくと違う美意識の人がいても仕方ない。しかしながら、あえて美意識を問題にしているのは、それは権威のためではなくて、ファッションのデザインの問題と考えたいからである。ついでに歌のほうは、もちろんのことにミュージックである。ロックの好きな人も、演歌の好きな人もいるのは、仕方のないことだ。とくにオリンピックともなれば、これはなによりイベントとしてある。このごろ世界中で、イベント性をたかめることを競いあっている。そんなところで、国の権威などを持ちだすのは、まったく野暮というものだ。ロック・コンサートと、オリンピックとどこが違うのか。ともかくイベントとして、ウケればいいショーだと思う。そのうち日本でもまた、冬季オリンピックがあるらしいが、日本の体育会系の人はとかくショー感覚が鈍いから、とても野暮なことをやって、日本が文化的に野蛮であることを世界中に宣伝して、恥をさらすのじゃないかと、ぼくは本気で心配している。これでもぼく、ナショナリストなんだっせ。

日本の広告業界はなかなかのものだし、ファッション業界もこのごろ世界的にのしてきている。彼らが仕切ってくれたら、かなり期待できる。さしあたり、国体を自治体からとりあげて、業界に委託したらよいと思う。スポーツだって今では文化なのだから、文化産業が演出したってよい。

ともかく、今ではオリンピックはもはや「民族の祭典」などではない。やたらに「国民英雄」を作りたがった社会主義国は、みんなダメになった。今は、ネーションよりファッションの時代なのだ。旗も歌も、本来のデザインとミュージックにとりもどさないことには時代に遅れる。突如として国家主義者として言えば、時代に遅れているというのは、これはなにより「国の恥」なんだっせ。

このごろの日本のスポーツ界を見ていると、野球でも駅伝でもサッカーでも、ついでに相撲まで、外国人選手が活躍している。このことは、スポーツの世界が国際化の波に乗っていることを意味している。国籍とか民族とかの枠をこえている点では、スポーツはけっこう先進的なのだ。それは、スポーツというものが文化産業であることから来ている。

日の丸も君が代も、デザインにミュージック。よけいなことは考えないほうがいい。

（一九九二年）

佐保利《さぼり》流勉強法虎の巻

巻の一　自分流の技を持つ

万人に向く勉強法があるとは思えない。むしろ、だれでもない、自分ひとりに向くやり方を身につけた方がよい。

それには、だれもがやる勉強法を、それほど気にすることはない。これは自分にしか向かない、そんなやり方を身につけていると、それだけでもずいぶんと自信が持てることになる。そして、自分だけの方法だと、その方法で他人と競争する必要がない。

しかし、自分ひとりの技を見つけようと、苦労するなんてつまらない。そんなことは気にしないで、他人のやってることを、なんでもとり入れてしまえばよい。たいていは、他人のようにはいかないので、自分流に変えてしまう。他人の真似でも、自分に都合よく変えたのだから自分流だ。無理して、自分で自分流をあみだす必要もない。

ただし、自分に合うやり方と、最初から気にすることもない。最初はむしろ、自分に合いそうもないやり方だって悪くない。そのほうが、そのままでうまくいかないので、自分流に変えることになる。それでもだめなら、それから捨てても、ちょっと真似してみただけの残像は、自分に残っている。

勉強というものはかくせねばならない、と思いこむのが、一番つまらない。世間でそう思われていることの反対をやってる人だっているものだ。それはたいてい少数派だが、べつに多数派である必要はない。もっとも、少数派をわざわざ気どるほどのこともないけれど。

実のところは、多少は少数派気どりのほうが、自分流を作れることも、あるにはある。しかし、むしろそれより、少数派のやり方も、ときにとり入れてみたほうが、自分の可能性にとって得なのである。なんでも、得なものを利用すればよい。

巻の二　誤りこそチャンス

ものごとができるようになったって、それで力がつくわけではない。できるようになった、それだけのことだ。そして、しばらくすると、一度はできたことが、またためになったりする。

力のつくのは、誤ったり、迷ったりしているときだ。だから、あまり急いで、正しい道に行ってしまわぬほうがよい。誤った自分を娯しんでいればよい。

どうして誤ったかとか、誤るとどういう結果が生まれるかとか、それを反省とか分析とか言うほどもなく、娯しみながら鑑賞するとよい。分析というと、めんどくさい気分がするし、反省ともなると、誤ってはいけないみたいだ。誤ったのは、よいチャンスなのだ。

たしかに、誤ると困ることはある。しかし、人間にとって、誤らないようにといっても無理な話だ。そして、誤ってもたいしたことのない間に、できるだけ誤りの場数をふんでおいたほうがよい。

だから、誤りを大急ぎで消したり、正しいのに直したりはするまい。ゆっくりと、誤りのままで鑑賞しよう。正しいときの感じをつかむよりは、誤ったときの感じをつかむほうが、ずっと力になる。

偉い人が、何度も誤った揚句に正しい道に達したなんてのは、修身みたいに考えることはない。いろいろと誤ってみたから、正しいこともわかってきたのだ。ただ、人間は誤ったときは多少は落ちこむところを、何度もしつこく誤ったのは、偉いのかもしれない。ひょっとすると、ずうずうしいのかもしれない。気が小さいと、そんなに誤ってばかりおれずに、正しいことだけしたくなる。

そのために、多少はその人の器に応じて、誤りを少なくすることも必要ではある。しかし、多くの誤りに耐えうるのが、器量が大きいということだ。

巻の三　丸暗記よりも流れをつかむ

人間の記憶は、それほど当てにはならない。忘れることもあるし、思い違いもある。困ったことに、入学試験場とか、そうした大事な場所になると、よくそんなことが起こる。だから、ふだんから、あまり自分の記憶を当てにしないほうがよい。

単語だとか年号とか公式とか、ぼくはなるべくなら、おぼえないようにしている。必要なら、本を見ればよい。めんどうなようだが、何度も見る。ついでに、他の単語とか他の事件などまで見てしまう。

ときに、見るのすらしない。知らない単語が出てきても、すぐに辞書を引くより、なんとか意味を考えるのがよい。一行に二つや三つは知らん単語があっても、しばらく眺めていると、少しは意味がわかってくる。ぼくは古文書を読む能力はないが、あれもそうしたものらしい。全然なんにも読めないのを、毎日とりだして眺めていたら、あるとき意味がわかってきた、なんて話を聞いたことがある。

歴史だって、すぐに年代が出てこなくとも、だいたいの見当をつけるようにしたほうが、歴史全体の流れがつかめてくるのではないだろうか。数学に関してなら、公式をなるべくおぼえないことを、自信を持っておすすめする。数学の得意な人は、こちらが多い。公式なしでやりくりしようとするので、力がついてくるのだ。

それに、そのほうが誤るチャンスだって多くなる。誤ったらどうなるかを経験するためには、最初から正しいやり方をしていてはだめだ。うっかり正しいやり方をおぼえてしまうと、誤ったり忘れたりしたときへの抵抗力が少なくなる。学級のテストがよいのに入試に弱かったりする子は、正しいことを早くおぼえすぎて、抵抗力が少なくなっているのだろう。頭脳だって、腕白なのがよい。

巻の四　予習は遠くを

翌日の授業の予習、というのをぼくは好まない。準備をしてあればうまくいくかもしれぬが、うまくいきすぎて退屈で迫力がない。できることなら、少ない準備で、予測しなかった局面に対処したい。それに、うまくいくようにと、そんなことを気にしすぎると、肝腎の心と頭のほうが育たないような気がする。

予習をするなら、ずっと先きのほうがよい。たとえば、中学二年生が中学三年生の教科書を読んでみるというのなら、悪くない。

まず、一年も先の予習だと、できなくとも苦にならない。わからんで当然、といった気分がよい。それでも、ところどころは、わかるところがあったりして、そこが頭に入る。自分の頭に合うところだけ頭に入れている。そうした気分がよい。それでいて、自分が少し賢くなったような気分がするものだ。その学年に合った分相応のものをなどと言う人があるものだが、分不相応のものこそ、気持ちよいものだ。

そして、一年後にそこを勉強するころには、予習した記憶は残っていない。年月がちゃんと忘れさせてくれている。それでいて、その場所が自分になじみのある気分だけ残っていて、気分的なゆとりが持てる。一年前に読んだときに、なに一つわからなかった場合でさえ、ゆとりが持てる。

わからなくても落ちこまずにすむときに、読んでおくよさが、そこにある。明日の準備でないから、気分にゆとりが持てる。そして、そうした一年先きのあたりを、漠然とであれ知っておくことは、現在にとっても悪いはずがない。

目先きばかりを気にするより、山のあなたを眺めるほうが、目によい。予習というのは未来へ自分を向けることだが、それが翌日の準備というのでは、近すぎて未来の気分がしない。

巻の五　ときには難問にチャレンジ

ちゃんと勉強してあればできるはずの問題、なんてのばかりではつまらない。ときには、とても歯のたたない難問に、とり組んでみるのもよいものだ。もともとが、できなくて当然の問題なのだから、できないことの劣等感を持たずにすむ。

どんな難しい問題でも、まぐれで、できてしまうこともある。そんなときは、こりゃ自分は天才かも、などと思うことにしよう。

しかし、まずたいていは、いくら考えてもできない。そこがよいのだ。いつでも、自分の歯に合った、できるはずの問題ばかりで、すいすい過ごすのはよくない。

そして、なるべくなら、あきらめずに、一週間も楽しもうとするのなら、難問でないとだめだ。他の連中がすいすい解いていたりすると、それが自分に解けなくても、落ちこんでしまって一週間も持たない。みんなできない、それが難問のよいところだ。もちろん、自分だってできなくても、少しも恥にならない。

その問題は解けなくとも、難問と一週間つきあった経験というのは、とても力になるし、解けなかったのだから不思議なのだが、奇妙な自信につながるものだ。

なんでも、歯に合うものだけだと、歯が弱くなる。小学生が中学生向けの本を読んだり、中学生が高校生向けの本を読んだりするとよいのと同じである。分不相応なところがよいのだ。よく分からんところがよいのだ。

このごろ、分相応ばかりのせいか、「分からん」への抵抗力は減っている。それで、無理もきかなくなっている。

ときには逆療法もある。中学校の勉強が分からんときに、高校のもっと分からん勉強をしてみると、中学校ぐらいたいしたことない、そんな気分になることもある。

巻の六　「反覆練習」は急がずテレテレと

いちおう学校で教わったりして、いちおうは分かったつもりのことを、「反覆練習」と称してくり返すことがある。あれを、分かったはずだから間違わずにとか、できるだけ早く、ミスを少なく、などとがんばっちゃうと苦痛になる。スピードや、ミスの少なさが、多少はげみになるが、あんまり楽しくない。

ぼくは、ときたま暇なとき、トランプのひとり占いなどをすることがある。いや、暇というのは嘘で、本当は書かねばならぬ原稿などがあって、どうもそれに気乗りしないようなとき、よくやる。そして、それは易しい単純なことなのに、やりだすと、なかなか止めるきっかけがなくて、いつまでも続けたりする。

分かったつもりのことの「反覆練習」というのは、あのトランプのひとり占いのような気分がよい。べつに急ぐこともない。ミスがあったら直しゃいい。ただテレテレと、手なぐさみのような気分がよい。

意外と、そんな気分で、なんとなくやっているほうが、スピードはそれほどでなく、ときにはミスがあっても、心にうまくなじんでくれる。「反覆練習」などというと、変にがんばっちゃってるみたいだが、本当のところは、その分かったはずのことを、心になじませることなのだ。だから、格別にがんばることもあるまい。

ぶらりぶらりと散歩することで、そこの景色が心になじんでくる。そうした風情のほうが本当に身につく。地図の通りに間違わず、それもなるべく急いで、などとやっていては、景色を心になじますことはできない。こうした景色といったものは、観察したりすることより、むしろ心を脱力化したほうが、なじみやすいものだ。

それになにより、気を張らないだけ、苦痛にならない。

巻の七　奥行きを深くする後回し戦法

ぼくにはどうも、どうしてもしなければならないことほど、後まわしにする癖がある。どうも生来なまけ者なので、大事なことを先にすませてしまうと、もうその後は、それほど大事でないことをやる気がしないのだ。だから、それほどでもないことをやっておいて、いよいよと追いつめられたところで大事なことをやる。

締切りに穴のあけられない原稿ほど、ぎりぎりまで書く気がしない。もっとも、原稿などというものは、書いておいておくと、気に入らないところが出てきて、書きなおしたくなったりするので、時間をなくしてさっぱりしたい気もある。ただし、せっぱつまることはよくあって、ときに徹夜したりすることにもなる。

いざというとき、徹夜して仕上げる、といった気分がぼくは好きだ。それ以前に時間はあるのだが、その間中、心の片隅にひっかかりを持ちながら、それでいて、ほかのどうでもよいことをして過ごす、その気分も好きだ。ただし、その心のひっかかりを、スパイスにできるか、重荷と感じてしまうかは、人によることだから、だれにでもすすめられることではない。

子どもの頃でも、夏休みの宿題などというのを、最後の一日に徹夜で仕上げるのが、ちょっと壮絶といった気分で好きだった。早くにすませて、さっぱりした気分でいろいろとやりたいことをすれば、などと言うおとなもいたが、ぼくの場合には、宿題を先にやってしまったりしては、夏休みが空しくなる気分だった。大事なことをあとに残したほうが、結局はいろんなことをしている。

二次重視の大学入試で、目先の一次試験に少しでもいい点をと思うとダメ、という説を聞いたことがある。さしあたりは必要のないことから始めるのが、ぼくの流儀だ。

巻の八　自分の調子を大事に

いったいぼくは健康なのだろうか。変な気になることがある。子どもの頃から、世間でいう健康的な生活をしたことがないし、健康的なものに憧れたことがない。世間の目で言うなら不健康なのだろう。しかし、人間はそれぞれの状態で、生活を送ればよいと思っていて、しょっちゅうお腹をこわしたり風邪を引いたりしたままで、生きている。不健康な状態に強い、というのも健康の一種ではないだろうか。

そのために、不規則さに強い。夜がおそくなっても寝ねばならぬと思わないし、食事の時間と言われたってものを食わねばならぬと思わない。戦後のあの時代に青春を過ごしたものだから、二十時間や三十時間は、なにも食わずに起きていても、べつに変わったことをしている気がしない。

とくに勉強については、規則的な勉強というのが、理解できない。生活リズムごときに勉強を合わすより、勉強のほうに生活を合わせればよいと思う。その点、不規則ノンリズム不健康人間は得だと思う。

そんなぼくだから、勉強予定などを作る人の気がしれない。調子が出たら徹夜でやればよいし、調子が悪ければほかのことをしたほうがよい。予定表で縛らねばなにもしないと言われるが、意外と予定がないからやることもあるのだ。なんなら、一週間ぐらい、なにもしない不安に耐えてみるのも、悪くあるまい。

それに、ぼくが心配するのは、予定表を作っておくと、その予定通りに進んだということそれ自体に、喜びを感じてしまうのではないかということだ。内容なしに、ともかく決めた時間だけ机に向かっていたなんて、とてもつまらないと思う。頭を働かさずに机に向かうより、頭を働かせながら散歩をするほうが、ずっとよいことではないか。

授業で先生の言ったことをそのままノートする、それがぼくにはとても苦手だった。ラクガキまじりのメモが関の山だった。黒板をうつすなんてのは、コピー時代以前の遺物ではないだろうか。

それよりは、自分のノートを作るほうがよい。すごく時間がかかるので、全科目はとても無理で、せいぜいが一年に一科目だけれど、授業中のメモを材料にして、自分のノートを作る。こちらのほうは、あくまでも自分用のもので学校用とは違う。授業批判の感想なども書きこむ。ぼくは不器用でだめだが、イラストなんかで楽しんでもよい。なにかの切り抜きを張ってもよい。つまり、〈自分の本〉として、ノートを作るのである。

本当のところは、教科書だって、学校のと別に、〈自分の本〉を作るともっとよい。しかし、そこまで著作活動に近づくと骨が折れすぎる。生徒ひとりひとりが、〈自分の教科書〉を作っていれば、「教科書問題」なんて起こりっこないはずだったけれど。

ともかくも、試験が終わったら燃やしたくなるようなノートなどに、熱心になるのはばかげている。それよりは、十年後に読みなおしても楽しいような、〈自分の本〉を作るのがよい。

これは自分ひとりのためだから、出来は悪くてもよい。もちろんのことに、うまく出来たなら、友人に見せびらかして自慢してもよいが、それよりも、自分ひとりで、自分ひとりだけのために、大げさに言えば〈自分の学問〉を作ることがよいのだ。それは自分のためなのだから、テストごときのためではない。自分の学問は自分で作るもので、教科書も授業もその手段にすぎない。なんて言うと大上段にすぎるが、それをイラストなどで楽しく美しく、遊びの気分で作るのが、自分のためのノートなのだ。

巻の十　自分なりの価値を持つ

人間には、調子のよいときと悪いときがある。うまく調子の波を利用できるかどうかが問題で、いつもよい調子なんて、考えなくたってよい。

ただし、それにもかかわらず、学校というところが、いつも点数を発行してくる。それに気をとられて、調子の波を乱してはつまらない。

それには、学校の点数以外に、自分の価値を持って防衛したほうがよい。しかし当世では、学校の勉強はだめだけれど喧嘩は強い、なんてのでは持ちこたえきれまい。もう少し、勉強に近いのがよいと思う。たとえば、数学の点数は悪いけれど数学パズルは得意だとか、英語の点数は悪いけれどアメリカにかわいいペンフレンドがいるとか、その程度のがよい。徳川将軍の名はおぼえていないが、真田十勇士と賤が嶽七本槍は言える、なんてのも党派的でよろしい。なるべくその科目に近いところで、自分に引きつけて得意技を作っておくとよい。

それでもテストの点が気になるなら、たとえば三年間の中学生活で一学期だけ、一科目に集中して、よい点をとるのに全力をあげるという手もある。九科目のうち一科目、九学期のうちの一回だから、八十一分の一の労力ですむ。学校の先生というものは、一度だけでもよい点をとって見せると、わりと尊重してくれるものだ。そして、それ以上に、自分自身にとって、一度はいい点をとったことがあるという自信が持てる。よい点数をとるというのは、点数を忘れるためにあるので、点数を気にしていたら逆効果である。

そして、その間になんとか、自分なりの調子の波のつかまえ方を身につけるとよい、人間はそれぞれに違うのだから、そのやり方はさまざまでよい。そして、少しでも自分の調子をつかんでいると、これは強い。どんな場面に行こうと、自分が自分であることだけは、変わりっこないのだから。

（一九八二年）

自分は自分が作る

自分らしさ

「中学生らしく」とか、「高校生らしく」とか、よく言う。

ぼくは、この言葉がきらいだ。そんなことを言ってると、男は男らしく、女は女らしくとなって、はては日本人は日本人らしく、なんてことを言いだすのじゃないかと思う。ナントカらしさというのは、どうも人それぞれに思い入れがありながら、なにかのタイプを連想して、人間をその型にはめこもうとするところがある。それが、どうしてナントカらしいのか、と言われたら困るだろう。ぼくだって、大学教授らしくしろなんて言われたら、どうしていいか、わからない。

もっとも、「中学生らしくないように」とか、「高校生らしくないように」とか、そうふるまおうとするのも、同じくらいあほらしい。型から抜けようとして、別の型にはまりこみかねない。

結局は、自分らしくあるのが、最上だろう。なにをするにしても、ああ、あの人らしいとをすると言われ、あの人らしい考え方だと思われるのがよい。それには、なにかの型なんか必要ない。

もっとも、人間がそうなるのは、一生かかるとも言える。ほかのだれでもない、自分の生き方を作っていくことが、その人の一生のようなものだ。

それでも、若者は若者なりに、「若者らしく」ある以前に、その人らしさがあってよいと思う。「中学生」であったり、「高校生」であったりする以前に、まず人間であり、それも、他のだれでもない、自分という人間なのだから。

ナントカらしさなどと言わずに、たとえば、やさしさを身につけることはできる。それは「女らしさ」から来たりはしない。きみが男の子なら男の子なりに、そして、女の子なら女の子なりに、やさしさを持てばよい。その場合に、男ならこんなぐあいに、女ならあんなぐあいにと、きまっているわけではない。それぞれに、自分にあったやさしさなり、自分としての魅力なりを持てばよいのだ。

中学から高校あたりの年代というのは、こうした自分が作られている時期でもあり、それで、生き方の型については、不安を持ちやすいものではある。それで、ナントカらしい型というのに、引きつけられやすい面がある。その一方で、世間がそうした型を押しつけるのに反発して、別のナントカらしくない型へ引きずられる傾向がある。

しかしそれは、いずれにしても、自分をなにかの型に引きつけていることに、変わりはない。自分が自分であるということの不安が、そうした型への意識を屈折させる。

そのうえに、世間というものが、中学生が「中学生らしい」型にあると、安心するようなところがある。もっとも、その「中学生らしさ」というのは、ずいぶん勝手に動くもので、なにが「中学生らしい」のかときかれたら、だれだって困るだろう。ただし、そのあいまいなのがまた、管理する側からは便利なところが、もっと困ることではある。

さらに、この「らしさ」というのが、どうも受け入れられてしまうのだ。先日、テレビで制服是非の討論を見ていたら、なんと反対派までが、「中学生らしく」ありさえすれば、制服でなくてもよい、と主張する始末だ。

ぼくは、「中学生」であるとか、「高校生」であるとかいうのは、その人の人間性にとっては、副次的なことと思う。学生とか、教師とか、サラリーマンとか、その人が社会的に存在している身分で、あり方をきめようとしすぎると思うのだ。江戸時代なら、武士は武士らしく、町人は町人らしくしてないと、ひどい目にあったものだが、いまはそんな時代ではないはずだ。

それに、きみたちのほうでも、教師に「教師らしさ」を求めたり、オヤジに「オヤジらしさ」を求めたりは、してほしくない。そんなことされたら、ぼくなんか困ってしまう。

もちろん、人間はそれぞれに、中学生であったり、教師であったり、父親であったりしながら生きている。自分なりに、そうした生き方をするよりない。それでも、そこでナントカらしくあるよりは、まずなにより、だれでもない、この自分らしい生き方をするのが根本だと思う。

そこでは、「中学生一般」といった無人格の「中学生らしさ」ではなくて、きみという固有名詞を持った中学生の生き方をすればよいのだ。きみは、きみだけの「自分らしさ」を持つことができる。

なるべくなら、ナントカらしくしようなどというより、自分だけの「自分らしさ」を、きみには育てていってほしいと、ぼくは願っている。

ありのままの個性的

しかしながら、自分らしくなるというのは、相当に気ぼねがおれる。

自分が作られていくときは、自分が他人と違う、ただひとりの自分であるということが、多少はおそろしくもあるものだ。それで、なるべくなら、みんなの間にまぎれて、特別の自分をかくそうという気も、一方ではする。だから、他人と違った自分であるより、目だたない存在でありたい、といった気分もおこるものだ。

しかしそれは、自分が自分であろうとすること、それをおそれての陰画でもある。やはり、この自分はひとりしかいないのだから、他のだれでもない自分でありたい、とも思っている。他人と違って、個性的な自分でありたいと、心の底では願っている。それにしては、「個性的」というのが、これまた、一つのパターンになってしまいやすい。「個性」という名の、特別の型に自分をあてはめたところで、それがきみだけの個性になるわけではない。

本当のところは、人間というもの、みなそれぞれに違って、どこにも同じものはいない。表面では、どんなにありきたりの型にはまっているようでも、心の動きはみな違い、その表情へのあらわれは、だれも同じではない。心の底では、それぞれに自分を持っている。

そして、表面でいかに似かよっていても、その心の奥底をさらけだせば、人それぞれに個性的なものである。たいていは、自分をさらけだすのをおそれて、心の底にかくしているものだが、人それぞれにおもしろいところがあって、それはその人の個性そのものだ。人それぞれに、そのありのままの姿は、個性的なのだ。

だから、べつに「個性的」であろうと、つとめるまでもない。ありのままの自分こそ、個性的なものだ。

ときには、その個性のゆえに、自分をおとしめて、小さくなっている人もある。しかし、自分をおとしめていたのでは、美しくない。自分の個性こそ、自分の獲得した技能や財産にもまして、自分にとっての宝なのだから、なによりも、自分は自分の個性にたよるべきものだ。そして、自分の個性にたよることで、人は美しくなれる。

自分の個性といった、こんなおもしろいものを、人目にさらさずにおくなんて、もったいない話である。そうして、この自分の個性というものは、たとえ悪口であれ、人目にさらしておけばおくほど、光ってくるものだ。

それにくらべれば、人工的な「個性的」という名の型を求めるなんて、つまらないことである。それよりはもっと、ありのままの自分をたいせつにしたほうがよい。

現実には、ここのところは屈折していると思う。目だつまいという心と、目だとうという心が、からまりあっている。自分を他人の間に埋めようという気持ちと、自分を他人から区別しようという気分とが、いりまじっているものだ。

しかし、ありのままの自分であるのには、そのどちらに揺れ動くことも、必要ではない。目だとうともせず、さりとて、目だつまいともせずに、そのままでいればよい。ただ、どちらかに進もうとしないことは、人間にとっては不安なものだが、それは、自分がこの自分であるという、根源的な不安に通ずる。

それを、実存などと、難しげに言う人もいるが、ぼくはこの言葉に、なにかしら深刻ぶった響きがあるのが、好きでない。どうせ、人間本来にそなわったものであるからには、もっとかろやかな気持ちで受け入れよう、というのがぼくの気分である。

もっとも、これは多少は居直りの気味がある。ぼくなんか、半世紀も生きてきて、かなりずうずうしく、人生を居直るようになっているわけで、若いきみたちが不安を感じたとしても無理はない。ただし、ぼく個人は、わりと若いときから、ずうずうしく居直るほうだったので、早くから個性的になれたと、自画自賛しておる。

もっともぼくは、「向上心」がさっぱりないのか、「自己変革」したりしようという気がない。それがいいのかどうか知らないが、これがぼくの個性だと、これまた居直っておる。

居直りついでに言うと、人生というのは、自分が自分を見いだしていく過程であって、自分の身につかぬ性格にしていくことなんか、できないと思う。戦争中の配属将校は、非国民少年のぼくに向かって、「おまえのような奴は軍隊に入れて鍛えなおしてやらねば」と言ったものだが、死んでも鍛えなおされたりしてたまるか、とぼくは考えていた。

だからぼくは、鍛えなおされたりしようと思わぬ。このありのままの自分、根源の不安をかかえた自分が個性的なのだ、そう思っている。

他人の目、自分の目

ただし、自分が自分であることは、ひとりではできない。人間がたったひとりで生きているものなら、個性という概念にしてからが、意味を失う。おおぜいの人間のなかにあってこそ、きみの個性というものも、意味を持ってくるのだ。

だから、他人の目にさらされることなしには、個性なんて存在しようもない。他人に見られることで、自分は育っていくものだ。

他人の目というと、もちろんのことに、きみにたいして好意的とはかぎらない。悪口をいったり、いじわるな目で見たりする、そうした他人である。

そうした他人の目をおそれることは、自分を生かすのに、マイナスになる。だれにも悪口を言われない人間になろう、なんて心掛けていては、その心掛けだけでイヤな人間になって、そのことで悪口を言われるだろう。べつに、他人がきみをいじわるな目で見たって、どうということもない。他人というのは、そういうものだし、それだから他人というものは役にたつ。

きみに好意的な目を向ける人もあるだろうが、そうした人とだけつきあうようには、しないほうがよい。そんな人とだけつきあっていては、かえって、自分を失ってしまう。どちらかといえば、多少はいじわるなところもある、イヤな他人のほうが、つきあいがいがあるというものだ。

他人を気にしないということは、気にしないですむ他人とだけつきあうことではない。むしろ、できるだけ気になる他人こそ、他人らしい他人なのだ。

そうして、他人の目に自分をさらしていくには、いやおうなしに、自分が作られていかねばすまない。ただし、まだ自分が作られていなくて、自信がないから、なるべく他人の目に自分をさらさぬようにしよう、というのは、まったくつまらないことだ。

そもそも、自信というものは、いろいろな経験をしたり、いろんなものを獲得していって、身につくものだとは、ぼくは思わない。そうしたことに関しては、いろんな経験をしたり、いろんな知識を身につけるにしたがって、ぼくなんかむしろ、だんだんと自信がなくなった。若いころの、なにも知らないときが、いちばん自信があった。

経験もなく、知識もなく、ただありのままの自分を信ずることが、自信だと思う。だから、最初のなにもなしの自分に、自信を持てばよいのだ。そして、その自分が他人と関係をとりむすぶなかで、自分は育っていく。さきに自分が確立して、それから関係がとりむすばれるのではない。

ここで、他人の目の間に自分をおく、とは言っているが、それはやはり、結局は自分の目なのかもしれない。ひとりきりで、自分で自分を見るなんて、できるかどうかあやしい。

鏡にうつして、鏡のなかの自分を見る。そのとき、きみは、鏡のなかの自分から、ここに立っている自分が見られているような、そんな気になることはないだろうか。

他人によって見られるというのは、ひょっとすると、この逆のような気もする。他人に見られているようでも、じつはその他人の目というのはきみ自身の目で、きみが他人のところからきみ自身を見ている、そんなところがある。

きみがべつの他人でない以上、きみが気にしている他人の目というのも、結局は、きみが彼に投影《とうえい》した、きみ自身の目だ。きみの支配する心は、きみ自身の心だけであって、他人の目の姿をとっているのも、おそらくは、きみの心のほうだ。

こんなに多くの他人の数だけ、きみの心をうつす鏡があったりしては、四六のガマみたいなものでやりきれぬ、と思うかもしれないが、人間が生きていくというのは、そうしたものだと、ぼくは思う。それに、人間はガマでないのだから、そんなことでアブラアセなんか流さずに、生きていくべきだと思う。

考えようによっては、他人の目を自分の目と二重うつしにしてみるのも、ちょっとオツなものだ。自分と違う他人と思うからおびえていたのが、なんだ、結局は自分のカゲにおびえていたのか、ということにもなる。自分というものは、じつのところは相当な怪物で、考えようによっては他人よりおそろしいものだが、それでもこれが自分だと思えば、あきらめもつくじゃないか。

それで、多くの他人の目にかこまれて、そのなかで自分であること、それはきみが、自分の目で自分を見、自分の心で自分を作っていくことだ。

自分は自分だ、というのは、けっしてひとりぼっちということではない。逆に、多くの他人の目のなかにあって、自分は自分なのだ。

（一九八一年）

第四章　未来は誰のものでもない

未来は誰のものでもない

過去にこだわることなく

人間にとって、未来とは、かなり不安定なものだ。社会状況も変われば、自分も変わる。

ぼくは、人間が未来を予測できるのは、十年程度だと思う。それから先へは、イメージが及ばない。

ぼく自身の経験からしても、あの戦争中の少年だったころには、平和のイメージが持てなかった。そんなに愛国少年でなかったので、ぼつぼつ戦争も負けそうだと考えていたのだが、さて戦争の終わった時代というと、想像できなかった。

そして、平和になった戦後は、ひどく貧しかった。アメリカ映画で見る生活は、ありえないものに思えた。豊かな社会を想像することはできず、焼跡の闇市をうろついていた。

高度成長の時代には、繁栄の抑止といったことに頭がまわらなかった。こんなに、どんどん道ができ町ができてよいのかと、漠然とした不安はあっても、低成長は現実の発想にならなかった。

少なくともぼくの場合、十年先のイメージがなかった。どちらかといえば現在にたいして醒めているほうなのだが、頭の理屈で考えても生活のイメージがついていかなかった。

社会が変わるにつれて、自分も変わってきているのだろう。それで、自分をのせた社会という列車のなかで、いちおうは安定して暮らせる。

でも、社会が十年も二十年もこのままのように考えて、そこでの自分の位置まで計画してしまうのも、つまらないと思う。工学部の大学生など、入学したときと就職するときとで、人気学科が入れかわっているようなことはよくある。それが三十年ともなると、一つの産業、一つの学問の盛衰にすら及ぶ。学生に進路や専門の相談を受けても、十年以上先までの予想はとてもできない。

それでかえって、人間は未来へ向けて、確固とした基盤を築こうとするのであろうか。少しでも、この不確実な未来を確実なものにしようとして、未来のための準備をしたがる。

そのためか、「いい大学」のために「いい高校」、「いい高校」のために「いい中学」といった調子で、教育熱は下へ向かいがちだ。それに、例の脅迫の「いまできないと、あとでダメになる」がくっついてくる。

本当のところは、たとえば「いい大学」の入学生に「いい高校」の卒業生が多いかもしれないが、それは因果関係ではない。蛙の鳴くときは雨が降ることが多いが、べつに蛙が雨を呼んだからではないのだ。「いい大学」に入れたのは、「いい高校」のゆえではない。

そうはいっても、「有名校」のよさについても、無視しては不公平だろう。そうした学校にいると、あんな先輩でもあの大学に入れるのかといったのを目にする。それなら自分だって入れたっていいじゃないかと、受験が気楽にできる。この点は、学校の期待を一身に集めたりするのより、たしかに有利である。

もちろん逆に、あの優等生の先輩でも不合格になったというのも聞く。そっちを気にしだすと話は逆になるのだが、たいていはそっちのほうは無視しがちなものだ。それを気にしたり、せっかくこの高校へ来たのだからあの大学へ入らなくては、なんて身がまえるとマイナスだ。これも、結局は本人次第と言える。

それよりも、「有名校」の危険は、「有名校」で「落ちこぼれ」たときの悲惨さである。「受験校」は「落ちこぼれ」対策はあまりやらないことが多いし、学校のほうで気にしていても本人の挫折感が大きい。入学したときの優越感が逆転するだけに、それは「普通の学校」の「落ちこぼれ」よりも、ずっと救済が困難になる。よいことばかりはないものので、「有名校」には危険もつきまとっているわけだ。

それでも、伝統のある「有名校」になると、比較的にリベラルなところが多い。「受験校」と言われている高校で、受験教育はほとんど生徒まかせというようなのもある。むしろ、これから「有名校」になろうとしているようなところが、受験ばかりに目を向けて無理をしていることが多い。そうした無理は結局はひずみを作って、困ったことになりやすい。

「有名大学」のほうについては、二十年か三十年すると、あまり意味はなくなると思うが、当面は社会的に有利であることまで否定はしない。もっとも、在学中に挫折したりドロップアウトもけっこうあるし、その大学に入りさえすればよいものでもなく、これも結局は本人次第である。

京都大学あたりで見ていると、「優等生」だらけで、大学のなかでは「優等生」はむしろ差別語になる。「優等生」だからといってだれも尊敬しないし、「あいつは優等生だ」というのは、だいたいは悪口になる。

それでも、これはもう「優等生」にしかなりようのないような学生もいる。それは、あまり悪くない。そうした学生は、その「優等生」が身について自然だし、また「優等生」から脱皮して成長したりする。むしろ、本来は「優等生」の柄でなかったのが、無理して「優等生」になったようなのが困る。せっかく無理して身にまとった「優等生」

だから、もったいなくって脱ぎすてられないのだ。とかく自分の身にあった自然なのが一番だ。

少し長い目で見ると、「よい学校」を出たために、その「よい学校」の出身にふさわしく生きねばならぬと思いこみ、それがマイナスになることもよくある。あるいは、「優等生」だった自分の過去にこだわったりするのもまずい。

過去が自分の自由のために、足枷になるようなのはよくない。「よい学校」を出たことは、プラスにもなりうるが、それにこだわっていてはマイナスになる。殺人にだって時効があるのだから、東大出だって十五年ぐらいで時効になってよい。また、十五年も前の経歴にこだわっているような人間は、どっちみちダメになる。

未来は、たしかに過去の経歴の上に作られるが、その過去をふりすてていかねば、自由にはなれない。だから、未来を確定するために積み重ねるようなのはダメで、その積み重ねをどんどんムダにしていかねば、人間の成長はない。

未来を確実にしようとするのは、墓穴を掘っているような気がする。未来の不確実さ、それに対応できるようにするには、過去が簡単に切りすてられるようにならねばならないのだ。

人間が、その環境とともにあるのも事実である。だから、自分の住む場所が自分にとってよい場所であるのがよい。

もっとも、「よい環境」だと「よい友だち」が作れる、というのもいくらか怪しい。さらに、「自分よりよい子と友だちになりましょう」というのは、無理な話だ。かりに、「よい子」から「悪い子」まで一列に並んでいたら、そしてだれもが「自分よりよい子」を友だちにしようとしたら、だれも友だちが作れないのは、数学的に考えればすぐわかる。

もしも、「よい子」同士がグループを作り、「悪い子」同士がグループを作ったりしては、これも困る。よく、「悪い仲間にさそわれて」と言われたりするが、「仲間にさそわれる」ぐらいでどうこうなるのは、本人がダメな証拠だ。

それより、ここは自分のような「上等」な人間のいる場所でない、もっとよい環境にあるべきだ、なんて考えだすと一番困る。どんな環境であっても、そこを自分にとっての「よい環境」にして、そこで「よい友だち」を作れるというのが、上等な人間である。

いつでも、ここは自分にふさわしい場所でないと思っているような人間は、つまらないだろう。いつもよい場所を求めるというのは、一見は「向上心」がありそうに見えるが、その実は欲求不満にすぎなかったりする。それより、自分の場所を、自分にとってのよい場所にしたほうがよい。

べつに一つの場所に固執せねばならないのではない。新しい場所を探るのはよいことだが、それは今いる場所が「悪い場所」だからであってはならない。そんなことで新しい場所を探したって、その場所もすぐに、「自分にふさわしくない場所」に見えてくる。

そもそも、人それぞれに、きまった場所があって、その場所を探すものだ、などとは思わぬほうがよいと思う。学生が「この専門に進めばその分野は発展しそうですか」とたずねて、教授に「自分のとりついた分野を発展さそうとするもので、発展しそうかなどと他人事みたいなことを言うな」とドヤされていたのを見たことがある。

それでも、進路などで、自分はこちらに進むべきかと迷うことはあろう。それは迷うのが当然で、迷うのはよいことだ。あまり単純に迷いをふりすてないほうがよい。しかし、いくら考えたところで絶対に正しい進路なんて、わかりっこない。迷いながら進むのが人生だ。

そのときに、親とか教師とか、いろんな人の意見を参考にするのはよいことだ。自分のことだから他人の意見は聞かぬなどと、意固地になることはない。ただ、その他人の意見に従うにしても、その意見に従うことを選んだのは自分の責任だ、ということだけは確認したほうがよい。意見を言うほうも、従われた相手に責任をかぶせることを忘れぬほうがよい。

なぜかというと、どんな道に進んだところで、人間少しはつまずくことぐらいある。

そのとき、その道をとったのを自分の責任にしておかないと、その道を奨めただれかれの責任におっかぶせたくなる。他人のあの意見を聞いたためにこうなった、これはあいつの責任だ、そう考えていると確実に挫折する。

自分の人生というドラマは、もう変えられっこないのだから、ほかの可能性があったにしても、それを考えるのがそもそもムダなことだ。そして、こうした筋書きになったのには、他人の影響があったにきまっているが、その道を進むことにしたのは、このドラマの主人公である自分だ。それを他人の責任にしたのでは、自分が他人のアヤツリ人形だったと認めるようなもので、自分をミジメにするだけだ。

このドラマの観客はなによりも自分なのだから、自分はいつでも主人公である。どんなに目だった人間でも、他人であるかぎり、自分のドラマにとっては脇役でしかない。

逆に言えば、親なり教師なり先輩が、忠告をするときも、相手の自己責任だけは確認しておいたほうがよい。相手に責任をとらすのはかわいそうとか、自分が責任をとらねば卑怯だとか、そうしたことを考えるのは、結局は相手のためにならない。まして、それを自分が引きうけて、自分が偉いように思ったりするのは罪悪だ。それは相手のために忠告しているのではなく、相手をあやつっている自分の満足を求めていることにしかならない。

世の中では、そうした他人の自己を否定するような「指導者」を尊敬したがる風潮がないわけではない。「おれの言うとおり、ついてこい」と自信ありげに言われると、偉いように見えたりする。

これは、一種の人間の弱さから来ているのだと思う。人間はみな、自分のすべてを自分で責任をとるのが辛い。だから、自分の判断を肩がわりしてくれる人がほしい。それで、判断を代わってくれる人が尊敬されやすい。

お医者さんは、自信を持って診断をするほうが、患者に信頼されるそうだ。いつか大学病院に行ったとき、若い先生が心臓神経症の患者さんを連れて、大先生の診断を伺いにきていた。大先生は厳かに「注射をしてあげなさい」、それに小先生が「どんな注射がよろしいでしょうか」と言ったら、さらに厳かな声で、ドイツ語にかわって「痛けりゃよろしい」。

知人のお医者さんで繁昌しているのも、自信ありげな投薬などしているのだが、相手がぼくなどになると、やや声をひそめて、「いまの医学からやと、ようわからんのやけど、まあこの薬でも飲んでみるか?」。

もっとも、精神科のお医者さんの説では、あまり診断しすぎるのも問題だそうだ。医者のほうでも、患者といっしょに悩んでいるのが辛いので、診断をきめて安心したい。人間と人間の心の関係では、いっしょに悩み続けるよりは、診断をきめて結着をつけるほうが楽なところがある。

でも、心の問題としては、それでは解決つかないことがあるし、長い眼で見れば悪い結果になることすらあるらしい。だからぼくは、やはり基本は、他人に悩みをかたづけてもらいすぎないことだと思う。自分の迷いをきりすててくれ、判断を肩がわりしてくれる「指導者」を、求めすぎるのは危険なことなのだ。

信頼とは悪口の言える関係

学校の教師も、ヘンに自信ありげで断定的な人に人気があったりするが、それは危険なことだろう。人によって、どう進んで行くかわからぬことを、インチキ易者みたいに断定できるなんて、どうかしている。そして、そうした人にかぎって、その人の意見に従わないと機嫌を損ねたりする。自分の言うとおりに他人が動かないのを、自分を信頼していないように言ったりする。

元来、人間と人間との信頼なんて、そんなに判断を相手にまかせてしまうことではない。それぞれに、自分のことは自分で判断できる関係を作りあうことだ。

ときに、学校によっては、学校や教師の批判を、子どもの前で絶対にしないでください、などというところがある。あんなばかげたことはない。そうでないと、子どもが学校を「信頼」しなくなるというのだが、そんなくだらん「信頼」なら、ないほうがよい。

信頼とは、悪口の言える関係のことだ。たとえば、友人同士で、そこにいない別の友人の悪口を言うぐらいのことは、よくある。そうした悪口は、たいてい本人の耳にも入るものだ。絶対に本人の耳に入らないようだと、それこそ蔭口でいやらしい。そして、その悪口が本人の耳に入っても、彼との友人関係が崩れたりはしない、そうした関係が信頼というものである。

学校と家庭の場合は、親が口に出さないようにしても、親が批判的であることは、すぐに子どもが感じてしまう。そして、それが口に出されないのは、とても陰険な感じだ。そんなことをしていて、子どもが学校を信頼するはずがない。ついでに、親のほうも信頼しなくなるから、不信ということで、学校と家庭がバランスをとるようになるかもしれないが。

たしかに、悪口の言える関係でありながら心が通っているというのは、少し高級な関係である。しかし、信頼というのはそもそも高級な関係であって、表面的な悪口などでなくて、心の関係なのだ。

指導にたいする信頼などというのも、そうしたものだろう。自分をなくして、なんでも言うとおりにアヤツリ人形になりましょう、なんてのは信頼の名に値しない。相手の意見に従うことも従わないことも、それが自分の責任で、自分で判断できるような関係、それが指導者を信頼することだろう。

だれかのことを、なんでも正しいと思いこむというのは、自分の責任を相手に押しつけているだけのことだ。すべてが正しいと思うことが尊敬ではない。ときには誤ったことを言うかもしれず、なにからなにまで従うわけではなくて、それでも全体として、その人の人格の総体を頼りにする、それが指導者への尊敬というものだろう。

だからぼくは、生徒が教師の言うことをきかず、子どもが親の言うことをきかないことがあっても、それは当然のことだと思う。なんでもかんでも、親や教師の言うとおりにするというのは、その親や教師を一個の人間として理解せず、ただの「権威機械」としか見ていないことであって、それは信頼でも尊敬でもあるまい。信頼とか尊敬とかは、基本的に人間と人間との関係であって、相手を人間と認めなくては信頼や尊敬はできない。親だとか教師だとかの役割で尊敬するのではなく、人間として尊敬するのである。

だから教師だって、信頼されたかったら、生徒との間で、人間と人間との信頼関係を結べばよいだけのことだ。ときに欠点を指摘されたり、ときに反抗されたりするのも、人間と人間との関係としては、当然のことである。

とくに親としては、子どもがどうすべきかの判断を、すべて学校に委ねてしまうのでは、親の責任を回避することだ。こうするのがよいのですと、「権威」に言ってもらうと安心しやすいのだが、最終的には親の判断も残しておかないと困る。もちろん、いろんな経験者の言は傾聴に値するが、その意見を選択する責任は親にある。家の問題は、学校などに責任をとらすべきでなく、家庭で責任をとるほうがよい。そして、ヘンに全責任をとりたがる学校は警戒したほうがよい。

それより難しいのは、自分がどうすべきかの最終判断を、親でも教師でもなく、子どもが自分でとることだ。無理に親や教師の判断に従わせると、あとで小さな失敗まで親や教師の責任にして、自分は挫折したがるものだ。あとになって、無理にでも自分の意見を変えさせてくれたらなどと、泣き言を言う人間もないではないが、そんな人間に育ってしまったこと自体が、最大の失敗である。

あの戦争が終わったとき、ぼくは十七歳だった。そのときに、おとなについての最大の不信は、「国にだまされた」と言う手合いの多かったことだ。だまされたのは、だまされた側の責任ではないか。

それからは、だまされないようにしようとするかと思うと、「国民をだまさない政府」を作ろうと言いだす始末だ。そのころぼくは、すでに数学を少しばかり知っていたので、それが論理的にナンセンスなことにすぐ気がついた。

嘘つきは、「自分が正しい」と見せかけるもので、だまされないようにするには、自分で判断する習慣をつけて、自分で責任をとるようにするよりないのだ。

これが、相手を信頼していないことを意味するのではない。全部が正しいと思わぬからといって、全部が違っていると思っているわけではない。そして、正しいかどうかが、確実にわかるわけでもない。

そうしたなかで、自分が進む道を選んでいって、それを相手に責任を肩がわりさせるのでなく、自分で責任がとれること、それが信頼だと思う。

とくに、家庭と学校の関係について、なんでも先生におまかせします、なんでもおまかせください、といったことが言われすぎる。人間が、そんなに他人について全責任を負うことは、教師でも親でも、原理的に不可能なことであり、そんな空手形は不誠実だ。そして、責任を引きうけるふりをする傲慢と、責任をさしだす卑屈と、その双方が人間としてやりきれない。

どんなに辛くっても、自分の未来は、自分だけに属する。

（一九八二年）

人生の空白

東京や大阪では忙しがっていることが自慢になるが、京都では「忙しいおひと」というのには差別語の含みがある。それで、「お忙しいですか」と言われると、無理してでも「まあ、ぼちぼち」などと答えるものだから、仕事をおしつけられて、余計に忙しくなる。なるべく仕事をしないようにするには、忙しそうにしているのがよさそうだ。

大学にいたころでも、忙しそうにしている同僚はいた。そのころぼくは、仕事なんかしたくないのにけっこう忙しくさせられていて、どう考えても彼のほうが忙しいはずがない。仕事をしたくないから忙しがっているのかと思ったら、けっこう仕事をしたがっているのが不思議。実際に仕事が多いか少ないかでなくて、仕事をするときの身のこなしで、忙しいか暇かは決まっているようだ。

昔も今も、京都では時間がのんびりと流れている。戦後に、京都の三高から東京の大学へ行ったころは、とくにその落差が大きかった。死者も出るほどの東京の満員電車のつもりで、京都の市電に乗ろうとすると、おばあさんに「お兄さん、そんなに無理したらあぶのおすえ」とたしなめられる。車掌さんが後から降りてまわってきてくれたので、東京のように押しこんでくれるかと思ったら、「後のほうに次の電車が来るのん、見えてきましたでえ」。

一番すごかったのは、夏に琵琶湖に泳ぎに行った帰り。車掌さんが大きな声で、「お客さん、この電車混んでて、暑うおまっせえ。次の電車に乗って座ったら、窓から風が入って涼しい（もちろん冷房などのないころ）。こんな混んだ電車で立っていくのはアホや。アホでよかったら、どんどん乗んなはれ」。

このごろでは市電がなくなってバスになったが、ぼくの経験では、一時間待つ気になればたいてい座れる。来るのが遅れてやっと来たのに乗るのは、とくに損だ。たいていは、間をおかずに次のバスが来る。乗り降りに時間がかからないぶん、うっかりすると先のバスを追いこすことだってある。

中学生のころは、大阪のせわしないなかを電車で通学していたが、往きは遅刻するから無理してでも乗っていたが、帰りはかならず座れる電車を待つことにしていた。

牧歌的な時代というのではない。このごろの子は受験戦争で大変と言うが、そのころは本物の戦争があった。受験だって、どこかの学校にもぐりこまぬと、兵隊にとられる。

人にはいろいろのタイプがあって自分の勉強部屋で静かにするのがいい人もいようが、ぼくはかえって妄想が生まれて気が散る。それよりは、駅のベンチに座って、前を通る女学生を見ていないようなふりをしながらのほうが勉強に身が入る。

一時間ほどして座れる電車に乗ると、そうしたときにかぎって、おじいさんやおばあさんが乗ってくる。平均的には、中学生に比べて、おじいさんやおばあさんのほうが、時間にゆとりがあるはず。それでも、孫の病気かなにかで無理しているのかもしれぬ。あるいは、単に年をとって気が短くなっただけなのか。よく悩んだものだ。

せっかく年をとったのだから、見栄でもいいから若者にゆとりを見せるのが、老人の義務だと思う。テレビのドラマなどで、年をとるのは気のどくがコンセプトになるのは気にいらぬ。自分もやがては気のどくになる身だから、今はお年よりを大切にでは、ほとんど打算じゃないか。あれでも、昔は世間のためにつくしたんだから、などと言われると、そんならわしゃ化石かという気分になる。それよりも、やはり年をとるとゆとりが出て、気持ちよく暮らしてはるわと、若者たちに老いへの希望を与えるのがよい。

時間のなかで効率を考えていては、ゆとりが持ちにくい。実際は忙しくとも、ゆとりで贅沢《ぜいたく》したい。贅沢というのは、欲望を達成することではなくて、目標や効率などに関係なく生きることだろう。もっとも、ぼくは大阪育ちなので、長い目でのそろばん勘定をしないわけでもない。贅沢にゆとりを持ったほうが、人生の帳じりには得だと思う。

これも昔の京都の市電だが、運転手さんが乗りあわせたおじいさんのお客さんとの話に花が咲いてもりあがっていた。びっくりしたのは、そのおじいさんが電車を降りたとき、運転手さんまで電車を降りてきて、「おおきに、また今度いつか」と挨拶したこと。まるでハイヤーの運転手。

効率から言えば、三分間ぐらいは時間をとっているかもしれない。お得意さんとの約束を気にする人もいよう。あるいは、「今日乗った市電の運転手さんがなあ」などとの話から始まって、商談がうまく成立するかもしれない。

今ではもう、そこまでのことは見かけないが、それでもまだ、京都では風情のあるおじいさんやおばあさんが目に入る。町なかに今風の喫茶店ができて若者で賑《にぎ》わっていると、隅ではちゃんと、おじいさんがパイプをくゆらせている。若者の行く北山通に新しいデザインの建物ができると、それを見に来るおばあさんがいる。

東京や大阪だって、隅田川や中之島を眺めるおじいさんやおばあさんがいるかもしれぬが、鴨川ほどには目につかぬ。若者のデートスポットにおじいさんがいたり、夜の六本木をぶらつくおばあさんなんてのを見かけない。昔だとどこでも、町を行く人を観察しているおじいさんやおばあさんがいたものだ。路上観察老人。

最近でも京都の市内に泊まることがあって、日曜の午前中に近所のしにせの喫茶店へ行ってみると、いろんな人がいた。若夫婦らしいのが、おばあさんと赤ちゃんを連れて朝食に来ている。高校生らしい男の子と女の子が仲よくおしゃべりしている。金髪に青い目の若い女性がいたり、着ながしに角帯の若旦那風がいたり。もちろん、なにか議論に熱中しているおじいさん三人組も。町の縮図。

いっしょに来た東京の友人が感心していたが、東京にもこんな店があるかもしれない。でも、どこでも町がなくなっているからなあ。老人も若者もいてこそ、町。

このごろの若者は、どうもスケジュールの空白を恐怖しているようだ。ほとんど、スケジュール依存症。それで、アルコール依存症の休肝日のように学生には休スケジュール日の設定を勧めていた。連休などで一日だけ、スケジュールを空白にしておく。その日になってなにかをしてもよいし、することがなければ退屈していればよい。退屈も青春のカリキュラム。

その昔、吉田山あたりで人生や社会を語りあった青春、なんてのは半分は嘘だ。たいていすぐに話がとぎれる。「なんぞ、おもろいことないかいなあ」と、白い雲をながめながら退屈を共有する。これぞ青春のアンニュイ、そんなものは死語になったのかなあ。今の若者の老後は、本当に心配である。

人生というものには、どうせあちこちに空白があって、まだらになっている。その空白のところへ、時代の季節からアイデアが舞いこんできてくれる。きまった形で世界を閉じて仕事に打ちこんでいるときには、めったにアイデアはやってこない。アイデアをお迎えするためには、心に空白を伴っておかねばならぬ。

年をとっても元気で長生き、なにか世のために役だって、などと言う人もいるが、僕はごめんだ。せっかく年をとったのだから、元気を出さなくてもいいじゃないか。世のためなどもめんどくさい。なんとなく、役にたたずに生きていて、そのゆとりを眺めてもらうのがよい。シルバーとかゴールドとか言うが、銀や金は鉄と違って、いろいろな機能によって役に立つのではない。ただその存在だけが輝いて、眺めてもらうだけでよい。

存在だけで眺められて風情がある老人、というのもそれなりの修行がいるのかもしれぬ。偉そうなことを言っているぼくだって、まだまだ未熟。人生修行というのは、そうした風情を身につけるため。

でも、こうしたことは訓練で身につくものではあるまい。人生の空白をいとおしむだけ。それは、若者にだって必要なこと。むしろ、中年にかけてのほうが、仕事や家庭の圧力で空白をつぶしかねない。文部省もゆとりを言っているが、それを言うお役人や先生にさっぱりゆとりがないところが皮肉である。駅のベンチの中学生だって、ちょっと参考書から顔をあげて女学生の姿を目に入れるぐらいはできたのに。

とくにこのごろの世のなか、なにか目ざして一心不乱、足なみそろえてといった、帝国陸軍みたいな生き方が、だめになった時代じゃありませんか。

（一九九七年）

指名手配書としての指導要録

保存二十年「よい子」の記録

「校長は、児童が転学した場合においては、原本の写しを作成し、それを転学先の校長に送付すること。転学してきた児童がさらに転学した場合においては、原本の写しと転学により送付を受けた写しとを送付すること。これらの場合、幼稚園から送付を受けた抄本も転学先の校長に送付すること（学校教育法施行規則第一二条の三第三項参照）。また、教護院から移ってきた児童については、教護院から送付を受けた指導要録に準ずる記録の写しも送付すること。」

この、一見して指名手配を連想させる警察機構にふさわしい文章、そして……

「学校においては、原本は当該児童の卒業あるいは転学後二十年間、転学の際送付を受けた写しは当該児童の卒業後二十年間保存すること（学校教育法施行規則第一五条第二項参照）。」

二十年間、いったいどうして、そんなに長い期間にわたって記録が残されなければならないのだろうか。

テレビで人気歌手が小学校の通信簿をご披露するというのは、それはまあご愛嬌というものかもしれないが、二十年間の過去が全国の学校に眠っているとは、試験の点数に一喜一憂した子どもと親たちの怨念の墓場、それが学校というものであったのか。

これは、国家の教育観の重要な一面を露呈しているのではないだろうか。

教育とは、本来的には、未来にのみかかわるものである。いままでどんなにダメでも、これからの可能性を信ずること、それが教育の精神であったはずだ。教師も子どもも親も、その視線は前方にのみおかれるべきもののはずである。

たしかに現実としては、それはしばしば逆転している。過去の結果として、成績が評定されることに視線がいきやすい。優等賞だとか精勤賞だとかいったものが、なかなか消えないわけだ。

しかし、この逆転は、原理的にはあくまで逆転でしかない。問題は未来にしかないはずである。

学習の総括ということはある。総括ということは、ある段階ごとにつねに必要なものである。しかしここでも、そのベクトルは未来に向かっているのであって、総括することによって、むしろ過去の記録の淘汰が可能になるのだ。総括によって過去を未来へ組みこんでしまえば、もはや不要となった過去は抹殺されてよい。

小学校で成績のよかったものは、中学校へいっても成績のよいことが多い、ということはほとんど自明な統計的事実である。人間の連続性、あるいは過去の歴史を慣性とすることは当然であって、それがパーセンテージとして現れることも自明である。内申書重視の論拠にしばしばこの自明な事実が援用されるといった滑稽なことはあるが、統計的事実からえられるのは「教育の効率」の論理だけであって、「人間の成長」の論理とはまったく無縁のことである。それにしては、「成長の記録」ということばの、なんと皮肉な響きを持つことか。

子どもの特性を知るための資料になるというのは、まったくあたらない。こころみに、「行動および性格の記録」の評定項目を見るがよい。そこには、人間の性格について、およそ非人間的な見解があらわに見てとれる。

人間の性格というものは、「よい性格」と「わるい性格」というようになるものではない。

たとえば、ものごとをジックリやることと、スイスイとやってしまうこととは、どちらが「よい性格」というわけでもない。たとえばぼくと同業の数学者を見ても、ジックリ型とスイスイ型、つまりグズな人間とオッチョコチョイな人間とがあるものだ。それが人間の個性というものではないか。しかもさらに、グズで同時にオッチョコチョイですらありうるのだ。

このようなことが、適切な方式で表現可能ならば、記録は教育にとってたぶん参考になりうるだろう。この性格はよくもわるくもないので、ただそれぞれにタイプがあるだけである。しかしながら、現在の教育心理の発展をよく知らないが、そんなものが客観的に表現可能になっているとは思えない。

しかも、この「性格」なるものは、すべて「よい子」に方向づけられた徳目の評定なのだ。もしも正しく項目が選定されていたならば、すべての項目にプラスというのはきわめて不安定な精神を意味するはずなのに、指導要録の項目ではそれが「よい子」になるようにできているのだ。

そして、「よい子」であったかどうかという記録、それはほとんどその後の教育の参考になどならないと思うが、ともかく二十年間保存されるわけである。

ぼくは中学校の頃に、配属将校をひどくおこらせて、なんだか大事そうな黒い手帳を出してこられ、「オマエはビンタでかんべんしてやろうと思ったが、態度がデカイから許せん」といってなにやら記録され、ビンタの方は助かったことがある。あとで聞くと、それは一生残る記録で軍隊と縁の切れるまで（それは戦争中では戦死するまでというニュアンスを含んでいた）残るのだそうだが、戦死するどころか軍隊にほうりこまれぬうちに戦争に負けた。もっともその頃は、ぼくたちの感覚としては、とても二十年も生きられるとは考えられなかったものだ。

文部省の通知だから当然かもしれないが、「各学科の学習の記録」の評定項目がまた、かの悪名高い「学習指導要領」の特色に、あまりにも色こく染まっている。

教科によって多少は違うが、知識・理解、技能、態度というのが、だいたいの分け方で、おそらくアタマ、テ、ココロというつもりなのだろうが、なんともわびしい「教育観」ではある。このように、頭と手と心をバラバラにすると、ツメコミ主義で技術主義で態度主義といった「教師の性格」の方を考えたくなる。それが「よい教師」というわけなのだろうか。

それが、各科目ごとの指導要領の特色と合わさっているのだが、この「指導要領」なるものが、その「特色」ごと破綻しては、十年ぐらいたつと大改訂が行われるのは、今では周知の事実である。つまりこれは、「そのときの指導要領」によく従っていた、ということが評定されているのである。

ここでも、「よい子」の記録なのであり、そのときの文部省方針に従っていたということは、方針の内容に無関係に、二十年間は残るわけである。

教育の論理でなく管理の論理

最後には、なにやらいかがわしいことがある。

「就職等の際に証明書を作成するにあたっては、単に指導要録の記載事項をそのまま転記することは必ずしも適当でない場合もあるので、証明の目的に応じて必要な事項を記載するように注意すること。」

もしかすると、巷間伝えられている成績証明を水増ししようとのオヤゴコロだろうか。あるいはまた、秀才と才媛を製造するナコウドグチへの荷担だろうか。

「学校と家庭との連絡に用いられるいわゆる通信簿、家庭連絡簿等は、保護者が児童の学校生活の実情をじゅうぶんにはあくできるようにすることが目的であるから、それぞれの学校においては、児童の発達段階や学校の実情等を考慮し適切な記載内容を定めることが必要であり、指導要録の様式や記載方法等をそのまま転用することは必ずしも適当ではない場合もあるので、注意すること。」

「学校の実情等」でいったいなにを「注意」するのだろうか。

結局どうも、この改訂を見て、「指導要録」なるものに、根本的な疑問を持たざるをえない。それにしても、「教科書問題」や「通信簿問題」ほどには、これが問題視されていないのは、これが国民の目から秘匿されていることにもあるのではないだろうか。

しかも、そこには、五段階評価がどうのといったことより、もっと根本的な、教育の基本問題にかかわることがある。

教育にとっての過去と未来のかかわりというのは、教育論として明らかにされるべきことだろう。記録というものが、子どもの特性を表すのではなくて、つねに価値に、それも恣意的な一元価値に方向づけられていること、これも教育論にとって基本的なはずである。現象的に現れている教育理念の表現にも、多くの問題が論じられてもよい。しかし、どうもぼくは、見当ちがいのことを論じているのではないか、という気がしないでもない。

指導要録を支配しているものは、〈教育の論理〉ではなくて、〈管理の論理〉にすぎないのかもしれない。そしてぼくとしては、「保存二十年」というのが、せめて「保存二年」の誤植であってくれたら、と空しい思いを抱くのである。

（一九七七年）

江戸文化のなかの数学

中世までは、中国やインドやイスラム、それぞれの文化の型に応じて、さまざまの数学があったわけだが、近世になって、日本にだけ、和算という特殊な型の数学があったことは興味深いことである。そのころは、ヨーロッパに統合された近代数学が発展していたのだが、ヨーロッパ数学の基準に照らしてどうこう言うより、江戸文化のなかでのあり方が興味深い。

日本数学の源流は、もちろん中国数学にある。古く奈良時代に古代中国数学が伝わって、暦や陰陽の源を作っているが、和算はその流れとは、一応別と言えよう。中世数学の華のひとつは、宋元時代の、算木を用いた中国代数学だが、明代にはソロバンの発明による実用数学の発展で、かえって埋もれている。日本では、室町時代から戦国時代へかけて、明の最新の文化が入ってきて、商業とともに実用数学が普及する。この時代というのは、日本人の生活習慣の形成されていく時代でもあり、社会の変革されていく時代でもあった。

秀吉の朝鮮侵略のあと、朝鮮文化が流入してきて、工芸も儒学も、そして数学もまた、朝鮮から入ってきたと考えられている。朝鮮には古いものを大事にする性向があって、一時代まえの宋元時代の代数学が保存されており、それが日本に入って、室町以後の文化的基盤の上で解読され、算木にかわって筆算として発展したのが和算と考えられている。その時代には、宣教師によってヨーロッパ数学も伝えられる可能性はあったし、中国におけるユークリッドの翻訳などは伝えられたろうが、そのほうの影響の痕跡は見られない。ただ、江戸初期の町人や大坂城浪人など、数学を支えた層とキリシタンを支えた層とが重なってはいる。

江戸時代も、元禄から享保と、間もなく停滞期にさしかかるのだが、そのころが和算の隆盛期でもある。ヨーロッパで、ニュートンやライプニッツの微積分学の形成される時代と並行して、関孝和や建部賢弘が和算を起こす。これは、ある部分ではヨーロッパ数学に匹敵する成果を生みながら、幕末の和田寧《やすし》の時代まで発展する。この時代には、すでに蘭学は入っているのだが、数学だけは和算ですませている。

関孝和は甲府卿綱豊の下僚、建部賢弘は将軍吉宗の側近になっているが、官僚としての履歴しか伝わっていない。和算の高級な理論が有効性を持ったとも思えないし、イデオロギー的価値を持ったとも思えない。むしろ、ヨーロッパ数学と比べて、イデオロギー性の薄かったのが、和算の特質かもしれない。力学的世界像などとは無縁のものだった。といって、とくに初期の段階においては、技術と無縁だったわけではない。

江戸時代というのは、身分社会ということが言われる。たしかに、戦国のころと比べて、身分序列を強調した。しかし、町人の実力はむしろ大きかったし、後半の文化的ヘゲモニーは町人文化にある。幕末に近づくと、個人の才能を重視したし、ヨーロッパに比べると、身分の還流は大きかったという。

江戸文化というのは、侍の文化と町人の文化といった二重構造になっていて、ドロップアウトした侍が町人文化に核を作り、町人文化が侍の文化に密輸入される、といった性格を持っている。和算も、この文化の還流のなかにあって、官僚層が技術に利用する部分はありながら、町人文化のほうへ傾斜して発展したという性格をもっている。

たとえば、最上藩の浪人の会田安明なんてのが、和算の一派を立てたりする。会田は、関流の看板を守る藤田貞資の門を訪うのだが、藤田はミスの自己批判を要求した。藤田に言わせると、「会田はミスが多くて困る」ということらしい。会田はそれを拒否して、「関流を小手調べしようとしたのだが矮小なこと」と、自分で最上流を起こす。剣術の流派みたいだ。

剣術も江戸時代は芸の一種だったわけで、和算も芸で家元がいたのである。もっとも、家元が子どもに伝えられたり、経済の基盤になったりしたのは、明治以降のことであって、江戸時代は芸の看板にすぎない。つまり、江戸で流派の看板をかかげることが、自分の芸の保証になるのである。

そして、江戸後期の和算家の生態というと、俳諧師や棋士などに似ている。そのころには、地方に豪農の好事家層が生まれている。それで、江戸で名のある和算家ということになると、旅をしてはそれらの豪農の家に泊り、数学自慢の若者に手ほどきしたり、時には難問の解き競べをしたりする。そうした難問の解答は、絵馬にして算額奉納をするのだが、このあたりもタレントの奉納絵馬に似ている。

和算の著作にも特色があって、最後に難問をつけて、「こんな問題も解けたぞ」と自慢し、その解答はつけない。次の著者は、その解答をつけて理論を発展させ、さらに最後に問題をつける。詰将棋の本と同じ流儀である。これを遺題承継という。今の数学だって、未解決問題がついていることはあるが、それは解けない問題であって、解けた問題ではない。

ヨーロッパだと、自分にわかったという解答まで書くところだろうが、解答は書かないで伝えるところが違う。それで、秘伝的と悪口を言われるのだが、文化の継承についての考え方の違いだろう。流派にしても、ヨーロッパでもライプニッツ派とニュートン派の争いのようなものはあったわけで、それが絶対主義宮廷のサロンで統合されることなく、民間の家元制の方向に行ったことに、江戸文化の性格があったのだろう。

もともと、ヨーロッパにしても日本にしても、中世における伝達の方式というのは、旅する学者にものを教わり、旅する若者が師を求める、といった形だった。イタリアやフランスの大学の成立にしても、そうした性格を持っていた。江戸時代でいえば、藩校よりは私塾に近い。藩校の成立は江戸後期で、ヨーロッパの大学も一九世紀には国家に組みこまれていくが、日本の場合には、それが侍の文化に限定されているので、町人の文化のほうは旅の世界にとどまっている。それで、日本の場合には、ヨーロッパのように専門家による制度化が行われなかったわけで、そのことの優劣をつけることはできない。ただ、明治の官僚国家の欧化政策のなかで、急速な制度化のヒズミがあったことは考えられる。

この場合に、和算の伝統が洋算輸入の基盤になった。それまで、洋算を白眼視していた和算家の洋算転向は、輸入を急速に行わせた。最初の、室町時代の中国数学輸入にしても、ヨーロッパのイスラム数学輸入と比べて、テンポが速い。

ただし、明治文化一般としては、江戸文化のなかで町人文化的なものを、侍の世界にする形であったように思う。文学でも絵画でも演劇でも音楽でも、町人文化的な性格は否定された。「四民平等」が、「士」への方向づけを行ったのであり、それが明治文化の官僚的性格を作り、その上にヨーロッパ文化が輸入されたのである。この意味では、和算はすでに断絶している。

考えようによっては、ヨーロッパと日本では、方向が逆だったような気もする。ヨーロッパの場合、デカルトあたりまではまだ少し旅芸人風だが、だんだんそれが宮廷サロンに統合され、やがて国家に組みこまれて制度化していく。日本の場合は逆に、将軍家に近かった関や建部の時代から以後、だんだんと旅芸人風になっていく。これは、江戸時代において、町人文化の自立性の高かったことや、権力へ組みこまれるチャンネルのなかったこともあろうが、江戸文化というもの、そして明治の近代文化への切り替わり方として、興味のあることである。

現代の日本の数学の底流に和算の癖が残っているという説もある。数学教育でも数学研究でも「難問志向は遺題承継的」というたぐいだが、こうしたものはすべての「日本人論」並みに、なんとでも言えるところがある。「純粋数学と応用数学との分化が和算の芸と技に対応する」などというのも、日本に輸入されたころのヨーロッパ数学の傾向でもあり、文化輸入の後進国だから、そうした性格が拡大されたとも考えられる。まして、かつて日本に「偉大な数学の遺産があった」などと文化伝統を自慢したりするのは、つまらないことだ。いまの日本の学校のように、数学の芸に遊ぶことが抑圧されているなかで、そんなことを言うのは特にむなしい。

日本文化の全体という視点でなら、現代にとっても、江戸文化は大きな意味を持っている。そうした視野のなかでなら、その江戸文化のなかで生まれた数学というもの、そのあり方を考えなおしてみるのも、現代の人間にとって意味のあることだろう。（一九八二年）

しのぶの巻

遠山啓論のすすめ

遠山啓《とおやまひらく》さんの三回忌が近づいている。

数教協（数学教育協議会）以外のところで、遠山啓論めいたものが、とりざたされることもあるらしい。こうしたとき、それが批判的である場合に、防衛的になっているのでは、生産的であるまい。むしろ、数教協のなかでも、さまざまの「遠山啓論」が出たほうがよい。遠山さんを「しのぶ」だけでは、すむまい。もちろん、それが「数教協公式見解」みたいな、単一のものである必要はない。

とくに、いろいろな面から遠山さんを論ずることができるのは、数教協の人間が有利である。活字になったものについては、『遠山啓著作集』（太郎次郎社）が完結している。ぼく自身については、遠山さんを知ったのは六〇年代になってからで、五〇年代のものは、こんどはじめて読んだ。六〇年代以降については、ほとんど目にしていたようで、はじめてのものは意外と少なかった。

それでも、遠山さんという人は、超時代的になにかを語るというより、その時代の文脈で語ることが多かった。それゆえに、その時代の状況で、その発言の位置をはかることが、遠山啓論にあっては、意味がある。そうした歴史的状況、とくに、そこでの遠山さんの位置についての情報があったほうがよい（「それを知らないと発言権がない」式の抑圧は、もちろんよくないことで、議論としてはいろいろあってよいけれど……）。

もうひとつの問題は、遠山さんという人は、時代的要請とのかかわりで、一種の明晰さで発言する人だった。遠山さんの「わかりやすさ」には、そうした面もあった。しかし、遠山さん自身、表現の明晰さと反対に、人間というものの底がそう簡単に見えてたまるか、などと夜の放言でもらしていたこともあるのだ。ぼく自身は、遠山さんという人は、発言の単純さと、心の複雑さとを、うまく制御してバランスをとっていたように考えている。たしかに、遠山啓論となると、言語表現されたものに依拠するのが本筋かもしれないが、遠山さんの裏のほうの顔を知っていることは、表現を相対化するだけでも、プラスになりうるだろう。

もっともこれは、一方ではマイナスになりうる。遠山さんを知っているということは、情がうつることでもあるからだ。うっかりすると、ただただ遠山さんを「しのぶ」だけになってしまう。じつは、ほんとうに遠山さんを「しのぶ」ためにこそ、遠山啓論が必要だとは思うのだが、それはむずかしいことでもある。

とくに、遠山さんの書いたことを、抽象化して教条化することはやめよう。たとえば、五〇年代に、生活主義にたいして科学主義の論陣を張っていたころの文章がある。そこでは、たとえば、「生活」といった用語の不確定で情緒的な面が論難されている。このあたりの論文で、「生活」を「楽しさ」におきかえると、そのまま「七〇年代遠山教育論」批判に、形式上はなる。

もちろんのことに、こうしたことは、時代状況の文脈なしに言ってはならない。そしてまた、遠山さん自身については、六〇年代の水道方式の実績があったからこそ、七〇年代にあれほど自信をもって、「楽しさ」が主張できたのだと思う。板倉聖宣さん（仮説実験授業研究会）が「楽しさ」を主張するときにも、おなじく仮説実験授業の実績の重みが感ぜられる。

それにしても、遠山さん自身の述懐によれば、一九六〇年ごろの水道方式の「完成」について、「完成しすぎた」かもしれないが、あのころの時代の要請（体制と民間との緊張関係）が、「完成度」を過度に要求していた、というのもあった。研究の発展に必要な柔軟性と、時代に要請される完成度との葛藤について、遠山さんは心のなかでは考えていたのだろう。長妻克亘さん（当時の数教協事務局長）にブレーキをかけた背景には、そのことがあったと思う。横地清さん（当時の数教協副委員長）の事件（一九六二年におきた数教協脱退事件）があったりして、むずかしい時代だった。

そうしたことを別にして、当時の遠山さんの発言から「科学の進歩」についての楽天性を読みとる考えもありうる。ぼくとしては、当時としては科学主義的であることこそがラジカルなことであったし、政治的な選択としても正しかったと思う。ただし、そうした選択の十年後への影響まで、遠山さんが考えていたかどうかはわからない。いまの時点から見れば、「言いすぎ」の勇み足を捜すのは、むしろ容易なことである。それにしても、遠山さんという人は、かりに心のなかで考えていたとしても、言語としては明快な表現を選んだ人だった。しかし、結果的には、そうした時代の発言について、いまの時点の距離から見られるのは仕方ない。五〇年代は、とくに生産的な方向への志向が強くて、たとえば、小さな文章だが、サガンに触れて、「フランス文化の退廃」を非難したのがあったりする。ところで、六〇年代のかなり早い時期に、アメリカのヒッピー文化に興味をもったのも、おなじ遠山さんだった。

考えてみれば、二十歳代に文学青年ないし哲学青年としてのドロップ・アウト体験をもっていた遠山さんのことである。ぼくが知ってから、深夜の文学論議では、むしろ「文化の澱《よど》み」めいたものへの共感を語ることもあった。そうした二重性が、いろいろの表現として出てきていたのだと思う。そして、なによりも時代にたいして誠実だったのだと思う。

遠山さんは「先見の明があった」式の賛辞を、ぼくはとらない。その時代としての問題性を、より深く見ることによって、他人より先んじたことはあっても、何年かあとのために先物買いをするような精神は、むしろなかった。だいいち、十年後におなじ議論が通用するようになどと考えていたら、あれだけ思いきった発言はできない。

遠山数学論の構図

七〇年代あたりから、「科学的知性」なるものが、いくらか相対化されている。その点では、表面的には、遠山さんが「デカルト主義的」であったことは、たしかである。

還元主義（リダクショニズム）か統体主義（ホーリズム）かという考えがある。デカルトふうの「分析的知性」は還元主義的にすぎる、という考えがある。デカルトという人間があまりデカルト主義的でなかったとおなじく、遠山さんという人間がデカルト主義的であったかどうかは別の問題だが、書かれたものの構図からは、たしかにデカルト主義の匂いがする。

遠山さんは、科学的知性を主張するのに、「分析と総合」を説くことが多かった。当節では、こうしたことにも、現象学ふうのいろどりで考えたりすることが多いが、遠山さんのとらえ方は、少なくとも表面的には、むしろ古典的だった。

そのことは、比喩のあり方によくあらわれている。ときには「分解と合成」と呼ぶにふさわしいことが、「分析と総合」と言われたりもする。「分解と合成」となると、これこそ還元主義であって、部分ごとになしたものを組み合わせるだけで、全体が完成するというのが還元主義である。その点では、「合成」のレベルを統体主義のように言うわけにはいかない。こうしたことには、外延的な把握の重視が支柱になっていることでも、デカルト主義的である。そして、実体による外延的構図が、まず表面に出る。こうしたことは、遠山数学教育論の表面的な特徴ではある。

このことは、ある面としては、実践的に正当だと思う。現代数学の歴史を見ても、あるいは近代数学全体の歴史を見ても、そうした面が一契機として重要に作用してきた。なお、現代数学の流れとしては、集合を中心にしてきたのが、そうした実体中心の契機と重なっている。いまでは、写像中心の方向へと移行する傾向があるが、それは遠山さんの時代よりあとの時代に属する。「現代数学では集合が中心概念である」という言明に関しては、この点で留保がいる。

しかし、実体主義か機能主義かといった二分法はあまりよくないのだが、遠山さんの数学への感じ方が実体主義的だったとは思えない。ときとして、遠山さんの世代の人にない機能主義的な発想が強くあった。おそらく、実体と機能というのは、相互浸透的に了解されるべきものだろう。それにもかかわらず、遠山さんの書いたものを、過度に実体主義的に受けとめる可能性はある。

ただし、関数を集合主義的に考えるのには、一貫して反対していた。機能としての関数が実体的に把握されること、つまり、遠山さんは集合主義ではなく、むしろ、現在のカテゴリー主義に近い感覚をもっていた。カテゴリー論に触れて書いたものは見あたらないけれど、それは「現代数学の形式」などにならなくとも、遠山さんの数学的良識の一部としてあったのだと思う。

実体による外延的構図、その背景としての還元主義といっても、それも遠山さんの一面にすぎなかったように思う。無理に分類すれば、遠山さんの資質は、むしろ、機能主義的で内包的な統体主義的感受性のほうにあった、という気さえする。文学論や芸術論をするときに、たしかに知的表現の段階でデカルト主義的になることがあるにしても、根本の感受性では、むしろ、反対のような気がしたものだ。

このことは、デリケートな問題を残している。「遠山数学教育論」の一種のデカルト的明晰さは、実体の外延的構図による還元主義的な明快さをふくんでいる。しかし、一方、それは遠山さん自身のもつ、むしろ、それと反対の資質としての感受性によって補償されていた。このことは、「遠山数学教育論」が教条化した場合の危険をも意味している。

むしろ、ぼくには、「分析と総合」ということに関しては、数教協的知性そのものが分析的知性であって、それを総合しているのは、遠山さんという人間、ないしは遠山さんの影響をふくめての数教協の作風であったような気もする。「総合」というのを、「分解と合成」のような還元主義的レベルよりは、もっと統体主義的レベルにおきたい、という気分をぼくはもっている。もっと一般的に、遠山さんの表現には、そうした特徴があったように思う。そして、それが遠山さんの「明快さ」となっていたように思う。

ここでもむずかしい問題があって、その「明快さ」そのままに教条化してよいか、ということがある。ぼくは、遠山さんという人間を、もっと複雑な「わかりにくい」資質の人としてとらえる好みがある。遠山さんの知性の明快さの裏に、その感性の屈折を読みとってしまうのだ。それで、いずれにしても、「遠山理論」の教条を批判したり、擁護したりすることには気がのらない。もっと矛盾した多面的な相で遠山さんをとらえたいのだ。

たとえば、「構造」の解説などは、建築ないしは設計図をとりだして外延的に実体化しているようだが、たとえば、「操作」についてのコメントで、メガネをかけて見れば見える、といったのがある。「数学的知性のメガネ」で見えるものが「数学」だといった発想と、構築してみせて「数学」になるという発想と、その双方がある。

ぼくの遠山啓

小松醇郎さん（東京理科大学）は遠山さんの東大時代の同級生だったが、そのころの遠山さんは、リクツの達者なわりに計算のドロクサイのが苦手といった、スマートな都会青年であったそうだ。後年、計算のドロクササを好み、スマートさは敵だと言った遠山さんを思うと、興味ぶかい。「明治人間」ふうのきまりの硬さは、ぼくなどおよびもつかなかったが、ときどきイタズラ少年の思い出が出てきたりして、ときに昭和初期のモダンボーイの片鱗もあったのがなつかしい。どうもぼくには、遠山さんの像が二重に見えるのだ。知性の硬質な殻を前提にしてだが、心の内奥の柔軟なイタズラ心、ぼくは、つい、そちらに引かれてしまうのだった。山口昌哉さん（京都大学教授）が、遠山さんという人は、数学少年だったらしいし、数学ずきで、数学ぎらいの心と遠そうなのに、どうして数学教育に熱中したのだろう、と不思議がっていた。ぼくが、数学ずきだったろうけれど、学校ぎらいだったのサ、と言うと、彼はたちまち納得してしまったのだが……。たしかに、遠山さんは数学が好きだったし、その数学が「教育」のなかでミジメになっているのが、たえられなかったと思う。そちらのほうは、数学への愛情だ。

「教育」には、むしろ冷たかったと思う。ぼくも、そうだった。ところが、授業をとおして、子どもとのかかわりあいに、遠山さんは魅せられてしまった。「子どものようにオモシロイ生きものを、ただで貸してもらえるのだから、教師とはいい商売だ」というのは、遠山名言集のなかでも、ぼくは一番好きだ。「教育者としての使命感」などではなしに、むしろ、人間が好きだったことが、遠山さんを教育の道に深入りさせたのだと思う。「教育に身を捧げた偉人」などより、そうした遠山さんのほうが、ぼくには理解しやすい。

その点では、遠山さんを信仰してはいけないと思う。生前にも、熱烈な遠山信奉者はかえって破局にいたることがあった。とくに、亡くなったからには、なおさら神様にしてはいけない。

とは言いながら、遠山さんと自分との間の距離をはかることは、とくに必要だと思う。ぼく自身の好みにあうところが、結局は、やはり遠山さんを「しのぶ」ことになってしまう。それも、「遠山啓論」といっても、どうも拡大されぎみな気もする。結局のところ、「遠山啓論」といっても、「ぼくの遠山啓論」にしかならないものだ。それだけに、ひとりひとりの数教協会員に、「きみの遠山啓論」をつくってほしいのだ。そのことこそが、遠山さんを「しのぶ」ことにもなると思う。

しかしながら、遠山さんが教育にかかわった三十年のうち、その一部を自分に都合よく切りとって利用することは、してほしくない。たとえば、「六〇年代の遠山はよかったが、七〇年代はどうも」とか、「七〇年代はいいが、五〇年代はだめ」式の評価は、とても困る。たとえそこに矛盾があったにしても、その矛盾そのものが遠山さんだと思う。

ぼくの好みとしては、首尾一貫した単純明快な人間より、矛盾して屈折した人間に引かれる。そして、遠山さんはそうした人間だったと思う。もちろん、ひとりの人間の生涯として、一貫しているものが流れているのは当然だが、それがその人の「人間」だ、というのとおなじことだ。

考えようによっては、ぼくは遠山さんとかなり資質がちがう。明治人の重厚に比して、なんとも軽薄な外見を別にしても、遠山さんみたいに頑固に屈しないなんてことはできず、いつでもグニャグニャになってしまう。遠山さんが「たたかう人」なら、ぼくなんか、せいぜい「あそぶ人」だ。そんな調子でいながら、なぜか遠山さんとは気があった。もっとも、向こうのほうではあわずに、こちらのほうで勝手に気があっていたのかもしれないが、それは、学校ぎらいの教育論、心の底にズッコケの魂を、なんてところが共通していたのだ、と勝手に思っている。遠山さんは、「たたかう人」であったばかりでなく、「あそぶ人」でもあったのだから。一貫した「遠山啓像」をつくって、それを賛仰したり、非難したりするのはアホラシイことだ。むしろ、矛盾したなりに生き、その時代ごとの状況を深く見た人だった。永遠不変の「遠山精神」みたいなものにまつりあげるにはもっとも不適当な人だった。そして、それだけになお、「遠山啓論」がなされねばならない、と思う。数教協の内外を問わず、否定もとりまぜて、さまざまの遠山啓論の花開くことを期待したい。

（一九八一年）

おんな・ポスト・モダン

出版社の若い編集者と交渉する機会が多いが、もちろん例外があるにしても、傾向として、男の編集者が無能で、女の編集者が有能である。そして、女の編集者が結婚して会社をやめて、男の編集者が管理職になる。

交渉というのは、ライター側とでは、締切りを延ばしたり、枚数を値切ったりであるわけだが、そうしたときに、肚でさばくのが男で、女は会社に言われた通りにする、なんてのは昔の話だ。むしろ男のほうが、企画書がどうとか、会議がどうとか、そして言葉づかいだけやたら丁寧、かえって女の子のほうがざっくばらんだったりする。

考えようによっては、女の子はいつでもやめられる気だから気楽で、男の子は将来まで会社に勤めるつもりだから会社の枠のほうを気にするとも言える。しかし、その結果が男の子は編集者としてぎくしゃくすることになる。女の子は少々有能でも会社に居つかぬ、というのが女性への悪口になっているが、そのうちやめるカモという身のこなしが、結果的にいいのかもしれない。アメリカみたいにはならなくとも、会社を途中でやめるのが、それほど珍しくなくなる未来も予想されるから、こうした女の子が未来を先どりしていると言えなくもない。

会社をやめても結婚するばかりでなく、フリーになったり、あるいは結婚して子どもが手を離れて、フリーの仕事をする女性も多い。小さなプロダクションも全盛だ。

このごろでは、大手の出版社なんかでも、プロダクションやフリーに移している仕事が多い。ぼくのところへ来るインタヴューなんか、たいていフリーの女の子である。ときには、本社のほうは、管理機能だけで編集機能はなくなってしまって、情報生産としてあまり役にたたなかったりする。これは経済合理的かもしれぬが、結局は本体を空洞化した管理システムだけにしかねない。

そうした現象の最初は、ラジオやテレビから始まった。台本かきのフリーというのは、相当にシビアな仕事だが、そのなかから向田邦子以下、放送作家が育ったのである。会社が管理的な男性社会の度を増して、そこから女性が排除されて、同時に文化情報生産の実質もプロダクションに流出して、そこを女性が支えた。女性差別が、女の時代を作ったのだ。

放送から広告関係、そして編集と、文化情報生産の中心は、フリーのカタカナ商売に移行し、そこが女性の世界になってきている。こうした世界だから融通がきいて、タイム・レコーダーなんかいらない。なんなら、子どものために一年ほど仕事を休んで、次の年に二年分かせいでもよい。

女は、会社に家庭を持ちこみやすい、というのも女性にたいする非難だった。しかしながら、五時までが会社人間で、七時からが家庭人間であったりして、会社人間と家庭人間に分断されていると、その双方が痩せかねない。同じ人間のなかで、会社と家庭が、いわば公私がクロスオーバーするほうが、これからのあり方かもしれない。

ぼくは女権的なフェミニストでないので、女性について、平等だの差別だののタームで語る気はない。それより、女性を排除した男性社会が、そのことによって空洞化していることを問題にしているのだ。女の子のほうも、昔のように男性社会に参入することより、排除されたままでフリーで暮らすのが増えてきた。女性差別が男性社会を空洞化させ、そして女の子を元気にしている。もちろん、フリーだといくらか不安定だが、実質がつまってくる。

そう思って、若い子を見ていると、女の子が元気で、男の子の影が薄い。これもまた、女性差別の産物らしく、男の子のほうは、「せめて男の子は、よい大学を出てよい会社に入って、ガキやカミサンを支える安定した生活を」と、プレッシャーにおしひしがれる。その点で女の子は、「女の子だからまあ、だめでもともと、かしこければラッキーね」と、差別のおかげで元気なのだ。大学生でも、型にはまったレポートを書くのは男の子で、女のほうが型から自由に書く。学校の型にはめられるのは、当節は男の子なのである。

大学というところも、アカデミズム管理の男性社会である。フランスあたりは、大学進学率も女性のほうが男性より高いというが、日本ではまだ、男子学生が多い。それより、女性の大学教授はきわめて少ない。

大学院を出てポストのないペアがあると、たいていはダンナのほうから先にポストにありつく。ときには、プレッシャーのないぶんだけ、カミサンのほうがいい仕事をして、先にポストにつくこともあるが、するとダンナはさらにプレッシャーにおしひしがれることになる。それやこれやで、男のほうがポストを得やすい。これは、ヒモの地位がもっと向上しないかぎり、変わりにくいようだ。

このことに関しては、大学もまた情報生産産業であるから、今のままでは放送や出版なみに空洞化への道を歩んでいるのではないかと、ぼくは心配している。たまたま大学にいる若い研究者でも、女の子のほうが生きがいいと感ずることがある。それは、ひょっとすると、彼女たちが研究を一生の仕事などとはさらさら考えず、さしあたりの興味で、さしあたりの発想で対処しているからかもしれない。

「女子学生亡国論」というのがあったのは、ずいぶん昔のことだが、女性が増えるとアカデミズムの維持継承が困難になるというのが、その文脈だった。しかし、時代はポスト・モダン、維持継承の意識が組織の空洞化を招くことを心配せねばならなくなった。

一生をその仕事に捧げるより、さしあたりの仕事に熱中するだけが、いいのかもしれない。そのうちやめることがかえって将来のことなんか考えずに、いまのいい仕事ができたりする。一つのことに一生を捧げるのが、べつに美徳でもなくなった。ついでに、一生を一人の夫につくすのが美徳でなくなって、離婚が増えた。ぶっそうな話。

今のところはまだ、大学の世界は男性社会で、一生の仕事が優位にある。たいていの会社も、とくに生産原理中心のところはそうだろう。ところが、放送や広告の様子を見ていると、その活気は別の原理のような気がする。そして、情報産業社会というのが未来のコンセプトだとするなら、そうした世界が未来を先どりしているのかもしれない。情報産業としての大学にとっては、気になる現象である。

それでも、さしあたりの学生は男の子のほうが多いし、彼らはこれからポスト・モダンの時代を生きねばならぬ。どうしたら、彼らを元気にさせられるか。大学教授にとっては難しい問題である。ヒモになることでも奨めるか。

（一九八九年）

非国民の反戦論

戦争が終わったとき、ぼくは一七歳だった。

考えてみれば、これはうまい年頃である。もう二年ほど若いと、戦争に巻きこまれてしまって、それに背を向ける才覚ができなかったろう。もう二年ほど年をとっていると、戦争に参加するための口実を探さねばならなかったろう。

事実、ぼくより少し年長の連中は、国家などに背を向けがちな奴まで、無理にも戦争に参加する口実を探していた。姉や妹のためとか、森や山のためとか、なんとか守るものを見つけた。

それでぼくは、たとえ国家のためでなくとも、家族とか故郷とか、そうした思い入れのために戦うというのに、きっぱりと反対である。血や土のために戦うぐらいなら、まだしも国家のために戦うほうがましだ。国家なんてものがたわいもないことは、あの戦争とその戦後で、だれでも知ったことだ。それに比べると、血や土のほうがやっかいだ。

ちなみに、「血と土」を強調したのはナチスであって、ナチスを「国民社会主義」と訳す人もいる。

はやりのナチス国民文学を読みながらも、「血と土」に冷い目が向けられたのは、ぼくの育った、大阪や京都という土地柄のゆえもあったかもしれない。なにしろ、大阪と京都というのは、兵隊が弱いことで有名で、内心はそれを自慢しているようなところがあった。この兵隊が弱いということは、「血と土」への思い入れの少ないことと関係があると、ぼくは信じている。

もっとも、人間にはいろいろあるから、愛国少年も多かったが、非国民少年も生きられたのが、都市の懐でもあったろう。教練の教官は、「お前のような奴は軍隊で鍛えなおさにゃあ」なんてことを、年中言っておったが、こちらも「死んでも鍛えなおされたりしてたまるか」と思っていた。だからぼくは、ひところ流行した「自己改造」なんてことばに、強烈なアレルギーを持っている。

そうして、戦争に背を向けながら、苛烈な戦時を生きるというのは、あほらしいことながら、あまり悲惨という思いはなかった。ただし、いろいろと後めたさはある。

あの八月、ぼくは京都にいた。広島に原爆は落ちたし、敗戦の噂は流れていた。本土決戦説もないわけでなく、その際は憎い日本軍人に報復するチャンスと、不穏な空想を抱いていた。次に京都に原爆が落ちるという噂もあった。つまり、敗戦と戦場と廃墟と、三つの可能性を持った時間だった。

結局は終戦になった。「終戦」でなくて、「敗戦」だと言いたがる人もいるが、少なくとも主観的には、ぼくは戦争にコミットしていなかったから、「終戦」がぴったりする。でも、その終戦の感覚には、広島で多くの市民が死んでくれたから、といった思いがある。念のために言っておくと、この「広島市民」は日本「国民」である必要はなく、在日朝鮮人はもちろんだが、捕虜の在日アメリカ人を含む。ともかく、人間がやたらに死んで、そして戦争が終わった。

それで、いま生きている人間はみな、戦争での死者にたいして、後めたい思いを持ってよい。子どもだって、父母や祖父母が生き残ったのは、死者のおかげだ。ここでも、日本人だけ、あるいはせいぜいアジア人の死者だけを語る「戦争の悲惨」は聞きたくない。あの戦争では、アメリカ人もロシア人も死んだ。遠い戦場では、イタリア人もモロッコ人も死んだ。たくさんの人が死んで、だれかが生きのこる。それが戦争というものだ。そして、死者に国籍はいらない。

それで、十代のぼくは、戦争という殺人ゲームのなかにいた。じつのところ、「悲惨」という感覚はあまりない。死を多く見るときは、死にたいして鈍感になるものだ。空襲の焼跡で人間の死体につまずいても、いま犬の死体につまずくときのショックのほうが強いだろう。ただ、自分がこの殺人ゲームにまきこまれている事実が、なんともかなわん。それだけのことだった。

そのために、ぼくは「敗戦ショック」をまるで受けていない。これは、人生の節目を作りそこなったようで、あまりよいことと思わぬ。ただし、連続のなかで見たものもあった。

とくにあほらしかったのは、「政府にだまされた」などと、大道で「女房を寝とられた」と嘆くみたいな連中である。「人民をだまさない政府」というのがナンセンスというのは、論理学の初歩ではないか。「政府にだまされない人民」を作るべきであって、「人民をだまさない政府」なんて、クレータ政権を作っても仕方がない。すべてのクレータ人は嘘をつくと、クレータ人が言った。

戦争の論理の基礎は、国境を作ることにあると思う。

自衛隊で、専守防衛だとアト攻めで、国土が戦場になる、と言った人がある。その通りだ。問題は、サキ攻めで、国境の向う側が戦場になっても、そこにも人が住んでることだ。

つまり、戦争屋の論理は、国境で区切ることだ。この線の内側は味方、死んでは困る。この線の外は敵、死んでよろしい。これが戦争だ。実際のところは、双方がやたらに死んで、みんな死んだら戦争すらできないから、ええかげんなときには「平和」になる。どちらかが勝ったことになることもあるが、どっちにしろ、人が死んで、だれかが生きのこる。生きのこったら勝敗も意味があるかもしれんが、死んだ人間にしてみれば、国境のどっち側だったかは関係ない。

ついでに言うと、人間の文化はたいてい、国境の周縁を出たり入ったりする連中によって支えられてきた。その遊牧派が、だんだんと住みにくくなってきてはいる。たとえば、ラップランドのトナカイ遊牧民は、国境のためにつぶされかかっているという。

ぼくは、八幡市に住んでいるが、電車は枚方市から乗る。ところが、枚方市長と八幡市長の対談で、団地の人間が多くて「市民意識」が育ちにくい、というのを読んだ。

これは納得しがたい。「市民」というのが「ミニ国民」になってはたまらん。「市民」というのは、本来が遊牧民タイプとぼくは思う。ぼくは「八幡市民」でもあり、「枚方市民」でもあり、そして「京都市民」でもある。市民は定住しない。市民は国境を持たない。国民ではなく、市民であること。

そこで反戦とは、なにより自分の心のなかから、あらゆる国境を追放することだと思う。心の外に、さまざまの制度があるのは、いたしかたない。たとえばぼくだって、日本国籍を利用して、国立大学にいる。死んだらぜひ日本国籍を離脱したいと思うが、生きている間は利用している。そして、生活が制度のなかにある以上、心もいくらか「日本人」になってしまう。

でも、心のよいところは、ときには朝鮮人のように、ときにはフランス人のようになど、さまざまな国境を出入りできることだ。心のなかのさまざまの国境、京都にいるとか、京大にいるとか、男であるとか、そうした国境を出入りできる。

つまらないことのようだが、ぼくは人間の弱い心のほうが、強いモラルよりは大事だと思っている。

いまから敗北的なと言われるかもしれないが、ヒューマニズムが戦争を防ぐと、ぼくは信じていない。人命尊重精神なんて、「非常時」には飛んでしまう。あの戦争中に残虐なことをしたのは、普通の、健全な家庭の健全な人たちだったのだ。

そして、たいていの戦争は、正義のため、もしくは平和のために行なわれる。それでぼくは、戦争をするのなら、できるだけ大義のないほうが安全だと思う。歴史上でも、宗教戦争は残虐になりやすい。愛は戦争をとどめえない。これが歴史の教訓である。

それより、心のなかの国境の壁を削ることのほうが有効だと思う。べつに反戦でなくとも、このごろの世で、国境が問題になることがなんと多いか。

たとえばイジメ。あれは、国境の外へ犠牲者を追いやることで成立している。それは、差別の原型でもある。イジメとは、戦争屋の蛹なのだ。

大学生のあり方でも、クラスやサークルで固まって、国境を作りたがる傾向は増えている。京都をとってみても、大学間の交流は減ったし、教室に他大学からのニセ学生が少なくなった。

ぼくの子どものころ、多くの愛国少年と、いくらかの非国民少年がいたが、本当のところ、人それぞれの心に、愛国少年と非国民少年が棲んでいたようにも思う。そして、非国民の心が大きければ、戦争は起こらなかったろう。

いま、すでに多くの国境が作られつつある。その国境を出たり入ったりすると、非国民になりかねない。でも、まだ今なら、非国民であることが主張できる。反愛国を唱えたところで、牢屋にまでは入らずにすむ。

でもぼくは弱虫である。元来たいてい、弱虫だから非国民になるのだ。反愛国非国民運動なんて、パロディーっぽい。

それで、もっとささやかに、心のなかの国境をつぶしていくこと。これなら、右翼にも左翼にも遠慮せずにできる。そうすると、味方が作れないけれど、敵も作らずにすむ。

なによりも、弱虫のための反戦。

（一九八三年）

人生という物語を楽しむために

敬老の日にNHKに出演依頼されて、敬老してもらえるのかと思ったら、なんと、元気な百歳老人の番組だった。こっちはまだ、三分の二しか生きていない。出演して少し気になったのは、百歳のチャンピオンばかりだったことだ。もちろんその元気に拍手するものの、それほど元気でない人が、落ちこんでは困る。元気でなくとも、ともかく百年も生きていることだけで、たいしたことなのに。

番組を見ている人から、森さんが若く見えたと言われた。そりゃ、そのはずだ。年長の人のなかに混じることの恩恵。

もっともぼくは、若者に混じるのも好きだ。いくらかは相手を理解しなくてはならないから、自然に若者の気分になることもあるが、若者なみに若ぶろうとしてもしかたない。若者のなかにいると、それなりに老いが映えるものであって、ぼくの見聞では、無理に自分を若く見せようとしている人が、一番じじむさく感じられる。

しみとか、しわとか、人前に自慢して年輪を見せびらかすものでは絶対ないが、若者にはありっこないもので、もしそれに風情があれば、悪いものではない。新しい建築の美しさもあるけれど、古いお寺の朽ちかけたところにも、ある種の懐かしさを感ずるようなもの。新しいものも、古いものも、それぞれに美しいのがいい。

もっとも、老いを美しく演出するというのは難しい。美しい老人といったものに憧れてはいるが、それはその人が一生かけて作ったものだけに、へんに真似しようとしたりすると、かえって見苦しい。

若いころから、ぼくは老人好きで、美しい老人を見ては、いいなあと感心してきたが、あの人のようになろうと思ったことはない。その人なりの歴史でその美しさがあるのであってみれば、違う歴史を歩んでいて、真似できるはずがない。そもそも、完成の目標をたてて、その方向に計画的に近づいたりするのは苦手。老いは自分の歴史の結果には相違ないが、美しく老いることを人生の目標にするというのでは、わびさび趣味が過ぎる。

ただ、若さが美しく、老いがみにくい、とは考えたくない。若さにも老いにも、美しさもあればみにくさもある。どうせ老いていくものだから、若さだけを価値にしていたのでは、美しさを過去に求めるよりなくなる。過去を想うというのも、懐かしさの一つの形だが、その形がだれにもうまく身につくものでもない。

過去に価値をおくよりは、ともかくも現在を生きているのだから、その生きている現在のあり方を考えたほうがよい。過去への想いも含めて。それは、自分の過去の物語のようであっても、その物語を作っているのは、まぎれもない現在の自分なのである。

イストワールというのは、「歴史」とも「物語」とも訳すので、「歴史の物語」では同語反復のような気がしないでもない。でも日本語のニュアンスでは、歴史的時間は時間の順序に事実が並んでいて、物語的時間のほうは、想い出のアルバムをめくるときのように、連想に沿ってあちらこちらと飛ぶ。どのように編集するかは、いちおうのストーリーはあるにしても、現在の気分にかかわっている。

朝、目覚めたときに、夢が本当に見たとおりだったのかどうか、ぼくは疑問に思っている。睡眠中にイメージの断片が現われて、覚醒の瞬間に、それを一つのストーリーに編集したもののような気がするのだ。かりにそうであっても、それを物語っている覚醒の現在が真実であることに変わりはない。

物語には、夢ほどでないにしても、過去の歴史的事実の断片を編集しているようなところがある。事実そのものでなくて、それが夢のようにイメージの断片でふくらむことで、物語になる。むしろ、歴史的事実を縦糸に、夢の想像力を横糸にして、織りあげたものといえようか。

夢というものを、未来に属するものとは考えない。それはむしろ、時間軸を超えて、物語にふくらみを与えるものだ。それを未来への計画のようにしてしまっては、かえって夢が汚れる。

ぼくが若者のころに思っていた夢は、計画からは遠く、現実から離れていたものだが、このごろの若者は現実的になったのか、実現可能な計画を「夢」と考えたがるような気がする。人間が生きているということは、自分の物語を織っていることであって、その物語にふくらみを与えることが夢の効用である。それは物語的時間に属するものであって、歴史的時間に属するものではない。

だから、夢を若者の独占物とは考えない。若者は未来が多いだけに、つい夢を未来への計画と錯覚しやすい。いろいろと生きてきただけに、老人のほうがむしろ、自分の物語をさまざまの夢で彩ることができる。夢見る老人、なんてのはちょっと仙人の雰囲気があったりして、なかなかいいではないか。夢の材料なら、長く生きてきただけに、レパートリーが多い。

むろん、人さまざまであって、ちょっとブルーな感傷に浸るのも悪くはないが、年をとったから想い出は感傷と決めるのは狭い。ぼくならむしろ、夢には明るい色を添えたい。若者と違って、けばけばしくはならないから、パステルカラーの和らかみが老人の夢にふさわしい。そのときの気分で、トーンを変えたってかまわない。

夜ごとの夢だって、毎夜同じというのは神経を病んでいるとき。年をとれば、夜と昼を分かつ必要も少なくなるし、現実に乱されることが少ないぶんだけ、ゆっくりと夢をたくわえるゆとりもある。そして、夢がゆたかということは、人生がゆたかということ。

それでも、物語はいくらかドラマチックなのがいい。平凡な人生だって、演出によっていくらでもドラマチックにできるものだ。

「安らかな老後」といったことが、言われすぎるような気がする。そりゃ、体も心もいくらか元気をなくしているのは当然のことであって、積極的に新しいことを始めるのは億劫になるだろう。ぼくの場合は、若いときから積極性に縁の遠い性格だったから、あえて新しいことに挑戦などと気おったことがない。それでいて、いつまでも同じ状態で安心しているよりは変わった状況になるほうが好きだったのが困ったところ。でもうまくしたもので、状況はいつでも変わってくれる。年をとったからといって同じことで、今までのままで安らかに過ごさねばならぬものでもあるまい。

このごろ、時代が大きく動いている。昔と違った考えにならざるをえまい。そのことで心が安らかでない、などとは言うまい。ぼくの場合は、戦後の変化も、高度成長の変化も、体験してきた。その前の、昭和初期の大変化は、あいにく子どもだったので、体験とまでは言えないが、話では知っている。

この点では、大きな変化にたいして免疫のない若者よりは、ずっと変化への抗性を持っているつもり。長く生きるということは、それだけ時代の流れを体験したということであって、せっかく流れている時代を、ある一つの時代にとどめて回顧するだけでは、もったいない。

若者だと、その時代に合わすことを意識しなければなるまいし、壮年だと、古い時代と新しい時代との調整に苦労しなければなるまいが、気楽にそしてしなやかに、時代の変化を楽しめるのが、ぼくのような老人の特権。変動の時代はむしろ、老人に向いている。積極的に変化を求めるのはくたびれるけれど、時代が変化を持ってきてくれる。

ぼくは昔から、能動的な積極性に受動性より価値をおくことを、おかしいと思っていた。今までどおりに行かぬ新しい局面がやって来たときに、それを否定しないで自分にとりいれることのほうが、よほど新しい自分を作れるのに。自分で計画した新しいことなんて、せいぜいがその予定をこなすぐらいのもので、自分にとっての新しい意外性は少ない。

でも、だれだって、自分の思っていた予定と違う局面に出あって、なんとか生きてきたはずだ。予定をこなしたことより、予定外を生きたことのほうが、自分の身についている。だから、年をとったからといって、今までに予定していたとおり、なんてならなくってもいい。そのほうが、自分の物語がドラマチックになる。老いの嵐、ぐらい気軽にやりすごせる。

もっとも、ぼくの人生はぼくのものであって他の人の人生ではない。だれでも、自分ひとりだけの人生を持っていて、自分にとってのドラマがある。役柄があったり、キャラクターがあったりして、自分に合うのは自分のドラマだけ。

そこで、人生にとってのマイナスがあったとは思わない。たとえばぼくは昔から、若者らしい元気がなくて、すぐにくたびれた。そして、だれだって年相応に元気がなくなって、くたびれるようになる。若いころに元気だった人は、昔のように動きまわれぬことが、くやしいだろうなあ。ぼくは、昔とたいして変わらない。考えてみれば、元気がなくてくたびれていたことも役にたったわけだ。でも、年をとってからくたびれ始めた人だって、やっとくたびれた元気のない状態を体験できると思って、その新しい老いを満喫すればよい。ぼくのように若いうちから老いを飼いならしていた人間は、老いに新鮮さがない。

いずれにしろ、現在の生き方が問題だと思う。若者のように、未来のために現在を犠牲にしろとお説教したがる、おじさんやおばさんを気にしないでよい。未来の空約束が無効なところがよい。

ただし、過去の時代に閉じこもる老人といったイメージはごめんだ。過去の時代は物語の世界であって、現在の自分が作ればいい。

受動性と言ったが、ぼくは受動性を能動性より上位におく。積極的になにかをするという機能性ではなくて、存在それ自体が価値であるというのがよい。

だから、身をひそめていようとは思わぬ。でしゃばるほどの元気がないのは、うまくしたもので、若者にまぎれてひっそりとたたずむ、なんてのがよい。

それは、老いというのは、老人の問題である以上に、若者自身の問題と思うからだ。老人に同情していたわることだけではない。だれだって若死しないかぎり、自分も老人になる。それに備えて老後のあり方などを準備するよりは、若者は若者なりの現在の生き方が自分の老いのドラマを作るからだ。若者だからと言って、若さばかりではない。老いもまた、若者のカリキュラムにある。

たとえば、上手にくたびれることを言ったが、上手に退屈できるなんてのもあるだろう。若者のカリキュラムから退屈が排除されて久しい。「青春のアンニュイ」なんて、死語となった。

まあ、いずれにしろ、終わりよければすべてよし。人生のドラマのフィナーレは華やかに。若者やら老人やらの総登場が好みだ。

いろいろな人がかかわってくれれば、いいだろうが、それがなくとも、自分の物語のなかの登場人物を集めるだけでも、けっこう華やかな物語が作れそう。

（一九九五年）

わが友「ミシマ」

ぼくが大学に入ったとき、四年生に三島由紀夫がいたはずだ。旧制大学は三年なのだが、戦争の変則のゆえに、「四年生」がいたのである。そのころすでに彼は、文章の才能のずばぬけた若者として、文壇から注目されていた。憧れの上級生、というところか。でも、直接に見たことはない。もう少しして、できたばかりの『邯鄲《かんたん》』をできたばかりの文学座の稽古場で、三十人ぐらいの観客に混じって見たのがいちばん近い距離。そのときは、幕がおりたあと、観客に入っていた福田恆存《つねあり》が立って、三島の才気を讃えたっけ。

あのころに、コクトオとラディゲの世界に浸っていたというだけで、ぼくは同類の匂《にお》いを感じてしまう。もちろん、ぼくと三島では育った環境が違うし、それがどこまで当たっていたかわからない。戦争末期、ぼくが体制からもっとも遠い京都の三高の一年生のころ、三島は東京の、これも学習院の高等科の三年だったはずだ。でもぼくの気持ちとしては、第二次大戦の終末にあって、第一次大戦後のコクトオやラディゲの世界に浸ることは、来るべき戦後を先どりするものとしてあった。それは戦争中では軟弱非国民。実際に、戦後ではあるが、当時見た三島の写真は、青白い柔弱《にゅうじゃく》な青年だった。

それで、学生時代のぼくは、三島に一種の憧れと共感を持っていた。暗い少年時代を甘く語ることが好きだったので、『仮面の告白』はわがこととして惹かれた。『愛の渇き』にいたっては、小説の舞台そのものが、ぼくが少年時代をすごしたあたりだった。そしてなにより、『禁色』の第一部。

第一部と書いたのはほかでもない。そのあと三島はギリシアへ行き、月の世界から太陽の世界へと転じたからである。三島は男らしく生きる道を選んだ、かに見える。それが彼の仮面であったかどうか、説が分かれる。少なくとも、そのようにふるまいだした。そしてぼくはというと、取り残されて、いまだに軟弱老人している始末。

森鷗外やトーマス・マンに学んで、大作家になることを志したのもそのころ。そして三島はそれをやりとげて大作家となった。しかしぼくは、メジャーよりマイナーを好む性癖があって、そんなに大作家にならなくてもよかったのに、と思わぬでもない。

それでもなんとなく、『豊饒の海』四部作の第四部、『天人五衰』にいたるまで、三島の読者であり続けた。ただしぼくなりの好みはあって、「成功作」の『金閣寺』よりは、「失敗作」の『鏡子の家』が好きだ。心をこめて書いた『鏡子の家』の不評に、三島が力を落としているという噂を聞いたときは、急にまた、三島が身近に感じられたものである。

さて、ぼくが解説を書いた『ちくま日本文学全集』のアンソロジーには、三島が長篇作家として知られているにもかかわらず、それらの代表作のように思われている作品が入っていない。それは単純な理由であって、この一冊に三島を入れるのに、長い作品だと一作だけで溢れてしまうこと、しかも、「代表作」ともなると、すでに出版社との独占契約があったりして取りにくいからである。

でも、三島の作品は、長篇でもどこか短篇の味わいがある。戯曲でも、『鹿鳴館』など、幕切れの光景のためにあるような気がする。長い小説をコントと評する人もいる。最後のイメージへ向けて作品を構成していくタイプの作家ではないかと思う。これは本来なら、短篇の手法に属する。三島は大作家を志したゆえに、それを長篇として構築した。そして立派に成功し、それらの代表作においてノーベル賞候補と噂されたりもした。うつろいやすい現代の日本より、むしろ外国における名声もまた、そのゆえであろう。

だから、結果として、比較的目だたない短篇、それも比較的には初期に属するものが集められることになった。わざと代表作を避けて通ぶったわけではない。あまり知られていない作品から三島に新しい光を当てようなどと、ことさらに意図したわけでもない。それらはすべて、結果論である。

でも、結果としてではあるが、若い時代の短篇などに、大作家として成長するはずの三島の原型が見えてくるようにも思う。そして、かつて同時代感覚をともにしたぼくとしては、それがかえって懐かしくもあるのだ。

三島は、なんといっても、若者としてある。実際に彼は、永遠の若者であろうとした。大作家であることと、永遠の若者であることとは、普通に考えれば両立しない。それを彼は、ときには非難されたり嘲笑されたりしかねない行動として構築した。そして、最後の事件。

このごろの若者などに三島のイメージを聞くと、たいていは最後の事件から規定しているように思う。確かに、三島自身は最後まで若者として生きることを自負していたかもしれないが、やはり四十五歳の若者というのは、あまりにも人工的である。作家だから、みずからの人生も作品として構成したのだ、と言われればそれまでのことだが、それに、文章が才能によって文学にできても、人生まで文学にするのは無理がある。

その点では、彼が自然に若者であった時代から、若者としての三島を見るほうが正直ではないか。まだ大作家になる前で、いくらかマイナー好みの点があるにしても。

もちろん、若者といっても、当時の若者はすべて、戦争の死の影のもとにあった。まして、若くして老成していた三島のことである。二十歳のときの三島は、自分を足利義《あしかがよし》尚《ひさ》将軍と同一化していたと書いているが、同時に義政老公とも同一化していたはずだ。三島のようなタイプの若者は、老人の魂を抱えて生きる。自分の人生から老人の魂を追放せねばならなくなるのは、人工的な永遠の若者になろうとすることによってである。

同性愛とか右翼とか、それが三島の本質であるか仮像であるか。それは、どうでもいいことのように思う。真実と虚構の間を選んだのなら、それはコインの表と裏にすぎぬ。死とエロチシズムの結合というのも、バタイユ少年ならいざ知らず、ぼくにはどうも、それを教義にするのは大仰にすぎると思える。剣とかマッチスモにいたっては、それが本物か擬物《まがいもの》かの議論があるにしても、ぼくにはもともと縁のない話である。

むしろ、こうした論点で三島を飾りたて、そのことで三島を理解したような気になりすぎるのではないか。なに、たかが小説ではないかと、三島の高笑いが聞こえてきそうな気がする。そしてその、たかが小説に身を捧げることが、三島の美学ではないか。いや、これはひょっとすると、ぼく自身の美学かもしれないが。

そうした論点を抜いて、三島になにが残るか。ぼく自身については、最初に三島を知ったころの、本物の若者だった三島である。勤労動員の合間に、軽井沢にラディゲの世界を夢みたっていいじゃないかと、同世代体験をもつぼくなどは居直ってしまう。ただそれが、今の若者とどうつながるか。灯火管制の灯のもとで世阿弥に淫するなんてのは、今の時代の若者からは、ひどく遠い世界に思えるかもしれない。そして、今も昔も、老人のノスタルジーほど、あほらしいものはない。

それでも、いつの時代だってそれぞれの修羅をもっている。一見は平穏な市民の生活に、三島はいつでも修羅を見ていた。ときにはそうすることがいくらか不自然なときでさえ、それを修羅と見ることをみずからに課した。修羅のなかに夢みるとは、一種の甘さかもしれないが、それが若者というものだ。ただし、太宰治のようなみずからの甘さに甘えることを禁じ、文学的構築として身をかため、しかも若者であろうとするのは、少ししんどい気がしないでもない。

だからぼくは、本物の若者だったころの三島から、彼を眺めたいのだ。一生の最後から全生涯を見るのは、それこそ老人の態度ではないか。まだ大作家三島として完成してない、少し不安な青白い若者、そこから見たい。このことだけなら、べつに同世代体験の特権ということもあるまい。時代をこえて、若者は若者としての三島に共感してよい。

この点で、三島はいつも、時代をこえようとしながらも、その時代を気にしていた。それゆえに、時代を離れて三島を読むことが、困難に思えるかもしれぬ。しかしながら、時代をこえるためには、いったんは時代と寝ねばならぬものだ。三島の作品を読むこつは、まず時代性において作品を読んだ上で、その時代性を捨てさることだと思っている。それに、時代なんてどっちみちうつろいやすいものだから、エロチシズムやマッチスモよりは、よほど捨てやすい。

もちろん、ぼくなどが三島の読み方を説教するのは、まったく場違いな話だ。かりにそうして三島を読むにしても、それなりの長篇を読まなくては話にならぬ。その意味では、せめて『禁色』の第一部を先のアンソロジーにおさめたかったが、それがかなわなかったのは、先に述べた事情による。

もともと、文学で時代にこだわるなんて、文学史家にまかせておけばよい。戦時下の少年だったころの三島やぼくがラディゲの世界を夢みたように、現代の若者が三島の世界を夢みたっていいじゃないか。それが若者というものであり、三島はなんといっても若者の文学なのだから。

（一九九一年）

「正義の人」がぼくにはおそろしい

トルコ軍の大砲に、子爵はふっとばされて、体がまっぷたつ、半身になってしまった。しかも、その半身に悪の部分がつまって、領地へ帰ってきたものだから、領民は大迷惑。

ところが、残りの半身も、やがて帰ってきた。こちらのほうは、善の部分だけがつまっているのだが、それは領民にとっては、悪の半身以上に、迷惑な存在だった。

カルヴィーノの物語、『まっぷたつの子爵』である。人間というものは、善の部分と悪の部分が調和して人格を作っている、なんて解説をしてしまうのはつまらない、美しく楽しい物語だ。

人間というものは、ときに善意をもって、悪をなしてしまう。さらに、ときには、悪意の結果が、善をなしてしまうことだってある。そこが、おもしろいところだ。善意だの、悪意だのであげつらっていては、人間のおもしろさは見えてこない。

それに、人間のすることには、善と悪とは貼りあわさっているみたいだ。

山は楽しい、危険も大きい。一人旅には心おどるが、誘惑にご用心。勉強しすぎて、頭がおかしくなることもある。体を鍛えるつもりが、体をこわしていることもある。

ぼくは、大学にいるので、勉強のことが、さしあたりは気になる。学問をすればするほど賢くなる、なんてのは嘘だ。

なにかの知識を得ると、ものを判断するのに、その知識にたよりたくなる。なにかの技術を得ると、ものごとをなすのに、その技術にたよりたくなる。

知識があるために、ものの見えないこともある。技術があるために、うまいやり方をしないこともある。それにしても、やはり人間は、知識を求め、技術を身につけようとしていくよりない。なにも知らず、なにもできないでは、生きていけない。

いったい世の中に、純粋の善や、純粋の悪があるだろうか。たぶん、それでみんな困っているのだろう。

子どもがなにかすると、親の育て方が悪いという。甘やかしすぎだ。いや、うるさすぎだ。愛情が不足している。過保護のべったりだ。——いったい、どうしたらいいの。

このごろの子どもは、自分でものごとの判断をしようとしない。あるいは、自分勝手で、おとなの意見に従わない。——いったい、どうしたらいいの。

どうも、善というものは、ある見方からすれば悪であり、そして、悪というのも、べつの見方からは善にもなる、そんなところがある。そしたら、その中間ぐらいが、いいのだろうか。なんとも平凡で、おもしろ味がない。善でもなく、悪でもなく、というのは、あまり生きがいを感じさせない。ちょうど半分ずつ善と悪をとりまぜて、シェーカーでふってと、カクテルのようにもまいるまい。

そうかといって、なにもしない、というのはもっと悪い。それでは、生きてもいけない。人間が生きるとは、善と悪との交響に身をまかすことでもあるのだ。

そしてつい、だれかの判断に身をまかせたくもなる。先生にお伺いをたて、「よい」と言われるのが善であると。

ぼくの子どものころ、戦争があった。戦中、お国のために身を捧げるのが「よい子」だった。戦後、民主主義をとなえるのが「よい子」だった。

しかも、戦中の「よい子」は、戦後も「よい子」でありつづけたし、戦中の「悪い子」は、戦後も「悪い子」でありつづけた。これはどうも、ぼくの気に入らない。せっかくのことなら、戦中の「よい子」が戦後は「悪い子」になり、戦中の「悪い子」が戦後は「よい子」になってくれなくては、戦争に負けたかいがない。

いつでも、どんな時代でも、先生の言うことをききさえすれば、「よい子」でありつづけるなんて、おそろしいことだ。

○をもらえたら、「よい子」になるなんて、単純にすぎよう。ぼくは、数学が商売なものだから、なおさら気になる。世に、数学ほど、○×がきまると思われているものは、ないからだ。

たとえば、三・五×六・三に、二二・○五と書けば、○をもらえるかもしれない。しかし、同じ×でも、二二○・五はひどく困るが、二二・○三なら、たいして困らない。二三・○五は、二二・○三よりは困るだろう。○のほうでも、最後は○三でも○五でもたいしたことないや、と判断できるほうがよいかもしれない。算数の答の○×だって、よく考えてみれば、いろいろある。

国家だの、学校だのの判断に身をまかせて、「よい子」で安心していては、そのうち人間ばなれして英霊になっちまうんじゃないかと、ぼくなんか心配してしまうのだ。それぐらいなら、○と×の判断に身をまかせたりせず、むしろ迷いながら生きていくほうが、人生の楽しみも深いのではないだろうか。ときに○が×に見え、ときに×が○に見え、そのときどきの光景を楽しんでいくのが、人間の生きていくというものだ。

昔、子どもたちは柿泥棒をした。ガキ大将がそれをひきい、ドジな子には逃げ道を示し、追っかけられるときの用心をした。それを誤っては、ガキ大将の権威がない。それでも、うっかり運が悪いと、おじさんにつかまり、ゲンコツが痛い。

しかし、いくらか加減されていたのは、そのおじさんも昔はガキ大将で、自分の子どもの時代を、心の底ではなつかしんでいたからかもしれない。

よいことばかりしているうちに、悪いことのやり方が下手になった。子どもがみんな、柿泥棒をするからといって、それをいなおって、「柿泥棒はこどもの権利」なんて、主張されたのでは、たまらない。

たとえば、テストの前の勉強だ。点数をとるための勉強なんてのは、本来は邪道である。それに、うっかり一夜漬けなどをすると、テストで本当の実力がはかれない。それでも、みんなテストの前には一夜漬けをする。

しかしながら、テストの前になって、まるで「自治会活動の一環」みたいに、それを堂々とやられては少し困る。みんながやることは、よいことでなければならぬ、などというのが「民主主義」とは思わない。やはりそこには、一種のうしろめたさのモラルがほしい。

「よいこと」とは、どこできまるのだろう。だれかが、「よい国」を造ろうと思って、その方向へ向くことを強制しはじめたら困る。たとえ、国民の大多数が、それを「よい国」と思っていたって、そんなものを「よい国」と思わない少数の人間を、非国民として排除するのでは困る。

たぶん、みんなの思う「よい国」に背を向けても生きられるのが、本当のよい国なのだろう。人間のほうが先にあって、その人間が生きるために国はあるのだから、「よい国」を造るために国民があるのではあるまい。

学校だって、そんな気がする。「よい学校」をつくるためと言って、その方向に背を向ける生徒は排除されがちだ。非行生徒というのは、非校生徒ということかもしれない。その点で、このごろの非行問題の扱いは、ちょっと心配である。本当に、非行ゼロの学校が「よい学校」なのかどうか、ぼくは疑問に思っている。多少は学校の方針からはみだした生徒が、うまく生きられる学校のほうが、本当はよい学校のような気がするのだ。

まずなにより、はみだしをなくそうと、ときにははみだしを切りすてる、そうした学校のあり方が、なんともあやうい気がするのだ。さしあたり、非行生は非行生なりに、そのままの姿で、学校のなかにどう位置づけられるか、それを考えるのが先のように思う。

さもないと、優等生が善だけで、非行生は悪だけと、「まっぷたつの人間」が増えそうに思う。それは、とてもおそろしい。もしも、「よいこと」しか経験したことのない人間ができたら、とてもおそろしい。

よく、「他人に迷惑をかけない人間になれ」とか、「他人にうしろ指をさされぬ人間になれ」などと言う。

ぼくには、そんな人間の存在は信じられない。人が生きるのは、他人に迷惑をかけ、他人を傷つけることなしに、「よいこと」だけですむだろうか。

親子だって、夫婦だって、友人だって、ときに相手に迷惑をかけ、相手を傷つけるものだ。むしろ、そうしたなかで作られる関係だとさえ言える。

むしろ、親は子に、人間がそうして生きていることを教えるべきではないか。よいことしかしてないなどと、思いあがった子になってくれるな。だれも他人を傷つけてないなどと、鈍感な子に育ってくれるなと。

そして、「世間に迷惑をかけているくせに、大きな口をたたくな」というのは、差別のもとになる。「女のくせに、男の仕事に口を出すな」というのと、同じタイプである。本来は、「くせに」というのは、たいていは「だから」というのが正当である。「こどものくせに」ではなくて、こどもだから親のやり方が気になる。「生徒のくせに」ではなくて、生徒だから先生の教え方に文句がある。「下級生のくせに」ではなくて、下級生だから上級生に生意気を言いたいのだ。

民主的というのは、いつでもだれでも、生意気になれることだ、とぼくは考えている。犯罪者だろうと、非行生徒だろうと、自分の意見を口にだし、自分の責任で行動を律するのが、民主的ということだろう。「悪いやつは黙っとれ」というのは、民主的の反対だ。

といって、それは、みずからを「よい」と主張するためではない。そもそも、「正しいことを主張せよ」と、よく言われるものだが、これはちょっと矛盾している。「正しい」と世に認められているようなことは、口に出す必要があまりない。これから「正しい」と認められるかもしれぬ、そうした思いを口に出すものだろう。

それで、なにかを主張するにも、いやむしろ、なにごとかをなして生きるだけでも、世間を騒がせ、世間に迷惑をかけ、他人を傷つけていることは、十分にありうることだ。たいていは、悪を含まぬ行為に有効性は期待できない。

だから、人間というものは、つねにうしろめたい存在でもある。日々、悪をなして生きている。「よいこと」ばかりしていては、みずからの悪が見えず、他人の思いへ心がとどかない。

そして、世のなかでなにごとかをなすのに、それに水をかけ、足をひっぱる存在がなくてはならない。ものごとが一つの方向へと進むのにブレーキをかけ、別の方向を考えさせてくれる。

その場合に、せっかく「よいこと」をしようとしているのに、その邪魔をすると思いがちなものだが、「よいこと」に「悪いこと」を入りまじらせる、そうした存在がなくては、ものごとはうまくいかない。国家には非国民が必要であり、学校には非校生徒が必要なのだ。

むしろ、「よいこと」だけが独走すると、破壊的なことがおこる。歴史をちょっと眺めても、人間というものは、正義を背にしたときにもっとも残虐になれた。このごろ評判の教師の体罰だって、熱中教師ほど無茶をやる。「正義の人」が、ぼくにはおそろしい。

こうして、○と×とが入りまじり、ときに○が×に見え、あるいは×が○に映る光景は、「ひたすらよいこと」の「まっぷたつ人間」にとっては、わずらわしいことだろう。

でも、人間の生きる世間は、もうちょっとわずらわしいほうが、よいと思うのだ。

わずらわしさを避け、ものごとが単純にきめられるようにすると、世のなかはだんだん索漠としてくる。一見は、ことが簡単に進行するように思えるものだが、進行の効率から考えた単純化が、世のおもしろさを削っていく。

むしろ、ムダにも思える、そうしたわずらわしさのなかで、人間は楽しく生きていける。たぶん、ムダのほうにこそ、人生の真実があるのだろう。

人間性の持つ豊かさの屈折、それがムダを作っているのかもしれない。

雑木山には、さまざまの木が茂っている。そのあるものは、この雑木山にとって邪魔に思えることもある。しかしそれは、そこへ入る人間からの思惑で、やはり全体としての自然の調和があって、雑木山はあるのだろう。そうだから、さまざまの花が咲き、さまざまの虫が来る。人間はそこを杉山にした。むだな木は刈りとられた。木は整然と植えられ、何年かの後に伐りとられて、人間に利益をもたらすだろう。目的を持ち、計画された世界だ。しかし、そこにはもはや、さまざまの花は咲かないし、さまざまの虫もいない。

（一九八一年）

時の渦

歴史が好きで、その関係の本をよく読むが、昔のことはやはり茫漠としている。

百年前だって、時が過ぎると時代の景色も移ろっていようが、百年前の十年の差は、十年前の一年の差ぐらいにしか感じられない。千年前の百年だってそうだ。過去は指数的に拡散している。

しかし、その時代に生きた人は、時代の変化を感じながら生きていたはず。そのころの人に感情移入しながら、ぼく自身の人生での時代の変化のアナロジーで補っても、背景の時代が一色に見えてしまうちぐはぐさにとまどう。

指数的拡散ということなら、御先祖様から自分まで一筋の流れがあるように思うのは、男系系図のもたらした錯覚のはずだ。受けついだ遺伝子からすれば、親は二人、その親は四人となって、十代前の先祖は千人ぐらいいる。この論法を進めて、二十代前が百万、三十代前が十億とすると、日本に住む人の数をこえてしまうから、ずいぶん重なりあうに決まっている。なんとなく、十代ぐらい遡ると、網の目のように絡まりあっているのが御先祖様、といったイメージを持っている。

そうした絡まりあいの果てにぼくが生きている。その網の目こそ、文化的伝統というものだが、かなり茫漠としていて、一義的なものと思えない。しかも、現在の生活との関係で想像がつくのは、せいぜいが室町時代、生活文化の様式は、その時代の延長上にある。現代日本の生活にかかわりの強いヨーロッパの場合も同様で、ルネサンス以前は考えにくい。ぼくにとって、平安の日本は現代のアメリカやフランスより遠い。

なお、日本とヨーロッパには奇妙な並行現象があって考えやすい。どちらも本格的な中世がなくて、ルネサンスがある。西洋史では扱わぬが、日本史なら江戸時代をさす近世という概念が、ルネサンスと近代とのつなぎに便利。中国やペルシアのような本格的中世になると、こうは行かぬ。長安やバグダッドは別世界としか思えぬ。

それでも、歴史を一つの物語にして生きている。絡まりあった網の目から物語を編むのが歴史というものだろう。人間は自分の物語を作ることで生きるもので、それには歴史の物語からの引用がなくてはならない。物語を編むのは現在の自分だが、むしろ歴史の物語によって現在の生活が揺らぐところがおもしろい。

よく日本の伝統のように信じられている血統幻想や土地幻想にしても、家族主義や農本主義のイデオロギー形成の歴史を知れば、それほど絶対的なものではないことがわかる。近代国家イデオロギーに深くかかわる、単一民族や血縁家族のような観念も、歴史にさらせばたいした根拠を持たぬ。

現在と歴史との違和を感ずること、それが歴史の価値のような気さえする。歴史を知るということは、現在の自分も含めて、絡まりあった歴史の網の目のなかで生きること。

現代の時空のとらえ方は、デカルトとニュートンに発すると考えられている。

たしかに、からっぽの空間が座標で枠づけられているイメージは、デカルトかもしれず、「空虚な空間」という非難が当時のデカルトに向けられていた。ニュートンになるともっと徹底していて、空虚な時間のなかを運動のドラマが進行する。空虚な舞台の上に、物質という登場人物が現われて、ゼンマイ仕掛けで自然のドラマは台本どおり。ニュートンは、人形芝居の操り手の風格を持つ。

もっとも、魔術的ルネサンスの時代、劇場は魔術の装置だった。魔術には、天使魔術と数学魔術と自然魔術の三種があったそうで、今で言うなら天使魔術はオカルト学、自然魔術は自然科学で、その中間の数学者にはオカルトの影がつきまとう。デカルトもニュートンも、数学者のアイドルだったから、感情移入しようと試みはしたが、当時の魔術的感性までは心がとどかぬ。ただ、彼らを現代の反魔術的感性で括ってしまえぬことがわかっただけ。

デカルトが、炉部屋でぼんやりしていたとき、天井から蜘蛛の糸が降りてきたことから、座標を思いついたという話は、信用できない。美しい乙女の織る模様からヒントを得たというのなら、まだしも現実性があったところだが、三次元の空間では自己が内在的すぎて、経と緯のおりなす二次元のタブローでなくては、座標にいたるまい。もっとも、炉部屋に寝そべって、蜘蛛を眺める姿は、いかにもデカルトらしい。ぼくの思い入れかもしれぬが、デカルト的知性というのは、みずからは布団のなかで半分夢のなかにいるくせに、外にある蜘蛛の巣模様の構図だけは、くっきりと見えるところ。その意味で、やはりこのエピソードはデカルトの物語になっている。

ニュートンの林檎については、本人が晩年に語ったというが、ほとんどジョークだろう。物語としても、少し奥行きがたりぬ。林檎の木の下で若いニュートンが昼寝をしていたら、月が落ちてきた夢に目をさましたが、それは月ではなくて林檎だった。空にはぽっかり真昼の月、林檎は落ちるのになぜ月は落ちないのだろう。これぐらいにすれば万有引力の説明にもなるし、月と林檎をとりちがえそうなニュートンの物語にもなる。

いずれにしても、魔術師めいた人格のデカルトやニュートンにあって、夢のなかから割りきった時空の構図が出現してしまうところが、この物語の妙味だろう。デカルトの宇宙には、奇妙な渦が充満しているが、それは彼の夢の意識が生みだしたもののようにも思える。

デカルトやニュートンの気分は、今の時代からはよくわからぬが、気分から離れて、時空が抽象的に存在しているように考えるのはちょっとつまらない。現代人がなにげなく受けいれている時空感覚を絶対視させないために、こうした歴史の物語がある。それが歴史の効用。科学史ではたいてい、そうしたセンスが欠如しているように思う。現在の合法化に歴史が従属してしまっているからだろう。

思想というものを、二つの対立で見たがる癖が人間にはある。古くは唯名論と実在論の対立があったし、ついこの間までは、観念論と唯物論の対立が世界を分けていた。なお、昔の実在論というのは観念論のほうであったことは、思想史にあっては立場が交差する面白さの一例。思想だって、歴史のなかで絡まりあっている。

もう少し抽象的には、自由と必然の対立がある。このことは、歴史のとらえ方にも影響する。歴史の必然なんて言葉をあまり信じないたちなので、ぼくなんかつい、必然を裏ぎることに歴史の面白味を見たりするのだが。

自由のイメージには、空虚な空間を分子が自由に飛ぶ、気体のイメージを重ねたくなる。そこでは、時間は直線的に延長されている。それに対して、結晶の枠を維持している固体には、必然のイメージがある。結晶の分子だって、揺らいではいるのだが、周期的に安定に回帰する。こちらでは、時間は円環的に循環する。

このようにイメージで型を作るのはなかなか便利で、デカルトやニュートンの時空の構図にしても、気体と固体の重なりあいで見ると奥行きが深まる。世相を見るのにも便利で、気体を夢みる結晶分子というのを、ぼくは会社人間の比喩に使ったことがある。しかしながら、デカルト的人間としてのぼくは、さまざまの構図を楽しみながらも、布団のほうに未練が残る。とりとめもない夢にあってのイメージの絡まりあい。それは、むしろ液体。さまざまの想念の分子が隣りあい、合流することも分流することもあり、循環する渦が生まれたりする。どうしてそうしたことが起こるかの機構について、流体力学はいまだに解明していない。

夢のなかでは、時間が突然に飛躍する。そこにいる自分自身の姿さえもが、すっかり変わってしまう。決まった人格なんかないのだろう。自分が二人いることもある。そして、それはほとんど制御不能。自分の意志で夢の物語を作っているように思うこともたまにあるが、それはおそらく錯覚だろう。

現実の生活は夢のようにはいかないが、意識のなかの時間は、夢のなかの渦流を引きずっている。ぼくは整理が悪いので、昔の写真があちこちに散らばっているが、頭のなかの思い出はもっと散らばっている。そして自分で制御できない連想の働きによって、違った時間で違った場所の出来事がつながったりする。物語を編む力というのは、時空を自在に接着させる連想力に由来することが多い。

人生は意識ほどには融通がきかない。日常のくりかえしのなかで、それでも時は過ぎていく、というのはありふれたパターン。しかし、ときには飛躍が起こるものだ。たいていの人は飛躍を恐れているが、それは自分の意志で制御できないからだろう。なに、すべてを自己という主体の意志で制御しているつもりなのだって、幻想にもとづく錯覚に過ぎないのであるが。歴史の網の目の絡まりのなかで生きるというのは、そうしたものなのよ。

年をとると、主体の意志で自己を制御する能力は、たぶん減退している。もっともぼくは、昔からそれが苦手であったのだけれど。それでも若いころだと、日ごとに新しい自分を見つけたり、ときには違った自分として暮らすことを試みたりして、時空の渦を楽しみながらも、それでもなんとかなると、たかを括っていた。

おそらく、ぼくの生まれた時代が、二十世紀モダニズムの時代に重なっていることに関係しているかもしれない。それからの時代を生きたということは、モダニズムの時代を生きたことになる。ここでモダニズムと言うのは、時空を攪乱させ、ついでに人格の統一性も気にせず、時空の渦の表現として生きること。つまりはそれが、ぼくの物語ということ。

年をとることで、人格が単純化し、思想も硬直してしまう人もいるだろうが、それが老いであってはつまらない。たぶん、若いころほどに、人生の物語が複雑化することに耐えられぬ思いからだろうが、せっかく長く生きたぶんだけ物語の素材が増えているのだから、組みあわせ方もいろいろあるはず。老人のモダニズムをぼけと呼ぶ人もいるが、ぼけこそモダニズムの豊饒。若いときから一貫性のないほうだったから、べつにぼけを恐れることもあるまい。

頭のなかの劇場には、子どものころの自分や若者だったころの自分も、登場する。しかし、彼らにあの戦争の時代を生きさせることもあるまい。せっかくの魔法の装置なのだから、彼らにも今の時代の空気を吸わせてやりたい。

そして、世紀末はストーミー・ウェザー。時代が変わろうとして渦まいている。人生の最後になって、時代の変わりめに逢えたとは、よかったなあ。二十一世紀のことはわからない。たぶん、二十一世紀の歴史は、二十世紀を裏ぎりながら進むだろう。それも見たいとは思うが、歴史は過去にしかないのでいたしかたない。

まあ、人はそれぞれの時代に生きて、自分の物語を作るよりないもので、このごろは長く生きるから、時代を重ねて物語が生まれる。人生の目的は、その物語にしかないと考えている。ただ、現在のことについては、せっかく時代が動いているのに、新しい文化の兆しの見えぬのがものたりない。ぼくが気づいていないだけかもしれぬが、なんとなく世間が過去にばかり目を向けているような気がする。歴史の物語というものは、維持することなんか考えずに消費してしまったほうがよい。歴史の物語を引用するのは現在の物語にくみこんでしまうため。

そしてやがて、ぼくにしても、と言うよりだれでもだが、生命を終えて時の渦にのみこまれてゆく。時の網に絡まって生きる物語というものは、そうした形でしか終わらない。

それまでは、半分は夢の世界に身をおいていたい。やっぱりぼくは、デカルトの徒なんです。でも世間は、夢の世界にずっととどめておいてはくれないでしょうなあ。

（一九九八年）

自分の休日

一年に一日だけでよいから、自分の休日というものを、勝手に決めてしまったらどうだろう。

たとえば、自分の誕生日でもよい。その日は自分にとっての休日なのだから、会社でも学校でも、休むことにしよう。外から決められて、一斉に休む休日ばかりでなく、一年に一度ぐらいは自分で決めた自分ひとりの休日を作ってもよいと思う。

国の誕生日とか天皇の誕生日、会社の誕生日だの学校の誕生日などがあって、それが祝日で休みになったりするが、自分にとって一番大事なのは自分の祝日だから、その日は休みをとって、ひとりで祝おう。

なんなら、自分の旗をデザインして、祝日に掲げるなんてのも、おもしろい。国旗に校旗に社旗、それはたいてい自分のデザインしたものであるまい。自分の旗を作ろう。

自分の歌というのもよい。国歌だの校歌だのでなしに、自分の歌というのを作ろう。

ついでに商売気のある人にすすめたい。デザインの思いつかない人の代わりに旗のデザインを考えてあげる商売とか、作詞作曲のできない人に歌を作ってあげる商売とかは、これから儲かりまっせ。

国家主義反対、などと言ってみんなが一斉にデモやストをするばかりでなく、一年に一日だけでよい、たった一人で勝手にささやかに、その一日を自分にとり戻すというのもいいではないか。なによりこれは、自分ひとりの問題で、運動も組織もいらず、思いつけば勝手にできる。金もかからず、くたびれない。

今の世の中では忘れられているが、自分だけのために、自分の一日をとり戻す、せめて一年に一度の祝日だけでよいから、自分を国家や会社や学校からとり戻す、それはとても大切なことのような気がする。

それにこれは階級やイデオロギーに無関係にできそうだ。ソ連でもアメリカでもできる。右翼でも左翼でもできる。いや、交戦中の軍隊だけはできないか。やはり、平和がいいなあ。

国の決めたこと、会社や学校の決めたこと、それに反抗するだけでは芸がない。それよりもっと大事な、自分で決めたことを、勝手にささやかに、ほんの一つだけ加えておこう。ただし、もちろんのことに、決められたことより、決めたことのほうが大事だ。会社や学校より、そして国家より、自分のほうが大事だということを、それは象徴している。そして、そうした象徴的行為が意味を持つような時代が、近づいてきている気がするのだ。

たとえば、小学校や中学校はすでに、自分の都合で休みにくくなっているのではないだろうか。会社の年休の理由に「家事の都合」というのがあるのだから、小学生や中学生が「家事の都合」で学校を休んでも、なにもさしつかえなさそうなものだが。とかく、社会の変化は学校から始まりやすいから、一年に一日だけでよいから、小学生や中学生が自分の都合で学校を休むのは効果的だろう。もちろん教師のほうも、組合のストでなくても、一年に一度は祝日を作って休もう。

そしてできれば、なるべく派手な姿をしよう。正月や成人の日や節分だけに、派手にするのでなく、みんな自分の祝日に、派手やかに晴れ着を着飾ろう。人それぞれに、自分で自分の祭りを持とう。

（一九八三年）

出典一覧

第一章　ドジ人間のために

ドジ人間のために『まちがったっていいじゃないか』一九八一年、創隆社
ぼくら、非国民少年「Peace Now!」一九八二年十月一二日、全国大学生活協同組合連合会
なぜ勉強するの『まちがったっていいじゃないか』一九八一年、創隆社
頭の中に古本屋がある『書斎』一九八七年、講談社現代新書
時代の寸法「報知新聞」一九九七年五月一九日（連載「現代に生きる」を改題）
危険な領域「更生保護」一九八三年七月号、日本更生保護協会
湯川秀樹のこと『あたまをオシャレに　大学番外地から』一九八九年、筑摩書房
心のなかの異国「文學界」一九九八年一月号、文藝春秋
秋月康夫のこと『あたまをオシャレに　大学番外地から』一九八九年、筑摩書房
若さからの解放「サンデー毎日」一九九七年四月二一日号、毎日新聞出版
たかが学校、程よい「かしこさ」で過ごす術『別冊発達2』一九八四年、ミネルヴァ書房
いくじなし宣言「現代思想」二〇〇四年三月号、青土社

第二章　楽しまなくっちゃ損

楽しまなくっちゃ損『おもしろ勉強読本』一九八二年、PHP研究所
機械について『ちくま文学の森　11』一九八八年、筑摩書房
セックスの童話『あたまをオシャレに　大学番外地から』一九八九年、筑摩書房
異説　遠山啓伝「数学セミナー」一九八〇年一月号、日本評論社
沖縄なつかし『あたまをオシャレに　大学番外地から』一九八九年、筑摩書房
岡潔という人がいた！「ペンギン」一九九四年秋号
自分の世界を作ろう『おもしろ勉強読本』一九八二年、PHP研究所
ボンテンペルリと私『わが夢の女　ボンテンペルリ短篇集』
ボンテンペルリ著（解説より）一九八八年、ちくま文庫
〈狂〉の復権「精神医療」一九八四年四月号、批評社
大学のゆくえ『あたまをオシャレに　大学番外地から』一九八九年、筑摩書房
人生という物語「報知新聞」一九九七年八月四日（連載「現代に生きる」を改題）

第三章

ときには孤独の気分で　『まちがったっていいじゃないか』一九八一年、創隆社
ときには孤独の気分で
ものを書く場所　「京都新聞」一九八三年七月二八日
ヤジウマの精神　『まちがったっていいじゃないか』一九八一年、創隆社
人間たちの未来　『まちがったっていいじゃないか』一九八一年、創隆社
歴史のなかの自分　「1194」一九九八年春号、三菱電機ビルテクノサービス
ノゾソラさん江　『数学の七つの迷信』小針晛宏著（序文より）一九七五年、東京図書
嘘をつくべき場合　「中日新聞」一九八〇年六月一六日
散らし書き　『文体としての都市』「匙」一九八二年第六号、ふたば書房
オリンピックの中の日の丸　「ゲイナー」一九九二年九月号、光文社
佐保利流勉強法虎の巻　『おもしろ勉強読本』一九八二年、PHP研究所
自分は自分が作る　『まちがったっていいじゃないか』一九八一年、創隆社

第四章　未来は誰のものでもない

未来は誰のものでもない『おもしろ勉強読本』一九八二年、ＰＨＰ研究所
人生の空白「別冊　サライ（第一号）」一九九七年、小学館
指名手配書としての指導要録『学校とテスト』一九七七年、朝日選書
江戸文化の中の数学「マンスリー・アプローチ数ⅡＢ」一九八二年八月号　福武書店
しのぶの巻「数学教室」一九八一年一〇月号、国土社
おんな・ポスト・モダン『あたまをオシャレに　大学番外地から』一九八九年、筑摩書房
非国民の反戦論「立命評論」一九八三年五月号、立命館大学学友会
人生という物語を楽しむために「1194」一九九五年冬号、三菱電機ビルテクノサービス
わが友「ミシマ」『ちくま日本文学全集　三島由紀夫』一九九一年、筑摩書房
「**正義の人**」**がぼくにはおそろしい**「週刊朝日」一九八一年七月一日増刊号、朝日新聞社
時の渦「文學界」一九九八年九月号、文藝春秋
自分の休日「京都新聞」一九八三年二月二三日

編者あとがき

池内　紀

久しぶりに森さんと話していた。つまり、森さんの本を読んでいた。記憶にある一行が目にとまる。印象深い言葉に出くわす。自分の信条だと思いこんでいたのに、実は森さんからの「いただきもの」だったのに気づくこともある。あらためてその前後を読んでみる。読み終わるとシルシをつける。そんなことはしたくないのだが、編者としてはしかたがない。

人間のこと、数学のこと、才能のこと、勉強のこと、時代のこと、ヤジウマのこと、自分の作り方について、人生のこと……さまざまなテーマだが、森さんが語ると、ほんとうのところはたいした区分ではなく、それぞれが荷なっている約束ごとは、ほとんどひとしいものだと思えてくる。それは森さんがマスコミやジャーナリズムのなかで、わかりやすく嚙みくだいて語ったからではないだろう。

ためしに森さんの三十代の著書『数学的思考』をひらいた人は気がつくはずだ。数学の歴史、数学教育が正面から、とともに自分の体験と思索のはかりにかけながら、ねばりづよく論じられている。京大に赴任してきた少壮助教授には、自分が向き合うことになった大学の教育体制に同調できないものが多々あったのだ。終わりちかくに気合するどく述べてある。

「くり返すまでもなかろうが、教育は人間の生活の上に成立している」

生活とは別個の、独立した、非人間的な制度の産物であるはずがない。それはまた教育というものが「生活に附加されるものではなくて、人間が成長していくいとなみとしてある、ということをも意味している」。

まさに森さんのよって立つ基盤だった。森さんは悠然として、「人間が成長していくいとなみ」を見つづけた。ただし成長するのは、変わり得る自分をたえず変えていくからであって、それこそ人間という奇妙な、愚かしい、愛すべきイキモノのあるべき姿なのだ。そこには限りなく寛容で、同時に限りなく厳しい人間の見方がひそんでいた。

森さんと知り合ったのは、一九八六年に筑摩書房が「文学の森」というアンソロジー・シリーズを企画して、いっしょに編集することになってからである。くわしくいうと編集のメンバーは画家安野光雅、数学者森毅、作家・劇作家井上ひさし、ドイツ文学者池内紀の四人。どうしてこんなヘンな組み合わせになったのか、くわしくは知らない。月に一度落ち合って収録作の選定をする。場所は東京・お茶の水の山の上ホテル会議室。定刻一時。それから三時間、四時間と本のコピーを前にして感想や意見を述べる。あいまにお代りつきのコーヒーとケーキ一個が出た。筑摩書房は一度倒産して、そのころ管財人の管理のもとに再建中で、そのことへの心づかいもあったのだろうが、誰もべつにゴチソウを食べたいとは思わなかった。この上なく豪華な文学の饗宴にあずかっていたからである。

森さんは京都からの遠出だったが、欠かさず出席して楽しそうだった。小さな会議室の灯の下で、森さんの白い歯がこぼれ出た。眼鏡の奥の目がやさしげで、笑い声は誰よりも大きかった。なぜかイタリアの戦前のマイナーな作家にやたらとくわしく、ボンテンペルリとかペチグリリとか、ふしぎな名前がポンポン出てきた。あとで調べると、たしかに実在していて、古い翻訳を通しても、おもしろさがあふれていた。

「文学の森」は予想に反してよく売れて、筑摩書房の再建に貢献した。そのゴホービに新しく鶴見俊輔さんに加わってもらい「哲学の森」を編集した。さらに余勢をかって「ちくま日本文学全集」全五十巻、さらに追加の十巻に取り組んだのだから、ヘンなメンバーがよくつとめたといわなくてはならない。そんなわけで総計八年に及んで、私は月に一度、森さんと出会うという、この上ない幸運にあずかった。

アンソロジーの仕事が終わり、定期的に会うこともなくなった。それからしばらくしてのことだが、御茶ノ水駅の階段で森さんを見かけた。なにか用を終えた帰りのようだった。森さんには珍しく眉間にしわを寄せ、頰をふくらませたきつい顔で階段を上がってくる。教師のころ「一刀斎」というあだ名がついていたというが、たしかに無双の剣客の凄味があった。パッタリ目があったとたん、いちどに表情がなごんだ。

そのあと――なんと不器用な両名だろう――駅の渡り階段の上でおしゃべりをした。どうして近くの喫茶店に誘わなかったのか、今もってわけがわからない。さらに今にして思いあたるのだが、いっとう初めから「森さん」「池内さん」の仲だった。齢はひとまわりちがったが、森さんはそんなことは意に介さなかった。あくまでも対等であって、この世のひとしい同僚だった。スピーカーのアナウンスがせき立て、せわしなく人が往きかいする渡り階段で、いったい何を話したのか。これは、はっきりしている。挨拶はいっさい抜きにして、そのとき一番話したいことを口にした。

これは二年ほどたってからのような気がするのだが、京都の古い座敷で井上さん以外のかつてのメンバーが揃って写真をとった。どうしてこんな事態になったのか、まるきり思い出せない。なにやら由緒ある会食に招かれる機会ができて、仕事中はそんなことは終始なかったので、あと追いの慰労会だったのかもしれない。そんなことには不慣れだし、気分がのるようなタイプでもないので、一同うかぬ顔で、落ち着きわるく写っている。料理のことは何も憶えていない。

おそらくこの本で、「異説　遠山啓伝」は、やや異色の一篇にあたるだろう。そこには深い敬愛とともに、ナマの森さんがひそんでいる。だから最終の二行も、森さん自身が自分を語ったように読めるのだ。

「なによりも人間を愛し、そして人間を楽しんだ人であった。口許には、いつもいたずらっぽい笑みを浮かべていた」

もしこの人がヨーロッパ近世に生きていたら、必ずや花も実もある第一級の「フマニスト（人文学者）」に列せられたにちがいない。

本書のなかには今日の人権意識に照らして不適切な語句や表現がありますが、時代的背景と作品の価値にかんがみ、また、著者が故人であるためそのままとしました。

本書は文庫オリジナルです。

山本太郎　闘いの原点　山本太郎

脱原発、脱貧困のために闘い続ける山本太郎の原点。高校時代にデビューし、俳優となり、脱原発活動家、国会議員として活動するまで。（推薦文　内田樹）

純文学の素　赤瀬川原平

まわりにあるありふれた物体、出来事をじっくり眺めると不思議な迷路に入り込む。「超芸術トマソン」前史ともいうべき「体験」記。（久住昌之）

9条どうでしょう　内田樹／小田嶋隆／平川克美／町山智浩

「改憲論議」の閉塞状態を打ち破るには、「虎の尾を踏むのを恐れない」言葉の力が必要である。四人の書き手によるユニークな洞察が満載の憲法論！

武道的思考　内田樹

「いのちがけ」の事態を想定し、心身の感知能力を高める技法である武道には叡智が満ちている！　気持ちがシャキッとなる達見の武道論。（安田登）

つぎはぎ仏教入門　呉智英

知ってるようで知らない仏教の、その歴史から思想的な核心までを、この上なく明快に説く。現代人のための最良の入門書。二篇の補論を新たに収録！

吉本隆明という「共同幻想」　呉智英

熱狂的な読者を生んだ吉本隆明。その思想は「正しく」読み取られていただろうか？　難解な吉本思想の核心を衝き、特異な読まれ方の真実を説く！

生き延びるためのラカン　斎藤環

幻想と現実が接近しているこの世界で、できるだけリアルに生き延びるためのラカン解説書にして精神分析入門書。カバー絵・荒木飛呂彦（中島義道）

増補　サブカルチャー神話解体　宮台真司／石原英樹／大塚明子

少女カルチャーや音楽、マンガ、AVなど各種メディアの歴史を辿り、若者の変化を浮き彫りにした前人未到のサブカル分析。（上野千鶴子）

ちぐはぐな身体《からだ》　鷲田清一

ファッションは、だらしなく着くずすことから始まる。中高生の制服の着崩し、コムデギャルソン、刺青等から身体論を語る。（永江朗）

ひとはなぜ服を着るのか　鷲田清一

ファッションやモードを素材として、アイデンティティや自分らしさの問題を現象学的視線で分析する。「鷲田ファッション学」のスタンダード・テキスト。

ちくま文庫

森毅《もりつよし》ベスト・エッセイ

二〇一九年九月十日　第一刷発行

著　者　森　毅（もり・つよし）
編　者　池内　紀（いけうち・おさむ）
発行者　喜入冬子
発行所　株式会社　筑摩書房
東京都台東区蔵前二―五―三　〒一一一―八七五五
電話番号　〇三―五六八七―二六〇一（代表）
装幀者　安野光雅
印刷所　株式会社精興社
製本所　株式会社積信堂

ISBN978-4-480-43615-3　C0195